Klaus Eckardt
Marathon-Mord

Klaus Eckardt

Marathon-Mord

Ein Oberschwaben-Krimi

Silberburg-Verlag

Klaus Eckardt, Jahrgang 1960, ist nach Wanderjahren durch halb Deutschland seit 15 Jahren in Oberschwaben heimisch. Dort arbeitete er als Journalist und Pressesprecher; mehrere Jahre leitete er eine Volkshochschule. In seiner Freizeit läuft und radelt er am liebsten durch die oberschwäbische Natur. www.klaus-eckardt.com

1. Auflage 2011

Lektorat: Michael Raffel, Tübingen.
Umschlaggestaltung: Wager ! Kommunikation, Altenriet.
Druck: CPI books, Leck.
Printed in Germany.

ISBN 978-3-8425-1155-2

Besuchen Sie uns im Internet
und entdecken Sie die Vielfalt unseres Verlagsprogramms:
www.silberburg.de

Berlin, 28. September 2008

Max von Steyn mochte es nicht besonders, wenn ihm wildfremde Menschen körperlich zu nahe kamen. Doch hier ging es nicht anders. Um ihn herum standen fast 40 000 Männer und Frauen. Den Quadratmeter Berliner Bodens, auf dem er gerade stand, teilte er sich mit vier bis fünf anderen. Die einen hüpften auf der Stelle, andere streckten sich in die Länge, um ihre Gelenke ein wenig in Bewegung zu halten.

Wäre Max nicht gut eins neunzig groß gewesen, hätte ihn der Ellenbogen seines Nebenmanns wahrscheinlich mitten ins Auge getroffen. So prallte er nur gegen seine Schulter, was für den anderen sicher schmerzhafter war als für ihn selbst.

Von oben muss das richtig lächerlich aussehen, dachte Max, als er einen Hubschrauber über der Menge kreisen sah und auf den gelben Plastiksack blickte, den er sich übergezogen hatte. Genau so wie die meisten anderen auch. Drei schnelle Schnitte, und schon war aus der Folie, auf der natürlich das Logo eines Sponsors leuchtete, eine Art Poncho geworden, der ein wenig vor der klammen Kühle des Berliner Frühherbstes schützte. Noch glänzte der Himmel in kaltem Blau, und Max hoffte, dass die Sonne heute nicht zu viel Kraft bekommen würde. Denn ihm würde auch so warm genug werden.

Er blickte auf die Uhr, die ihm seine Freundin Veronika kürzlich zum 47. Geburtstag geschenkt hatte. Sie erschien ihm noch immer wie ein technisches Wunderwerk, das in einem kleinen Gehäuse alle Funktionen vereinigte, die man sich als Läufer wünschen konnte. »Nur Kaffee kannst du damit nicht kochen«, hatte Veronika gesagt, als er das Geschenk auspackte. »Doch dafür hast du ja deine alte Gaggia.«

Die Uhrzeit war auch das Profanste, was das Gerät anzeigte. Es maß Geschwindigkeit, Luftdruck, Höhe und Puls und zeigte auf einer verschlüsselten Internetseite an, wo sich ihr

Träger gerade befand. Aber das Passwort zu dieser Seite behielt Max – bei aller Liebe zu Veronika – doch lieber für sich.

Die vielen tausend Menschen, mit denen er auf der Straße des 17. Juni stand, hatten alle das gleiche Ziel. Das lag zwar gerade mal 300 Meter von seinem aktuellen Standort entfernt, doch die Strecke, die sie alle laufen mussten, um es zu erreichen, maß 42,195 Kilometer – die klassische Marathon-Distanz.

Ganz vorne stand ein drahtiger Schwarzer, noch in eine warme Decke gehüllt. Der hatte sich vorgenommen, in weniger als zwei Stunden und vier Minuten quer durch Berlin zu laufen und mit einem neuen Weltrekord erst durchs Brandenburger Tor und dann über die Ziellinie zu fliegen. Das ergäbe einen Schnitt von mehr als zwanzig Stundenkilometern – zu Fuß!

Die Masse, zu der sich auch Max von Steyn zählte, würde allerdings viel länger unterwegs sein. Sehr gut trainierte Hobbyläufer schafften die Strecke in drei Stunden; Max würde sich freuen, wenn er sie in vier Stunden hinter sich gebracht hätte. Die letzten würden irgendwann ins Ziel taumeln, wenn die Zeitnehmer nach gut sechs Stunden ihre Geräte wieder abgebaut haben würden.

Es waren Welten, die hier allerdings nicht aufeinanderprallten, sondern einfach nebeneinander existierten. Einerseits die zweibeinigen Rennpferde, die es der Welt oder nur sich selbst zeigen wollten, andererseits diejenigen, die nur einmal das Gefühl erleben wollten, eine Distanz wie die zwischen dem griechischen Städtchen Marathon und dem mächtigen Athen zu Fuß zurückgelegt zu haben.

Wobei das im antiken Griechenland in Zeiten ohne öffentlichen Nahverkehr doch eher ein Spaziergang war. Kaum jemand glaubte noch, dass der laufende Bote, der vor knapp 2500 Jahren die Nachricht von der siegreichen Schlacht gegen die Perser verkünden sollte, tatsächlich tot zusammengebrochen war, als er endlich Athener Boden erreicht hatte.

Dennoch, Tote gehören beim Marathon zur Realität: Im Vorjahr, hatte Max gelesen, waren allein in Deutschland acht Menschen bei Marathonläufen gestorben. Jedoch starben jedes Jahr weltweit auch Millionen Menschen, weil sie sich zu wenig bewegten. Die Statistik war also auf seiner Seite. Zudem war er selbst alles andere als ein Risikopatient. Das Einzige, was heute gesundheitlich vielleicht zählte, war das leichte Ziehen in der Achillessehne, das er seit dem letzten langen Trainingslauf spürte. Doch Max hatte beschlossen, dieses Wehwehchen zu ignorieren. Schließlich hatte er ein halbes Jahr lang trainiert, um endlich hier zu stehen – und um anzukommen. Da gab es weder eine schmerzende Achillessehne noch irgendwelche Panikgefühle aus Platzangst.

Er blickte auf den Mini-Computer an seinem Handgelenk. Gar nicht so einfach, inmitten der ganzen Symbole die Uhrzeit zu finden. Die vielen Einstellungen hatten ihn so fasziniert, dass Veronika sich in der Geburtstagsnacht richtig Mühe geben musste, um ihn davon zu überzeugen, dass es schönere Wege gab, seinen Spieltrieb auszuleben.

In seinem Innersten wünschte er sich, Veronika würde nun wie viele andere Läufer-Frauen an der Strecke stehen und ein Schild mit der Aufschrift: »Max, du schaffst das« hochhalten. Doch seine Freundin, die in München als Journalistin für ein großes Magazin arbeitete, war auf Recherchereise in den USA. Sie begleitete einen Politiker im Wahlkampf, der sich ein noch größeres Ziel vorgenommen hatte als Max: Er wollte der erste schwarze Präsident der Vereinigten Staaten werden.

Max blieben ja die vielen Plakate, auf denen »Lauf, Papa, lauf!« stand, auch wenn sie nicht von seiner eigenen Tochter hochgehalten wurden. Die fand es schlicht unsinnig, wenn jemand stundenlang hechelnd über den Asphalt rannte. Eine Haltung, die Max mit fünfundzwanzig auch nicht fremd gewesen war.

Aber was wusste er damals, was wusste das Kind heute schon vom Runner's High? Von diesem Endorphin-Bad, das Max auf den letzten Kilometern so gerne nehmen wollte? Ein selbstgemachter Drogenrausch. Max hatte noch genau im Ohr, wie sein Kumpel Georg davon geschwärmt hatte, dass ihm bei seinem ersten Marathon Flügel gewachsen waren, dass die aufgescheuerten Füße nur so über den Boden geflogen waren und dass er die ganze Strecke am liebsten nochmal gelaufen wäre. Als er Veronika einmal davon erzählte, lachte die nur und fragte: »Gibt es eigentlich so etwas wie Läufer-Latein?«

8.40 Uhr. Noch zwanzig Minuten bis zum Start. Und etwa vier Stunden bis zum Runner's High, schätzte Max. In seinem Gesicht flackerte ein seliges Lächeln auf, das aber schlagartig zu einer Fratze geriet, als er einen weiteren Ellbogen, diesmal in seinen Rippen, spürte.

»Tschuldigung, Max«, sagte die zierliche Frau neben ihm und blickte so schuldbewusst, dass er schon wieder grinsen musste.

»Mach das bitte noch mal«, bettelte Max, »dein zarter Ellbogen ist für mich reine Erotik.«

Angela Reiner lachte. Sie waren im Training viele hundert Kilometer miteinander gelaufen. Wie konnte er ihr böse sein? Dieses Gedränge war wirklich kaum auszuhalten.

Wenigstens kannte Max die meisten der Menschen, die ganz dicht neben ihm standen. Sie alle waren am Vortag gemeinsam aus ihrer oberschwäbischen Heimat angereist, um in der Hauptstadt den ersten Marathon ihres Lebens zu laufen.

Nur einer aus dem Trupp war Max ziemlich fremd. Und der stand direkt neben ihm: Walter Wilhelm Wachter, der in genau einer Woche Oberbürgermeister seiner Heimatstadt werden wollte.

Als Wachter erstmals beim wöchentlichen Lauftreff im Zirbelwald aufgetaucht war, zu dem Max seit vielen Jahren gehörte, hatten alle zunächst an einen einmaligen Wahlkampf-Gag gedacht. Doch Wachter hatte mit viel Disziplin an seiner Kondition gearbeitet und war immer wieder in eine schnellere Gruppe gewechselt – was ihm Kontakt zu noch mehr Wählern verschaffte. Als er dann den ersten Halbmarathon seines Lebens in weniger als zwei Stunden lief, gehörte er fest zur Läuferclique.

Je näher es auf die Startzeit zuging, desto stärker wurde der Druck der anderen Läufer. An wärmende Sprünge nach oben war jetzt nicht mehr zu denken. Noch fünf Minuten, dann wollte Max versuchen, seinen Tüten-Poncho loszuwerden. Er lächelte Angela zu. Sie hatten sich vorgenommen, zumindest die ersten Kilometer zusammenzubleiben. Wenn es klappte. Denn am Anfang genügte schon ein kleiner Schlenker, den der Partner nicht mitmachen konnte – und man hatte sich in der Masse verloren. Was aber nicht so schlimm war – denn am Ende lief jeder seinen Marathon für sich allein. Auch der Weltrekordler, der irgendwann seine Tempomacher, die man so nett »Hasen« nennt, hinter sich lassen muss. Vielleicht deshalb, damit sie nicht aus Versehen das Rennen gewannen?

Neun Uhr. Nur ganz leise drang der Knall der Startpistolen zu Max. Tausende von Beinen regten sich, ohne auch nur einen Meter voranzukommen. Wie bei einem Stau auf der Autobahn, dachte er. Da ist die Unfallstelle schon lange geräumt, und du stehst immer noch dumm rum.

Aber vielleicht hatte alles einen höheren Sinn, den er als Einzelner gar nicht verstehen musste. So wie in der Schwarmtheorie. Eine einzelne Ameise ist dumm, die Intelligenz erwächst aus der Masse.

Zu welchen Leistungen würde die geballte neuronale Kraft von 40 000 Läuferinnen und Läufern führen? Würde Berlin erbeben? Würde der Läuferbandwurm ganz neue Wege finden? Zu neuen Ufern aufbrechen?

Eher nicht. Sie alle würden an der blauen Linie kleben, die die exakte Strecke durch die Stadt markierte, um ja keinen Meter zu viel zu laufen. Kostete schließlich alles Kraft.

Doch eins wusste Max von den paar Halbmarathons, die er bisher gelaufen war: Die Gruppe gab Kraft und ließ Gedanken ans Aufhören gar nicht aufkommen. Was bei ein paar Hundert funktionierte, musste doch bei dieser Masse wie von allein klappen. Schwarmkondition statt Schwarmintelligenz.

Er schüttelte den Kopf. Auf was für Gedanken man so kam, wenn die Muskeln schon fürs Loslaufen programmiert waren, in Wirklichkeit aber Stillstand herrschte und das Hirn irgendeinen Ausgleich finden musste. Vielleicht erklärte das auch die nervösen verbalen Zuckungen vieler Politiker im Wahlkampf, dachte er und sah Walter Wilhelm Wachter an, auf dessen Laufshirt die drei Buchstaben WWW prangten.

Max war sich sicher, dass der Bürgermeisterkandidat einen Pressefotografen im Ziel positioniert hatte, der seinen jubelnden Einlauf für den Wahlkampf-Endspurt festhalten sollte.

Dass WWW ganz andere Schlagzeilen machen sollte, das wusste in diesem Moment allerdings nur einer.

Berlin. Es schien Max von Steyn endlos lange zurückzuliegen, dass er hier gelebt hatte. Dass er sich, einer Häutung gleich, vom pickelgesichtigen, spätpubertierenden Buben vom Land in einen jungen Mann verwandelte, der von einem besetzten Haus in das nächste zog, die Straßen von Kreuzberg aufmischte und so viel Tränengas in die Augen bekam, dass er eigentlich noch heute weinen müsste. Zumindest bei den Mädchen brachte ihm die schon nahezu chronische Bindehautreizung einen Vorteil: Sie hielten seine oft etwas feuchten Augen für ein Zeichen tiefen emotionalen Erlebens.

Der Berlin-Rausch dauerte gut ein Jahr. Es war das Jahr, in dem sich Max eigentlich in Konstanz in sein Soziologie-Studium hatte stürzen wollen, um die geheimen Mechanismen dieser Gesellschaft kennenzulernen, die ihn und alle andern zu dem gemacht hatten, was sie heute waren. Doch schon nach ein paar Monaten hatte er die Bücher von Max Weber und Konsorten in die Ecke seines Wohnheimzimmers geschmissen, seinen Rucksack gepackt und sich frühmorgens an die Autobahn gestellt, ein Schild mit der Aufschrift »Berlin« in den Händen.

Spät am Abend passierte der VW-Bus von Helga, die ihn in der Nähe von Würzburg aufgegabelt hatte, nach fast zwei Stunden Wartezeit den Kontrollpunkt Dreilinden, an dem sich die DDR-Grenzer mal wieder sehr viel Zeit ließen, die

Pässe zu kontrollieren. »Endlich raus aus diesem Knast«, sagte Helga erleichtert und drehte auf dem Parkplatz einen Joint.

Für Max war dies der Tag der ersten Male: Zum ersten Mal in seinem knapp 20-jährigen Leben war er durch die DDR gefahren, zum ersten Mal rauchte er Haschisch und zum ersten Mal würde er mit einer Frau schlafen.

Es war ein ganz neuer Max, der am nächsten Morgen neben Helga, die bestimmt zehn Jahre älter war als er, aufwachte. Zwar konnte er sich nur noch schemenhaft an das Geschehen erinnern, doch er spürte, dass sich etwas Entscheidendes verändert hatte. Er lag nackt neben der Frau auf einer Matratze, deren Laken auch schon bessere Zeiten gesehen hatte. Doch es störte ihn nicht.

Draußen schien die Sonne, die ihren Weg ins Zimmer durch die staubbedeckten Fensterscheiben kaum fand. Lediglich an der Stelle, wo im Oberlicht ein Stück Glas fehlte, drang der helle Schein ungefiltert ins Innere und leuchtete genau auf ein Plakat, das zu einer Demonstration gegen die Räumung besetzter Häuser aufrief. Ansonsten schien das Zimmer leer.

Helga war am Abend zuvor so zielsicher durch das Gewirr der vielen großen und kleinen Straßen gefahren, dass Max keine Ahnung hatte, in welcher Ecke Berlins sie schließlich gelandet waren. Zudem hatten schon die zwei Züge aus der Haschisch-Zigarette gereicht, um seinen Kopf in dicke Watte zu packen. Die Lichter der Stadt hatten sich vor seinen Augen zu einem bunten Bild vereinigt, dessen Tiefe gar nicht enden wollte. Als sie dann irgendwo ankamen und in irgendein Haus gingen, in dem Helga irgendwelche Menschen mit Umarmungen begrüßte, da gehörte er plötzlich dazu. Niemand wunderte sich über seine Anwesenheit, die nächsten Joints und der Rotwein machten automatisch Station bei ihm.

Ein Blick hinüber zu Angela, die ein gutes Stück jünger war als er selbst, holte Max in die Gegenwart zurück. Sie hatte in etwa die gleiche Figur wie damals Helga. Relativ groß, muskulös, aber durchaus feminin. »Es geht los«, sagte sie mit ihrer fast mädchenhaften Stimme, die Max daran erinnerte, wie Helga ihn damals nach der ersten Nacht gefragt hatte: »Bleibst du noch ein bisschen?«

Natürlich war er geblieben. In ihm brodelten damals Gefühle, die so neu waren, dass er gar keinen Namen für sie fand. War es Glück, Leidenschaft, Sehnsucht? Oder ganz einfach Leben?

Sein bisheriges Leben war ihm manchmal vorgekommen, als laufe es auf Schienen. Zwar gab es immer wieder die Gefahr einer Entgleisung, wie damals mit sechzehn, als ihn Sophie, seine erste große Liebe verließ, weil sie sich zu einem Älteren mit eigenem Auto hingezogen fühlte. Oder wenig später, als sich sein Vater erschoss, der es nach dem wirtschaftlichen Niedergang seines Unternehmens für die letzte heroische Tat seines Aristokraten-Lebens hielt, der Familie das Geld aus der Lebensversicherung zukommen zu lassen. Komisch, hatte Max damals gedacht. Die nennen sich Lebensversicherung und zahlen, wenn einer tot ist.

Doch er hatte immer wieder aufs Gleis gefunden und fühlte sich mit neunzehn stark genug, den Kokon, der ihn umfangen hielt, zu sprengen und auf Gleise zu wechseln, von denen er nicht wusste, wohin sie führten.

Und gab es auf dieser Welt dafür einen besseren Platz als Berlin? Diese Stadt, die immer irgendwo brannte, in der zwei Gesellschaftssysteme aufeinanderprallten und diese beiden Systeme selbst in ihrem Innern am Bersten waren – was aber die Regierenden weder hier noch dort zur Kenntnis nehmen wollten. Als Max zum ersten Mal in Kreuzberg an der Mauer stand, gab es keinen ferneren Gedanken als den, dass es keine zehn Jahre mehr dauern würde, bis diese Mauer eingerissen sein würde – und keine 20 Jahre, bis ihre Existenz an vielen Stellen nicht mal mehr zu erahnen sein würde.

»Max, träumst du?« Angelas Worte hallten in seinem Kopf.

Er hatte nicht erwartet, dass dieser erste Berlin-Besuch nach so vielen Jahren seine Erinnerungen dermaßen zum Explodieren bringen würde. Es war wohl doch kein Zufall, dass ihn das Marathon-Fieber genau dann gepackt hatte, als seine Laufgruppe die Reise nach Berlin plante. Die Jahre zuvor, als die Ziele Hamburg, München und Wien hießen, hatte Max noch gesagt: »Marathon, das ist doch nur verrückt.«

Die Menschen um ihn herum begannen, auf der Stelle zu laufen, zwanzig Meter weiter vorne schoben sie sich schon in Richtung des großen Banners mit der Aufschrift »Start«, das sich quer über die Straße spannte. Die vielen kleinen Bewegungen vereinigten sich zu einer Welle, die wuchs und wuchs und Max an der Seite von Angela in Richtung Siegessäule spülte.

Als sie die Startlinie überquerten, drückten alle wie ferngesteuert auf ihre Uhren, um auch ja die Laufzeiten jedes Kilometers zu erfassen. Wobei Max sich vorgenommen hatte, nicht die Zeit, sondern den Puls zum Maßstab zu machen. Das hatte ihm sein Freund Georg geraten – mit über fünfzig Marathons in den Beinen wirklich jemand, dem Max glaubte.

»Bleib bis zur Hälfte der Strecke unter einem Puls von 120 und geh dann langsam auf 150. Ab Kilometer 35 kannst du es laufen lassen, wenn du bis dahin kommst«; auf diese einfache Formel hatte Georg das gebracht.

Max blickte auf das Gerät an seinem Handgelenk. Sie hatten die ersten zwei Kilometer hinter sich und näherten sich dem Ernst-Reuter-Platz, von dem aus die Strecke nach Norden ging. Noch immer war das Feld so eng beieinander, dass Max bei jedem Schritt aufpassen musste, nicht irgendjemandem in die Ferse zu treten. Sein Puls hatte sich tatsächlich bei 120 eingependelt und das Tempo kam ihm vor, als ginge er spazieren. Doch auch darauf hatte Georg ihn vorbereitet: »Am Anfang musst du dich bremsen, Gas geben kannst du am Schluss.« Klang ganz einfach. Doch das Gefühl, ein paar tausend Drängler hinter sich zu haben, die Georgs Ratschläge nicht kannten, machte es nicht leichter.

An den Runner's High konnte Max in diesem Moment gar nicht mehr denken. Der Berlin High machte sich breit in ihm. Diese Mischung aus den Erlebnissen unterschiedlichster Art verschmolz zu einem Gefühl aus Sehnsucht nach der damaligen Leichtigkeit und der Erleichterung darüber, dass er seinen Platz im wirklichen Leben gefunden hatte – oder dies zumindest glaubte.

Links neben ihm tauchte die Mauer des Gefängnisses von Moabit auf, mindestens sechs Meter hoch, obendrauf gerollter Stacheldraht. Dahinter erkannte er die runde Kuppel des Zentralbaus, der noch aus Kaisers Zeiten stammte. Zwei Nächte hatte er damals in einer stinkenden Einzelzelle verbracht, nachdem eine Demo aus dem Ruder gelaufen war. Das Geschrei der Mitgefangenen, das Getrampel und Rütteln an den Türen klang ihm plötzlich wieder in den Ohren.

Auf der Kronprinzenbrücke überquerten sie den Fluss. Obwohl sie bei ihren Trainingsläufen viel miteinander gesprochen hatten, schien auch Angela sich jetzt die Luft fürs Laufen aufheben zu wollen. Nur ab und zu nickte sie zu Max herüber, ohne ahnen zu können, dass er sich gedanklich in ganz anderen Regionen bewegte.

Von der Mauer war nichts mehr zu sehen. Max erinnerte sich noch genau daran, wie hier früher die Pfeiler der abgerissenen Brücke aus dem Fluss geragt hatten. Heute spannte sich ein moderner Betonbogen über die Spree, der zu den Neubauten im ehemaligen Mauerstreifen führte.

Obwohl sich die Glaspaläste der Medien und Versicherungen und die schön renovierten Fassaden, hinter denen Maßschneider, Hotels und Parteizentralen residierten, in nichts von den modernen Bauten im Westen unterschieden, spürte Max den Übergang genau. Dies waren die Straßenzüge, die er nicht kannte, mit denen sich keinerlei Erinnerung an die damalige Zeit verband.

Endlich konnte er sich auf den Lauf einlassen. Er überprüfte immer wieder den Puls und versuchte, beim Ein- und Ausatmen im Rhythmus von vier Schritten zu bleiben. Das war sein Tempo. Und er wusste: »Ich schaffe das.« Das neue Berlin lag ihm zu Füßen.

An der Friedrichstraße stolperte er fast über die Straßenbahnschienen, das erste untrügliche Zeichen dafür, dass er sich jetzt im Ostteil der Stadt befand. Links und rechts der Torstraße wuchsen die ersten Plattenbauten in den Himmel, zwar mittlerweile farblich aufgehübscht, aber noch immer unverkennbar. Immer wieder tauchte der Fernsehturm am Alexanderplatz über den Häusern auf.

Genau wie Georg es ihm eingeschärft hatte, wollte Max jede zweite Verpflegungsstation anlaufen, einen Becher Wasser trinken und später, ab dem Halbmarathon, auch ein Stückchen Banane essen. »Aber langsam«, hatte sein Freund gesagt. »Wenn der Magen krampft, bist du erst mal draußen.«

Dutzende Helfer in gelben Jacken standen am Straßenrand und hielten den Läufern durchsichtige Plastikbecher entgegen. Obwohl der Becher, den Max sich reichen ließ, nicht ganz gefüllt war, schwappte ihm gleich eine Ladung Wasser über die Brust. Er genoss die Abkühlung und verlangsamte den Schritt, um trinken zu können. Den leeren Becher ließ er nach ein paar Metern zu den vielen anderen fallen, die hier die Straße bedeckten und mit ächzendem Krachen zerbrachen, wenn die nächsten Läufer sie plattwalzten.

Das Feld der Läufer hatte sich auseinandergezogen. Max sah auf die Uhr. Im Schnitt lief er den Kilometer in sechs Minuten, also zehn Kilometer pro Stunde, machte etwas über vier Stunden für den gesamten Marathon. Klang nicht schlecht.

Zurück im Westen holte die Vergangenheit Max an der Hasenheide wieder ein. Denn dort hatte ihn Helga eines Nachts direkt unter dem Standbild von Turnvater Jahn in ganz andere Leibesübungen eingeführt, als es sich der Pionier des Bewegungssports vorgestellt hatte.

Doch das war lang vorbei. Max versuchte, sich wieder auf den Lauf zu konzentrieren. Noch ein kleines Stück, dann war der Halbmarathon geschafft, etwas mehr als 21 Kilometer.

Seine Uhr zeigte zwei Stunden und sechs Minuten an, als er über die Matte lief, unter der die Sensoren für die Zeitmessung lagen. Er hatte das Gefühl, noch ewig so weiterlaufen zu können. Angela hatte er schon vor einer ganzen Weile verloren, als er im Kreisverkehr am Straußberger Platz den rechten Bogen nahm und sie linksherum lief.

Das Rathaus Schöneberg lag schon ein Stück hinter ihm, als er links und rechts der Strecke wieder die Gelbjacken mit ihren Bechern sah, nach denen die Läufer gierig griffen. Die Sonne hatte mittlerweile einen so hohen Stand erreicht, dass zumindest in den breiteren Straßen kaum mehr Schatten zu finden war. So sehr die Zuschauer die warme Herbstsonne genossen, sehnte sich Max nach dem leichten Nieselregen, den er beim Laufen so gerne mochte. Doch dann wären sicher nicht zigtausende fröhliche Menschen am Straßenrand gestanden und hätten ihn und die vielen anderen mit ihrem Beifall durch die endlose Stadt getragen.

Er nahm einen Becher Wasser und ließ die Flüssigkeit langsam durch die Kehle rinnen. Einen zweiten Becher goss er über seinen Kopf. Die Kühle traf seinen Rücken, als wäre es ein Bündel Nadelstiche. Seine Nerven schienen sich zusammenzuziehen und gaben ihm schlagartig das Gefühl zu frieren. Er schüttelte sich und stolperte ein paar Meter vorwärts. Direkt zu dem Tisch, an dem ein Schild mit der Aufschrift »Eigenverpflegung« stand.

Wer als Läufer etwas auf sich hielt und das Maximum aus sich herausholen wollte, begnügte sich natürlich nicht mit Wasser oder den angebotenen Energy-Drinks. Nein, der brachte seinen eigenen Zaubertrank mit, den man beim Start abgeben konnte, und der dann von den Gelbjacken zum richtigen Verpflegungspunkt gebracht wurde. Wenn alles klappte.

Die Aufkleber auf den Trinkflaschen trugen die Startnummern der Läufer und mancher hatte noch einen Luftballon daran befestigt, um die eigene Flasche unter den vielen anderen auch ja zu finden. Nicht auszudenken, wenn man das falsche Gebräu erwischte!

Auf einer der Flaschen prangten drei goldene Buchstaben: WWW. In dem Moment, in dem Max realisierte, wer sich hier stärken wollte, griff auch schon eine Hand nach der Flasche. Max verlangsamte seinen Schritt noch etwas und blickte hoch. Neben ihm stand Walter Wilhelm Wachter und nickte ihm aufmunternd zu. »Mehr als die Hälfte haben wir schon. Auf geht's!«

WWW riss die Flasche an sich und sog gierig die Flüssigkeit ein, während er schon wieder beschleunigte. Max beschloss, sich ein wenig an ihn dranzuhängen. Der Pulsmesser, der einen Wert von 140 anzeigte, erlaubte es.

Was auch immer der andere in seiner Flasche hatte, es schien zu wirken. Er zog das Tempo noch ein wenig an, so dass Max schwer atmen musste.

156. Sein Puls lag über Georgs Vorgabe. Doch WWW jetzt ziehen lassen? Nein, diesem Emporkömmling der Läuferriege wollte Max nicht den Vortritt lassen. Wobei Wachter gar nicht zu bemerken schien, dass Max an ihm klebte. Er blieb so nah wie möglich an der blauen Linie und rempelte einen Läufer, den er überholen wollte, grob zur Seite.

Max registrierte die Geschäfte, an denen sie vorbeiliefen. Der übliche Kiez-Mix: ein Schlüsseldienst, ein Fotogeschäft, ein Billig-Friseur, der unvermeidliche Spätkauf und ein Sexshop, dessen Besitzer eine aufgeblasene Puppe vor die Tür gehängt hatte.

Ganz automatisch ging auch WWWs Blick in die Richtung der riesigen Luft-Brüste. Max, der fast auf gleicher Höhe mit ihm lief, glaubte, ein Lächeln in seinem Gesicht zu sehen.

»Den Nachtisch gibt's erst später«, rief Max hinüber und bemerkte, wie sich plötzlich Wachters Gesichtsausdruck veränderte. Der Mann riss den Mund weit auf, seine Gesichtszüge erstarrten zu einer verkrampften Maske. Er wurde langsamer, beugte den Oberkörper nach vorne und riss ihn gleich wieder nach hinten. Ganz automatisch passte Max sein Tempo an und beobachtete, was neben ihm geschah. Wachters Körper zuckte immer wieder, seine Hände suchten vergebens Halt in der Luft.

Bevor Max realisierte, was da passierte, knickten Wachters Beine weg, der Körper stürzte nach links, genau vor Max' Füße. Er versuchte, einen Schritt nach vorne zu machen, um das Gleichgewicht zu halten. Doch der immer noch zuckende Körper, der gegen seine Beine schlug, ließ ihm keine Chance. Max strauchelte und riss die Arme nach vorne, als er merkte, dass er den Sturz nicht vermeiden konnte. Doch es war zu spät. Hart schlug er mit der Stirn auf einen Kanaldeckel auf. Er hörte ein paar Schreie, die aber merkwürdig gedämpft klangen. Warmes, weiches Blut floss über sein schweißnasses Gesicht. Nur unscharf nahm er die vielen Beine wahr, die sich rund um ihn herum bewegten.

Es dauerte keine Minute, bis sich jemand über ihn beugte und mit ruhiger Stimme fragte: »Können Sie mich hören?« Max nickte matt und ließ sich von dem Unbekannten zu einem mächtigen Baum am Rand der Strecke führen. Dass es sich um die mehr als 120 Jahre alte Kaisereiche handelte, gepflanzt zu Ehren der Goldenen Hochzeit Wilhelms I. zu einer Zeit, in der es hier weder Marathonläufe noch Tausende von Autos gab, wusste er nicht. Es hätte ihn in diesem Moment auch nicht im Geringsten interessiert.

Mit dem Handrücken wischte er über seine Augen und blickte auf den kleinen Computer an seinem Unterarm. Puls 160. Geschwindigkeit 0, zurückgelegte Kilometer 25,1.

25,1 Kilometer, so weit war er noch nie gelaufen. Bis gerade eben hatte er sich so frisch gefühlt, dass ihn die bis ins Ziel noch fehlenden gut 17 Kilometer keineswegs schrecken konnten. Und nun das. Noch immer tropfte Blut vor ihm auf die Erde. Er drückte die Kompresse, die ihm der Helfer auf die Stirn gelegt hatte, fest an und versuchte aufzustehen. Zwei Minuten hatte er schon verloren, doch den Marathon jetzt aufgeben? Wegen so eines Idioten wie Walter Wilhelm Wachter? Nein!

»Wo willst du hin?«, hörte er wieder die unbekannte Stimme.

»Ins Ziel, wohin sonst!«

Max setzte vorsichtig einen Fuß vor den anderen und versuchte, seinen Körper wieder in Bewegung zu bringen, als sich plötzlich um ihn herum alles drehte. Die Kaisereiche, die vielen Menschen, selbst die aufgeblasene Puppe tanzte um ihn herum. Die Kraft, die ihn bis hierher getragen hatte, schien aus seinen Beinen herauszufließen. Direkt neben der Eiche sackte er zusammen. Den Hundehaufen, in dem er um ein Haar gelandet wäre, bemerkte er nicht.

Ein angenehmes Gefühl der Kühle ließ ihn langsam wieder zu sich kommen. Neben ihm kniete jetzt eine Sanitäterin, die sein Gesicht mit einem feuchten Tuch reinigte. Auf der verletzten Stirn spürte er einen Verband. Max setzte sich ein wenig auf und suchte mit dem Rücken Halt an dem mächtigen Baum.

Vor sich auf der Straße sah er noch mehr Sanitäter. Ein Mann, auf dessen Jacke groß das Wort »Notarzt« stand, beugte sich über einen am Boden liegenden Körper, während ein nicht enden wollender Strom von Läufern die Stelle passierte. Manche schienen so in ihren Lauf versunken, dass sie gar nicht wahrnahmen, was sich direkt neben der Strecke abspielte, andere blickten kurz auf die Szene und liefen dann weiter, schneller als zuvor, gerade so, als müssten sie dem Geschehen entfliehen. Max suchte in der Menge nach bekannten Gesichtern, doch über seine Augen legte sich ein leichter Schleier.

»Hey, Max, was ist passiert?« Er kannte die Stimme, konnte sie aber nicht zuordnen. Sie war zu weit weg und klang etwas verzerrt.

»Maaax.« Und wieder: »Maaax.«

Er öffnete die Augen. Wie durch einen Vorhang sah er das schlanke, leicht gebräunte Gesicht einer Frau, deren Haare nach hinten gekämmt und zu einem Zopf gebunden waren.

»Angela«, rief er. »Was machst du hier?«

Von ganz weit hinten hörte Max eine andere Stimme: »Er ist gestürzt und hat wahrscheinlich eine Gehirnerschütterung. Wir müssen ihn wohl ins Krankenhaus bringen.«

»Ins Krankenhaus? Nein«, hörte Max seine eigene Stimme. »Ich muss ins Ziel.« Sein Versuch, sich aufzurichten, scheiterte bereits nach wenigen Zentimetern. Kraftlos sank er zurück auf den Boden.

»Mein Lieber, Ihr Ziel heißt jetzt Krankenhaus. So leid mir das tut. So können Sie nicht mehr auf die Strecke.« Die Stimme der Sanitäterin klang nicht so, als wäre Widerspruch möglich.

»Ich begleite dich«, sagte Angela und griff nach Max' Hand.

So sehr er Angelas Berührung in einer anderen Situation genossen hätte, jetzt zog Max seine Hand zurück und sagte, schon wieder etwas kräftiger: »Kommt nicht in Frage. Du läufst. Es ist dein erster Marathon und du hast dich so auf ihn gefreut. Renn weiter. Dann bleibst du unter 4:30. Es genügt ja, wenn ich hier faul rumliege. Und der da«, fügte er an und wies mit dem Kopf auf Wachter, der jetzt auf eine Trage gehoben wurde. »Lauf los, ich ruf dich später an.«

Angela entfernte sich mit unsicheren Schritten, während der Notarzt ein weißes Tuch über Walter Wilhelm Wachters Kopf zog.

Max spürte das seltsame Brummen zuerst hinter der Stirn. Vorsichtig fasste er dort hin, fühlte aber nur einen dicken Verband. Der dunkle Ton kroch entlang seiner Schädeldecke und hinterließ einen leichten Schmerz, der sich bald an seinem ganzen Kopf entlangzog.

Langsam öffnete er die Augen und versuchte, sich zu orientieren. Er lag in einem Krankenhausbett, über seinem Gesicht baumelte an einer Halterung, die man so charmant Galgen nannte, ein kleines Gerät mit mehreren Knöpfen. Obwohl die Vorhänge zugezogen waren, erkannte er, dass draußen die Sonne schien und sich die Blätter des hohen Baumes, der vor dem Fenster stand, schon rot verfärbt hatten.

Das Brummen hörte nicht auf. Max zog sich an dem Haltegriff langsam in die Höhe. Aus seinem Körper kam der Ton nicht. Er schloss die Augen und versuchte, die Quelle zu orten. Das Geräusch musste seinen Ursprung direkt rechts neben seinem Bett haben, dort, wo der metallene Nachttisch stand, der schon mindestens fünfzig Jahre auf dem Buckel hatte. In der Schublade, die Max aufzog, lag sein Laufcomputer und wackelte munter vor sich hin.

Jetzt dämmerte es Max. Er hatte den Vibrationsalarm des Geräts auf vier Stunden eingestellt, um sich nochmals zu motivieren, falls er bis dahin noch nicht über die Ziellinie des Berlin-Marathons gelaufen wäre. Nun waren diese vier Stunden um, und Max hatte keine Chance mehr, das Ziel zu erreichen.

Er deaktivierte den Alarm und versuchte, das Geschehen zu rekapitulieren: Bei Kilometer 25 hatte er noch etwas getrunken und war mit dem Oberbürgermeister-Kandidaten weitergelaufen, der dort seine eigene Flasche deponiert hatte. Kurz darauf war Wachter vor ihm zusammengebrochen und hatte ihn im Fallen mit sich gerissen. Doch warum? Und was war mit Wachter?

Das erfuhr Max wenige Minuten später von einem uniformierten Polizisten, der plötzlich neben seinem Bett stand. Wachter war tot. Zusammengebrochen neben der Kaisereiche in Berlin-Friedenau. Max von Steyn war, inmitten von vielen tausend Menschen, offenbar der einzige Zeuge, der aber auch nicht wirklich viel wusste.

Doch bevor er alles, was er wusste, der Polizei erzählte, wollte er sichergehen, dass eine Kundin, für die er gerade arbeitete, nichts mit dem Fall zu tun hatte.

Fünf Monate zuvor

Als das erste Sonnenlicht langsam über den Hügel kroch, ließ sich Max von Steyn gerade von einem tausendstimmigen Vogelchor in den Schlaf singen. Ihn kümmerte nicht, ob es Amseln, Drosseln, Lerchen oder anderes Federvieh war, das sich in den vielen Bäumen rund um sein Haus eingenistet hatte. Selbst das Schreien der Krähen, die jedes Frühjahr wiederkamen, beeinträchtigte seinen Schlaf nicht. Andere, unten in der Stadt, hatten sich an den Lärm fahrender Autos oder das Gebimmel der Kirchenglocken als ständige Begleiter der Nacht gewöhnt; er zog die natürlichen Laute vor.

In diesem Moment allerdings hätte es ihn nicht einmal gestört, wenn ein ICE durch seinen Vorgarten gerauscht wäre.

Der Abend war mal wieder richtig lang gewesen und Max hatte nach etlichen Gläsern des toskanischen Rotweins eine Bettschwere, die nahe an der Grenze zur Bewusstlosigkeit lag. Ein Wunder, dass er es geschafft hatte, nicht im Bett der Gastgeberin zu landen, und dann auch noch den ganzen Weg hier herauf zu laufen. Auch wenn er dabei sicher keinen neuen Geschwindigkeitsrekord aufgestellt hatte.

Sonja Berger hatte zu ihrem 40. Geburtstag eingeladen und dabei offengelassen, ob sie diesen zum ersten, zweiten oder dritten Mal feierte. »Wie auch immer, du siehst aus wie 38«, hatte Max ihr ins Ohr geflüstert, als er sein Geschenk überreichte. Es war das in Leder gebundene Manuskript eines Romans, den er über die Ereignisse des vergangenen Sommers geschrieben hatte, in dem Sonja Berger ihn, der nach seinem Ausstieg aus dem Journalistendasein eher geruhsam in den Tag lebte, in ein aufregendes Abenteuer um ihren verschwundenen Mann gestürzt hatte.

Siegfried Berger war nun seit mehr als einem halben Jahr tot. Obwohl die Ehe der beiden alles andere als gut gewesen war, hatte Sonja doch etliche Monate gebraucht, um wieder

Tritt zu fassen. Ihr strahlendes Lachen am Abend zuvor hatte ihm deutlich gezeigt, dass sie es geschafft hatte. Schließlich hatte sie auch schon wieder intensiv mit ihm geflirtet.

Noch während der Party musste Max einige Passagen aus seinem Text vorlesen, und Sonja versprach, ein paar hundert Exemplare zu kaufen, wenn er einen Verlag gefunden hätte.

Obwohl Sonja Berger nur ihre engsten Freunde und Mitarbeiter eingeladen hatte, drängten sich am Ende bestimmt fünfzig Menschen auf der Terrasse ihres Hauses und genossen in der lauen Frühlingsnacht das Büffet, das der Chef des Firmenrestaurants von »Berger Pharmaceuticals« zusammengestellt hatte.

Ein paar von ihnen saßen wohl immer noch dort, als Max von Steyn sich seinen Schlafsack schnappte und ihn in die Hängematte legte, die zwischen den alten Pflaumenbäumen in seinem Garten gespannt war.

Das Vogelkonzert verschwand in weicher Watte und machte dem leisen Rauschen der Meeresbrandung in Max' Traum Platz. Gerade mal drei Tage war er zurück aus diesem kleinen Hotel auf La Palma, in das er acht Wochen zuvor vor dem nicht enden wollenden oberschwäbischen Winter geflüchtet war.

Dank des Honorars, das ihm Sonja Berger für die Detektivarbeit bezahlt hatte, konnte er es sich leisten, alle anderen Aufträge erst einmal zu verschieben und sich die Sonne auf den Bauch scheinen zu lassen – und dabei seine Erlebnisse aufzuschreiben.

In seinem Traum stieg gerade die großgewachsene Italienerin, die er im Hotel kennengelernt hatte, aus den weichen Wellen des ins Morgenlicht getauchten Atlantiks, als eine weit entfernt klingende Stimme auf Deutsch sagte: »Hallo, Herr von Steyn.«

Komisch, dachte Max, wir sprechen hier doch alle spanisch oder englisch miteinander. Das einzige Mal, dass er seinen Nachnamen genannt hatte, war bei der Anmeldung im Hotel gewesen.

Nein, das war nicht die Italienerin. Wer dann? Im Hotel war er, soweit er wusste, der einzige Deutsche.

»Herr von Stey-eyn.« Die Stimme ließ nicht locker und wagte es auch noch, seinen schönen Familiennamen fast zu singen. Wo das Vogelkonzert doch schon seit ein paar Stunden vorbei war.

Max kannte die Stimme. Und zwar nicht von den Kanaren, sondern hier aus der Stadt. »Stey-eyn, Stey-eyn«, hallte es in seinem Kopf, und jede Silbe löste aufs Neue eine kleine Schmerzwelle aus. Vielleicht hatte der Toskaner doch etwas zu viel Schwefel abbekommen?

Das Vögelchen zwitscherte weiter. Beim fünften »Stey-eyn« fiel endlich der Groschen. Max öffnete langsam die Augen – und tatsächlich: Vor ihm stand Isabel Mertens, die schöne Oberbürgermeisterin der schönen Stadt, in der er seit gut fünfzehn Jahren lebte.

Nein, bitte nicht schon wieder ein verschwundener Mann, flehte Max innerlich. Denn auch Sonja Berger hatte ihn seinerzeit aus den süßen Träumen eines wohligen Rausches gerissen, den er in seiner Hängematte ausschlafen wollte, und ihn dazu gebracht, Detektiv zu spielen.

Aber diese Gefahr drohte bei Isabel Mertens eher nicht. Soweit er wusste, war sie Single. Zwar mit Affären – aber die liefen in der Regel sehr diskret ab.

»Herr von Stey-eyn. Ich bin hier, um Sie um Hilfe zu bitten.«

»Noch ein Stey-eyn, und mein Schädel platzt«, brummte Max und richtete sich auf.

»Gut gefeiert gestern bei Frau Berger?«, fragte Isabel Mertens. Sie selbst sah unverschämt wach aus für diese frühe Uhrzeit. In ihrem halblangen, hellbraunen Haar steckte eine große Sonnenbrille, die sie jetzt über ihre strahlend blauen Augen zog. Das Spiegelbild, das ihm aus den Gläsern entgegenblickte, zeigte Max deutlich, wie recht sie hatte. Seine eigenen Augen blinzelten müde in den hellen Tag.

»Woher wissen Sie …?«

»Beinahe hätten wir uns dort getroffen. Aber leider habe ich einen Job, der es mir nicht immer erlaubt, am Freitag die Woche mit einer rauschenden Party ausklingen zu lassen. Ich hatte das weniger berauschende Vergnügen, mit ein paar unserer Abgeordneten zu speisen.«

»Und was treibt Sie zum Frühstück zu mir hinauf?« Während Max dies sagte, schälte er sich aus seinem Schlafsack. Die Frau Oberbürgermeisterin schien es nicht zu stören, dass er in Boxershorts vor ihr stand. »Kommen Sie auf die Terrasse. Ich mach uns einen Kaffee. Oder trinken Sie nur grünen Tee?«

Isabel Mertens schaffte es sogar, über diesen kleinen Scherz zu lächeln. Seitdem sie vor gut sieben Jahren zur ersten grünen Oberbürgermeisterin im Land gewählt worden war, hatte sie solche Sprüche schon zuhauf gehört – und sich angewöhnt, nicht darauf zu reagieren.

»Kaffee klingt gut – stark und schwarz, so wie sich hier manche den Bürgermeister wünschen«, sagte sie und fügte hinzu: »Womit wir schon beim Thema wären.«

Eine Stunde und etliche Tassen Kaffee später wusste Max, um welches Thema es sich handelte: Isabel Mertens Amtszeit lief in einem halben Jahr aus. Weil sie damit rechnete, dass ihre Gegner die Wahlniederlage vom letzten Mal wieder gutmachen wollten, erwartete sie Gegenwind. »Gerade deshalb brauche ich Ihre Unterstützung, Herr von Steyn.«

So einfach sah sie das. Frau Oberbürgermeisterin radelte am Samstagvormittag den Berg hinauf in die Maxau, wie Max von Steyn sein etwas außerhalb der Stadt gelegenes Refugium nannte, und engagierte ihn als Wahlkampfhelfer.

»Moment, Moment.« Er hob abwehrend die Hände. »Wie kommen Sie darauf, dass ich mich in die Lokalpolitik einmische? Seitdem ich nicht mehr bei der Zeitung arbeite, lässt mich das alles glücklicherweise ziemlich kalt.«

»Sie Glücklicher. Aber glauben Sie wirklich, es ist in Ihrem Interesse, wenn die Klüngelpolitik der früheren Jahre fortgesetzt wird? Dagegen haben Sie als Journalist doch selbst lange genug angeschrieben.«

Isabel Mertens hatte nicht unrecht. Im Gegensatz zu anderen Städten in der Umgebung hatte es hier recht lange gedauert, bis die alten Seilschaften abgelöst wurden, deren Stränge bis in die Nachkriegszeit – und vielleicht auch noch weiter – zurückreichten. Und das auch nicht, weil die Bevölkerung plötzlich mehrheitlich grün dachte, sondern weil die Mehrheitspartei einfach einen strategischen Fehler begangen hatte: Als ihr langjähriger Oberbürgermeister altersbedingt nicht mehr antreten durfte, hatte sie den Fraktionschef ins Rennen geschickt. Der war nur fünf Jahre jünger und brauchte, wie jeder wusste, noch etwas für die Rente, nachdem er mit seinem Handwerksbetrieb pleite gegangen war.

Soviel Gemauschel schreckte auch den bravsten Oberschwaben. Und Isabel Mertens zog gleich im ersten Wahlgang ins Rathaus ein – was sie noch mehr zu überraschen schien als alle anderen.

Jung, klug, offen. So hatte Max sie damals charakterisiert, als er im Oberländer Anzeiger über den Wahlkampf schrieb. Die Attribute für den Gegenkandidaten klangen nicht so freundlich: Stur, rückwärtsgewandt, abhängig.

Diese Beschreibung hatte Max von Steyn sogar eine Rüge seines Verlegers eingebracht, bei dem sich die örtlichen Honoratioren prompt beschwert hatten. Wenngleich der Chef augenzwinkernd angefügt hatte: »Sie haben ja recht. Aber schließlich sind das meine Parteifreunde. Verpacken Sie es das nächste Mal einfach etwas freundlicher.«

So war er gewesen, der alte Hallhuber. Ein Verleger, wie ihn sich viele Journalisten wünschten. Nur ganz selten mischte er sich in die tägliche Arbeit ein und hielt seinen Leuten ansonsten den Rücken frei. Er wusste, dass er von seinen Redakteuren nicht erwarten konnte, dass sie nach außen jedem, vom Bauern bis zum Minister, mit einer kritischen Grundhaltung gegenübertreten und gleichzeitig nach innen kuschen sollten.

Ganz anders der Sohn, der die Firma nach Hallhubers plötzlichem Tod übernahm. Ein Betriebswirt, der zuvor als Manager für eine Windelfirma gearbeitet hatte und sich für

Journalismus nicht im Geringsten interessierte. Sobald sich ein Anzeigenkunde beschwerte, musste die Redaktion zurückrudern. Es war ja schließlich sein Geld.

Und so hatte Max von Steyn dann irgendwann entnervt beschlossen, die Kasse dieses Jung-Dynamikers zumindest um sein Gehalt zu entlasten. Seitdem hielt er sich damit über Wasser, Firmenbiografien zu schreiben. Die waren zwar naturgemäß auch nicht sehr kritisch, aber das erwartete ja auch niemand, denn schließlich war klar, wer ihn bezahlte.

Da brachte so ein Auftrag wie der der Oberbürgermeisterin doch mal Abwechslung. Zumal er mit der Geschichte des Haushaltswarengeschäfts Scharfenberg, die er gerade schrieb, nicht so recht weiterkam. Sein Auftraggeber, Gerhard Scharfenberg, lag nach einem Herzinfarkt seit ein paar Wochen im Krankenhaus. Und dessen Sohn Jochen zeigte kein besonderes Interesse daran aufzuarbeiten, was während des Dritten Reiches in der Stadt und insbesondere in der Firma passiert war. Denn bis Anfang 1938 hatte das Geschäft den Namen »Kaufhaus Finkenbeiner« getragen, dessen jüdischen Eigentümer, ebenso wie tausende andere Geschäftsleute, von den Nazis aus dem Land gejagt worden waren. Gerhard Scharfenbergs Vater hatte die Gunst der Stunde genutzt und die Firma zu einem Spottpreis erworben.

Max dachte etwas schuldbewusst an die beiden Kartons mit alten Unterlagen, die ihm Scharfenberg übergeben hatte und die immer noch einer gründlichen Durchsicht harrten. Schon im Vorjahrjahr hatte er sich an die Arbeit machen wollen, doch dann hatte der verschwundene Siegfried Berger sein Leben durcheinandergewirbelt. Jetzt wollte er den Auftrag endlich abschließen, und das würde er trotz der Zusammenarbeit mit Isabel Mertens schaffen.

Mit ihr war er sich nach etlichen weiteren Tassen Kaffee einig. Er streckte der Oberbürgermeisterin die Hand entgegen und sagte: »Ich bin dabei. Allerdings nur dezent im Hintergrund.« Isabel Mertens' Hinweis, vielleicht brauche eine Stadt dieser Größe in Zukunft ja auch einen eigenen Pressesprecher, hatte er geflissentlich überhört. Das klang in seinen

Ohren nach zu viel Abhängigkeit. Da hätte er auch gleich bei der Zeitung bleiben können.

Seine neue Rolle als Wahlkampfmanager gefiel Max gar nicht so schlecht. Er wusste ja nur zu gut, wie die Medien tickten, und bediente sie alle mundgerecht: nicht nur seine früheren Kollegen vom Oberländer Anzeiger, die hoffentlich nie erfahren würden, wer da den Spin-Doctor gab, sondern auch die Anzeigenblätter, das Radio und das Lokalfernsehen, das sich gerade etablierte.

Speziell für die dachte sich Max Geschichten mit schönen bunten Bildern aus. Isabel Mertens eröffnete neue Radwege nicht mehr, indem sie das übliche Band durchschnitt. Sie fuhr stattdessen den Landrat auf dem Gepäckträger ihres Fahrrads spazieren. Das sah wesentlich lustiger aus als eine Horde von Anzugträgern, die am Ende alle einen rot-weißen Plastikschnipsel in den Händen hielten und sparsam in die Kameras der Pressemenschen blickten. Und für Oma Müller gab es zum 100. Geburtstag nicht nur den obligaten Geschenkkorb mit einem Likörchen drin, sondern eine Kutschfahrt durch die Stadt. Keine Frage, wer die Zügel in der Hand hielt!

Und noch etwas anderes versüßte Max den neuen Job: Isabel Mertens war, wie er selbst auch, eine begeisterte Läuferin. Da lag es nahe, die Strategiebesprechungen mit einem gemütlichen Dauerlauf zu verbinden, wenn auch stets auf einer Strecke, auf der die Gefahr, irgendjemanden zu treffen, gering war.

So schnell konnte es gehen, dass man fürs Laufen bezahlt wurde.

Kaum zu glauben, dass schon Mitte Juli ist, dachte Max, als er aus der Haustür trat. Das Thermometer am Fenster zeigte zwölf Grad, die Luftfeuchtigkeit lag dank des leichten Nieselregens bei 100 Prozent. Von der schönen Aussicht, die ihn auch nach Jahren hier oben immer wieder aufs Neue begeisterte, war nichts zu sehen. Die Wolken hingen tief in den Bäumen. Der Horizont, sonst Ausdruck der Weite und Offenheit der Landschaft, lag zum Greifen nahe.

Doch Max störte das nicht. Beim Laufen liebte er dieses Wetter. Die frische Luft fand wie von selbst ihren Weg in seine Lungen, ganz von selbst verfielen auch seine Beine in einen leichten Trab. Eine halbe Stunde würde er brauchen bis zu der Stelle, an der er sich mit Isabel Mertens treffen wollte. Dann eine Stunde gemeinsamer Lauf und wieder eine halbe Stunde zurück. Genau das, was er für sein Marathon-Training brauchte.

Zwei Monate waren es noch bis zum großen Tag in Berlin. Hatte er den Begriff Marathon tatsächlich noch vor kurzem mit dem Attribut »verrückt« verbunden? Jetzt hatte sich die Bedeutung gründlich verschoben. Verrückt war plötzlich attraktiv.

Erst vorgestern hatte sein Freund Georg beim wöchentlichen Lauftreff im Zirbelwald wieder geschwärmt: »Das Bier direkt im Ziel, das schmeckt so gut wie kein anderes.«

»Bist du verrückt?«, hatte Max gefragt. »Du läufst 42 Kilometer und trinkst dann gleich ein Bier?«

»Na klar. Außerdem sind es 42,195 Kilometer.« Max sah noch jetzt Georgs breites Grinsen. »Das Bier ist die Belohnung für die letzten 195 Meter. Da reicht ein kleiner Becher und du bist noch higher als vom Laufen allein. Du hast das Gefühl, der Alkohol fließt direkt ins Blut.«

Max wusste nicht so recht, ob Georg ihn nur auf den Arm nehmen wollte und fragte: »Haben die denn genug Bier für 40 000 Leute?«

»Keine Ahnung«, kam es zurück. »Ich bin immer unter den ersten 5000. Für die zumindest reichte es bislang.«

Doch jetzt war es halb acht am Morgen; und an Bier mochte Max um diese Zeit noch nicht denken.

Er fand seinen Weg ganz von alleine. Der Wald begann direkt hinter dem kleinen Häuschen, das er vor einigen Jahren gekauft und seitdem Stück für Stück renoviert hatte. Zwar zogen sich die Neubaugebiete der Stadt immer weiter den Berg hinauf, doch bis sie hier in der Maxau ankämen, würde es noch eine Weile dauern. Wenn sie überhaupt so weit kämen. Schließlich gehörten Max hier oben ein paar tausend Quadratmeter Land. Ganz egal, wie die Preise mal steigen würden, er würde nichts hergeben. Und so seine Ruhe bewahren.

Ganz entspannt lief er über die Forstwege. Nur einmal schauderte ihn, als er an der Hütte vorbeikam, in der er sich im vergangenen Jahr mit Professor Hausmann, einem Mitarbeiter von Sonja Bergers Firma getroffen hatte. Kurz darauf war Hausmann tot. Erschlagen, in seinem eigenen Wohnzimmer.

Es war eine seltsame Geschichte gewesen, in der er mit so vielen Toten konfrontiert worden war wie nie zuvor in seinem Leben.

Zeitgleich mit Isabel Mertens kam er an dem Waldparkplatz an, an dem sie sich verabredet hatten.

»Hast du schon die Zeitung gelesen?«, fragte die Oberbürgermeisterin zur Begrüßung. Seitdem sie nicht nur zusammen arbeiteten, sondern auch miteinander joggten, duzten sie sich, doch mehr Kontakte gab es nicht.

»Wie denn?«, gab Max zurück. »Du weißt doch, dass ich heute erst mittags ins Café komme.« Seine frühere Sucht nach der Tageszeitung hatte er inzwischen erfolgreich bekämpft. Zwar las er sein früheres Blatt noch regelmäßig, doch nicht zu Hause, sondern immer in seinem Lieblings-Café am Marktplatz. Wenn er mal einen Tag nicht kam, hob der Wirt ihm das Blättchen auf.

»Hier, schau!« Isabel Mertens hielt den aktuellen Lokalteil hoch.

Max las die Schlagzeile: »WWW heizt der Oberbürgermeisterin ein«. Hinter den drei großen Buchstaben steckte eine Initiative, die sich den schönen Namen »Wir wollen wechseln« gegeben hatte – und jetzt Front gegen die Oberbürgermeisterin machte. Ihr wichtigstes Ziel: einen Kandidaten zu finden, der gegen Isabel Mertens antrat.

»Na dann, auf in den Kampf«, rief Max und rieb sich die Hände.

»Findest du das wirklich gut?«, fragte sie.

»Was heißt gut? Du hast mich doch engagiert, weil du genau so etwas erwartet hast.«

Isabel Mertens ließ ihren Blick durch den grauen Himmel streifen, dachte dann einen Moment mit geschlossenen Augen nach und sagte, schon wieder lächelnd: »Du hast ja recht. Aber ich wäre auch nicht böse gewesen, wenn es anders gekommen wäre.«

Max überflog den Artikel. Hinter WWW steckte, was ihn nicht sehr verwunderte, Franz Sauter, der Vorsitzende der größten Gemeinderatsfraktion, der nach der Wahlniederlage seines Vorgängers die Führung übernommen hatte. Der Öko-Kurs, den Isabel Mertens als neue Oberbürgermeisterin eingeschlagen hatte, war schnell sein Lieblingsthema geworden. »Unsere Industrie lebt von Aufträgen aus der Automobilindustrie – und die Oberbürgermeisterin schafft als Erstes ihren Dienstwagen ab«, zitierte ihn die Zeitung. Und so ging es weiter: »Blanken Populismus« nannte er Isabel Mertens Einsatz für mehr Fahrradwege und verkehrsberuhigte Zonen. Und dann die Windräder: »Eine Schande für unsere schöne Landschaft.« Da gefiel ihm das Atomkraftwerk hundert Kilometer entfernt an der blauen Donau doch schon besser.

Ein so wirtschaftsfeindliches Stadtoberhaupt könne man sich nicht länger leisten. Deshalb müsse ein überzeugender Kandidat her, der auch die nötigen Querverbindungen in die Politik mitbringe. Die Kontakte, die Isabel Mertens aus ihrer Zeit im Innenministerium mitgebracht hatte, spielte er herunter: »Das ist fast acht Jahre her. Und schließlich wollte man sie dort ja auch nicht mehr haben.«

»Der liebe Franz«, sagte die Oberbürgermeisterin milde und steckte die Zeitung, die ihr Max wieder hinhielt, in die Gepäcktasche ihres Fahrrads. Selbst hierher in den Wald war sie mit dem Rad gekommen.

»Wir sollten los«, drängelte Max, der ein wenig zu frieren begann.

Sie liefen ein paar hundert Meter schweigend nebeneinander, bis Max fragte: »Wie gut kennst du eigentlich den lieben Franz?«

»Wie meinst du das?«, kam es zurück, und Max glaubte, etwas Schnippisches in Isabels Antwort zu hören. Er wusste wenig über das Privatleben seiner Auftraggeberin. Allerdings war er noch immer bestens in den Buschfunk der Kleinstadt eingebunden und hörte, wenn auch manchmal mit ein paar Tagen Verspätung, jedes Gerücht. Und eines besagte, dass Isabel Mertens im Jahr zuvor eine Affäre mit eben diesem Franz Sauter gehabt haben soll.

»Du weißt genau, welche Gerüchte durch das Städtchen schwirren. Und dass man einer attraktiven jungen und zudem einflussreichen Frau wie dir gerne mal eine Affäre andichtet, ist doch auch normal«, erwiderte Max. Isabel entspannte sich wieder ein wenig. Das Kompliment schien angekommen zu sein.

»Mir ist ehrlich gesagt vollkommen egal, ob da was war oder nicht«, fuhr er im Plauderton fort. »Es kann und muss ja nicht jeder so monogam leben wie ich.«

Max blickte hinüber zu der Frau und versuchte, in ihren Augen eine Reaktion abzulesen. Nahm sie seine Worte als Scherz oder für bare Münze? Er wusste es nicht.

Betont sachlich fuhr er fort: »Ich halte es nur für wichtig, Franz Sauters Motivation zu klären. Es liegt auf der Hand, dass er politisch anders tickt als du. Doch wenn noch persönliche Gründe dazukommen, dann müssen wir mit einem schmutzigen Wahlkampf rechnen. Das ist doch das A und O der Kommunikation: Du musst zunächst einmal die Bedürfnislage deines Gegenübers ausloten.«

»Sehr schön gesagt, Herr Professor.« Isabel konnte schon wieder richtig lachen und kam dabei ein wenig aus dem Tritt. »Und wer analysiert meine Bedürfnislage?« Das Blitzen in ihren Augen war nicht zu übersehen.

»Wenn sie schlau sind, zumindest deine Gegner«, konterte Max, der sich jetzt nicht selbst ins Spiel bringen wollte.

»Sagen wir es so: Es ist nicht auszuschließen, dass in Franz Sauter Antriebskräfte wirken, die nicht rein politischen Ursprungs sind. Genügt dir das?«

»Kann es sein, dass du mal gelernt hast, alles Konkrete im Juristendeutsch verschwinden zu lassen?«, fragte Max zurück.

Er wusste natürlich, dass Isabel Mertens studierte Juristin war und vor ihrer Zeit als Oberbürgermeisterin eine Weile im Stuttgarter Innenministerium gearbeitet hatte. Sie war die Karriereleiter nur so hinaufgesprungen und mit dreißig Jahren schon Referatsleiterin für Polizeiaufgaben. Dass sie dann begann, sich politisch zu engagieren, nahm ihr im Grundsatz niemand übel, wäre es nur die richtige Partei gewesen. Doch dass die Ministerialrätin ausgerechnet für die Grünen sicherheitspolitische Konzepte entwarf, die nicht so ganz denen ihres obersten Chefs entsprachen, machte die Sache schwieriger. Und so knallten auch im Ministerium ein paar Sektkorken, als sie die Wahl gewonnen hatte.

Würde Isabel Mertens die Wahl jetzt verlieren, müsste sie sich beruflich neu orientieren. Denn ihren Beamtenstatus hatte sie verloren, als sie den Schreibtisch im Ministerium mit dem der Oberbürgermeisterin tauschte. Doch das schreckte sie nicht. Zudem spekulierte sie durchaus auf ein Comeback im Ministerium nach der nächsten Landtagswahl, von der sich ihre Partei viel versprach. Doch bis dahin waren es noch drei Jahre.

Anstelle einer Antwort fragte die Oberbürgermeisterin zurück: »Was schlägst du nun vor?«

»Innerlich darfst du deinen lieben Franz ja ein wenig verfluchen. Aber bitte nicht nach außen. Ganz gelassen bleiben, Frau Oberbürgermeisterin. Wenn die Presse fragt, wie du auf die Ankündigung, einen Gegenkandidaten zu suchen, reagierst, hilft nur Souveränität.«

Max dachte einen Moment nach, dann legte sich ein siegesgewisses Lächeln auf seinen Mund. »Vielleicht so: Vor acht Jahren hatten die Bürgerinnen und Bürger dieser Stadt eine echte Wahl. Und ich denke, sie haben die richtige getroffen. Ich zweifle nicht im Geringsten daran, dass sie das jetzt wieder tun. Konkurrenz belebt nicht nur das Geschäft, sondern auch die Demokratie. Von daher biete ich jedem Gegenkandidaten einen fairen Wahlkampf an.«

Isabel Mertens blieb kurz stehen, sah Max an und sagte: »Ist das höherer diplomatischer Dienst?«

»Nein, das ist Lernen durch Leiden. In meinen zwanzig Journalisten-Jahren habe ich so viel Politiker schwafeln gehört, dass ich unweigerlich alle Varianten im Schlaf aufsagen kann. Und bei Politikern ist es wie bei normalen Menschen: Du kannst vom Dümmsten noch was lernen.« Max grinste und fügte hinzu: »Selbst von mir!«

»Das will ich hoffen. Schließlich bezahle ich dich ja dafür.«

Isabel zog das Tempo etwas an und signalisierte damit, dass sie das Thema vorerst beenden wollte. Sie ahnte, dass die WWW sie noch genug beschäftigen würde.

Es dauerte nur ein paar Wochen, bis die Initiative ihren Kandidaten bei einer groß inszenierten Veranstaltung präsentierte.

»Staun, staun«, raunte Max seinem früheren Kollegen Dicki zu, der seinen Spitznamen nicht nur seiner Körperfülle, sondern auch seinem Familiennamen Dickens verdankte, als ein mittelgroßer, kräftig gebauter Mann aus dem Dunkel hinter der Bühne trat. Ein Scheinwerferspot fuhr an ihm hoch und verweilte kurz in Brusthöhe. »WWW« stand in großen Buchstaben auf dem T-Shirt, das der Mann über sein weißes Oberhemd gezogen hatte. Der Schweinwerfer wanderte weiter nach oben, und Max wusste nicht, wer jetzt mehr strahlte: die Lampe oder der glattrasierte End-Dreißiger, der das blonde Haar mit einer Menge Gel nach hinten gekämmt hatte.

»Kennst du den?«, fragte Dicki, doch Max schüttelte nur den Kopf.

Franz Sauter trat aus dem Dunkel auf den Unbekannten zu, legte den Arm um dessen Schulter und rief: »Ladies and gentlemen. We proudly present ...« Er machte eine kleine Pause und wiederholte auf Deutsch: »Meine Damen und Herren, stolz präsentieren wir Ihnen ...« – kurze Kunstpause – »den nächsten Oberbürgermeister unserer Stadt. Begrüßen Sie mit mir: Walter Wilhelm Wachter.«

Max und Dicki sahen sich an und schüttelten synchron die Köpfe, so dass sie aussahen wie die beiden Plüschdackel, die Max' Großonkel Ernst in den sechziger Jahren auf der Hutablage seines Opel Rekord spazieren gefahren hatte. »Gleich kommt der Heiland von oben runter«, kommentierte Dicki schließlich.

Das Publikum, immerhin mehrere hundert Menschen, verharrte zunächst regungslos, dann brandete aus den ersten zehn Reihen lauter Beifall auf. Weiter hinten blieb es merkwürdig ruhig.

»Meine sehr verehrten, lieben Damen und Herren!« Walter Wilhelm Wachter beherrschte das schwäbische Idiom unüberhörbar. »Es ist mir eine große Ehre – und Verpflichtung –, hier vor Ihnen zu stehen und meine Kandidatur für das Amt des Oberbürgermeisters Ihrer schönen Stadt bekanntzugeben. Mein großer Dank gilt zunächst dir, lieber Franz Sauter, dass du über die Wählerinitiative ›Wir wollen wechseln‹ nach einem Kandidaten gesucht hast – und dass wir alle uns schon nach wenigen Gesprächen einig waren, diesen Weg miteinander zu gehen, um so unsere Stadt – und ich sage ganz bewusst schon jetzt ›unsere‹ Stadt – in eine glänzende Zukunft zu führen. Der Stillstand der vergangenen Jahre ist in Wirklichkeit ein Rückschritt. Und den gilt es aufzuholen, mit einer wirtschaftsfreundlichen Politik, die allen Bürgern nützt.«

Frenetischer Beifall von Reihe eins bis zehn.

Weiter hinten begannen einige Menschen zu murren. »Merkst du was?«, fragte Max seinen Ex-Kollegen, der gerade ein paar Fotos schoss.

»Was meinst du?«

»Diesen wahnsinnigen Zufall. Die sogenannte Wählerinitiative heißt WWW. Und der Kandidat genauso: Walter Wilhelm Wachter. Die brauchen nicht mal ein neues Logo für den restlichen Wahlkrampf.«

Hätte Max nicht seiner Auftraggeberin genau Bericht erstatten wollen, er wäre auf der Stelle gegangen. Die Details hätte er am nächsten Tag in Dickis Bericht nachgelesen, wenn überhaupt.

Doch so war er wieder mittendrin in der Kommunalpolitik, fast wie in seinen besten Zeiten als Lokalredakteur. Wenn am Ratstisch debattiert wurde, schielten die Redner immer wieder zum Pressetisch, um zu sehen, ob die Journalisten ihre weltbewegenden Äußerungen auch ja für die Nachwelt protokollierten. »Sobald ihr weg seid, werden die Diskussionen wesentlich sachlicher«, hatte ihm ein Stadtrat mal beim Bier erzählt – und ihm gleich eine Menge Interna aus der letzten nichtöffentlichen Sitzung berichtet.

Nach all den Jahren in der Stadt hatte Max ein genaues Gespür dafür entwickelt, wen er anzapfen musste, um an vertrauliche Informationen zu kommen. Wie sagte doch so schön ein altes arabisches Sprichwort: »Der Feind meines Feindes ist mein Freund.« Und die Linien zwischen Freund und Feind lagen meist offen, wenngleich sie sich auch immer wieder verschoben.

Eine knappe Stunde später saß er in Isabel Mertens Wohnzimmer, vor sich ein Glas Bio-Rotwein aus den Abruzzen. Die Oberbürgermeisterin bewohnte das Penthouse eines zwölfstöckigen Gebäudes am Rande der Innenstadt, gerade mal zehn Minuten vom Rathaus entfernt. Sie hatte damals gezögert, die Wohnung zu mieten, da das Hochhaus aus den frühen achtziger Jahren für sie eine Bausünde darstellte. Doch der Ausblick von der Dachterrasse hatte die pragmatischen Kräfte in ihr siegen lassen. Ihr zu Füßen lag die historische Altstadt, die noch weitgehend von der mittelalterlichen Stadtmauer umgeben war. Dahinter zog das sich immer weiter öffnende Flusstal den Blick fast magisch an. Bei klarem Wetter konnte sie von hier oben aus sogar bis zum Bussen, der höchsten Erhebung im Umkreis, sehen.

»Walter Wilhelm Wachter«, sagte sie langsam vor sich hin und betonte jedes W. »Nie gehört. Und du?«

Max schüttelte den Kopf. »Keine Ahnung, wie die auf den gekommen sind. Vielleicht hat er ja die Suchanzeige im Staatsanzeiger gelesen, die Sauter damals aufgegeben hat.«

Wie auch immer, jetzt hatte der Gegner ein Gesicht – und einen Namen, der wirklich nur zu gut zu seinen Unterstützern passte.

Max blickte aus dem bodentiefen Panoramafenster des Wohnzimmers über die von vielen Laternen erleuchtete Altstadt. »Weiß du, dass mir gerade mal wieder mein Soziologiestudium in den Sinn kommt? Das war wohl doch nicht ganz so umsonst, wie ich dachte, als ich es damals hingeschmissen habe. Da gab es nämlich mal ein Seminar über die Soziologie des Krieges. Unser Prof war ein richtiger Fan von Sunzi, einem chinesischen Militärstrategen, der vor 2500 Jahren lebte. Von dem stammt der Spruch: ›Wenn du dich und den Feind kennst, brauchst du den Ausgang von hundert Schlachten nicht zu fürchten. Wenn du dich selbst kennst, doch nicht den Feind, wirst du für jeden Sieg, den du erringst, eine Niederlage erleiden. Wenn du weder den Feind noch dich selbst kennst, wirst du in jeder Schlacht unterliegen.‹«

Isabel Mertens sah Max belustigt an. »Und wo siehst du mich?«

»Gute Frage. Aber ich kann leider noch nicht beurteilen, wie gut du dich selbst kennst. Ich denke aber: eher gut. Und WWW? Den werden wir noch in allen Facetten kennenlernen.«

Einen ersten Einblick in die Welt ihres Gegenkandidaten bekam die Oberbürgermeisterin gleich am nächsten Morgen. Da fing er sie im Rathausflur ab.

»Entschuldigen Sie, wenn ich aufdringlich wirke, aber Ihre Sekretärin wollte mir erst für nächste Woche einen Termin geben«, sagte er zur Begrüßung, noch bevor er sich vorstellte. »Aber ich denke, Sie möchten mich so schnell wie möglich kennenlernen. Gestatten, Walter Wilhelm Wachter.«

»Ah, der nächste Oberbürgermeister unserer schönen Stadt«, sagte Isabel Mertens und machte keinerlei Anstalten, den Mann in ihr Büro zu bitten. Diesen Auftritt durften ihre Mitarbeiter ruhig beobachten.

»Sie sind gut informiert. Waren Sie vielleicht selbst in unserer Versammlung? Wie hat es Ihnen gefallen?«

»Überschätzen Sie sich nicht, Herr Wachter. Und glauben Sie mir, es gibt mehr als ein paar Menschen in dieser Stadt, die sich wünschen, dass ich im Amt bleibe. Und mit einem von denen, übrigens einem nicht ganz unwichtigen Unternehmer, habe ich jetzt einen Termin. Sie entschuldigen mich.«

Isabel Mertens drehte sich auf den hohen Absätzen ihrer Sommerschuhe um, rauschte in ihr Vorzimmer und ließ den verdutzten Walter Wilhelm Wachter im Flur stehen. Als sie die Tür hinter sich zuzog, hörte sie ihn noch zischen: »Zicke«, und murmelte: »Das ist sicher der Beginn einer wunderbaren Freundschaft.« Den fragenden Blick ihrer Sekretärin ignorierte sie.

Max von Steyn hatte gerade die Kartons mit den Scharfenberg-Unterlagen hervorgeholt, als ihn Isabel Mertens anrief und von der morgendlichen Begegnung berichtete.

Er versprach, im Internet noch weiter über WWW zu recherchieren, doch wollte er zunächst eine Strategie für seine Arbeit an der Scharfenberg-Geschichte entwickeln.

Die erste Begegnung mit Gerhard Scharfenberg lag bereits ein dreiviertel Jahr zurück. Der Chef selbst hatte ihn bedient, als er in dem Haushaltswarengeschäft nach einer Ersatzdichtung für seine Kaffeemaschine suchte. Die alte Gaggia, an der sein Herz mehr hing als an anderen Besitztümern, leckte ein wenig, und Scharfenberg trieb tatsächlich die richtigen Dichtungsringe auf. Beim Bezahlen hatte er dann gefragt, ob Max sich mit der Geschichte seiner Firma befassen wolle. »Kommen Sie, ich zeige Ihnen die Kisten mit den alten Unterlagen«, hatte Scharfenberg gesagt und Max in den Gewölbekeller des Jugendstil-Hauses geführt.

»Mein Vater hatte hier unten früher seine Werkstatt, in der ich selten gefragte Dinge lagere. Da habe ich auch die Dichtungen für Ihre Kaffeemaschine gefunden. Und bin nach langer Zeit wieder auf die Kisten gestoßen, die ich schon fast vergessen hatte. In der Zeitung stand doch mal, dass Sie die Geschichte des Walzwerks draußen im Vorholz aufgeschrieben haben. Deshalb nahm ich mir vor, Ihnen das hier zu zeigen.« Die beiden verschnürten Kartons standen in einem Regal im hintersten Eck des Kellers, das einen Meter von der Wand weggerückt war, um den Inhalt vor Feuchtigkeit zu schützen.

Sein Vater hatte nie über die Geschichte der Firma gesprochen. Und Gerhard Scharfenberg hatte auch nie einen Grund gesehen nachzufragen. Für ihn gehörte das Geschäft schon immer zur Familie. Selbst als sie in der Schule über Arisierungen im Dritten Reich gesprochen hatten, ging es nur um weit entfernte Unternehmen. Gerhard Scharfenberg hatte zwar gelernt, dass die bekannte Warenhauskette Hertie auf das 1933 arisierte »Judenkaufhaus« Hermann Tietz zurückging. Aber die Geschichte des elterlichen Haushaltswarengeschäfts? Keine Ahnung!

Und er hatte lange gebraucht, bis er den Mut fand, sich diese Ahnung zu verschaffen. Mit fünfzig, heißt es, beginnt der Mensch spätestens, sich mit seinen Wurzeln zu befassen. Gerhard Scharfenberg war schon deutlich über sechzig.

»Solange mein Vater lebte, umgab eine hohe Mauer dieses Thema. Wir sprachen zuhause nie darüber. Das Geschäft war unseres – schon immer. Natürlich spürte ich, dass da noch mehr war, aber nachfragen – das ging nicht. Meine Mutter, die meinen Vater um ein Jahr überlebte, machte mal ein paar Andeutungen. Sie hätten einem alten Juden die Emigration ermöglicht, indem sie ihm einen fairen Preis für sein Geschäft bezahlten.«

»Sagte sie auch, was 1938 fair war? Oder ob überhaupt etwas fair war?«, wollte Max wissen.

»Sie hatte das ganze Kapitel verdrängt. Wie ganz Deutschland. Und als diese Fragen in den siebziger Jahren aktuell wurden, da schmiss man noch ein paar Schaufeln Erde drüber. Und alles war vergessen. Ich weiß noch genau, wie mein Vater abblockte, als ich ihn nach seiner Haltung im Dritten Reich fragte. ›Junge, das ist alles so lange her‹, hat er gesagt. Und mehr nicht. Und wenn ich ehrlich bin, ich hatte genug mit dem Laden zu tun, den ich gerade übernommen hatte. Außerdem gehöre ich nicht zu denen, die immer politisieren.«

»Und jetzt? Warum jetzt?« Max spürte, dass es in Gerhard Scharfenberg brodelte.

»Ich bin mittlerweile fünfundsechzig. Genauso alt, wie mein Vater, als er mir das Geschäft übergab. Ein paar Jahre später starb er. Ohne sich jemals mit seiner Vergangenheit auseinandergesetzt zu haben. Das muss ich jetzt für ihn tun. Und ich sage Ihnen ehrlich: Ich habe Angst davor. Doch bevor Jochen das alles übernimmt, möchte ich Klarheit haben.«

»Ich bewundere Ihre Haltung. Aber wie wird Ihr Sohn damit umgehen?«

»Sie müssen wissen, Jochen ist nicht mein leibliches Kind. Von daher dürfte er mehr Distanz zu den Dingen haben. Ich habe ihn adoptiert, als er sechzehn war. Meine erste Frau ist 1979 gestorben. Krebs. Wir hatten leider keine Kinder. Marie, meine zweite Frau, brachte Jochen mit in die Ehe.«

Max merkte Gerhard Scharfenberg an, wie gut es ihm tat, über all das zu reden. Und doch spürte er bei ihm diese Angst davor, sich mit der Vergangenheit auseinanderzusetzen. Obwohl ihn mit Sicherheit keine Schuld traf.

»Herr von Steyn, bitte nehmen Sie die Unterlagen mit und schreiben Sie die ganze Geschichte auf. Aber Sie müssen mir versprechen, dass sie außer mir niemand zu lesen bekommt.«

Max versprach es. Und hoffte doch, dass Gerhard Scharfenberg seine Meinung dazu noch ändern würde.

Berlin, 28. September 2008, 17 Uhr

Max konnte den Film, der in rasendem Tempo vor seinen Augen lief, nicht stoppen. Die Ereignisse der letzten Monate drehten sich im Kreis: immer wieder der erste Wahlkampfauftritt von Walter Wilhelm Wachter, der auch in der Presse nur WWW genannt wurde, seine eigene Arbeit für Isabel Mertens, die gemeinsamen Läufe, die Vorbereitung auf den Marathon und die Begegnungen mit Gerhard Scharfenberg.

Er hatte ihn nach dessen Herzinfarkt häufig im Krankenhaus besucht. Das Zimmer des alten Kreiskrankenhauses seiner Heimatstadt unterschied sich kaum von dem, in dem Max jetzt in Berlin lag. Weißlackierte Stahlbetten, daneben die passenden Schränkchen mit den weit übers Bett schwenkbaren Tischen, die diese seltsame Geruchsmischung aus zu lange gelagertem Obst, weich gewordenen Keksen und Desinfektionsmittel verströmten. Auch vor Scharfenbergs Krankenzimmer hatte ein Baum gestanden, eine Kastanie, die gerade zu blühen begann, als er zum ersten Mal wieder aufstehen konnte. Wie sich dann aus der weißen Blüte mit den roten und gelben Tupfen die Frucht entwickelte, die er in seiner Kindheit so gerne gesammelt hatte, erlebte Gerhard Scharfenberg nicht mehr. Als Max wieder einmal mit ihm über seine Arbeit sprechen wollte, lag der Geschäftsmann tot im Bett, so entspannt, wie Max ihn noch nie gesehen hatte.

Scharfenbergs Gesichtszüge vermischten sich plötzlich mit denen von Walter Wilhelm Wachter und verloren dabei alles Leichte. Max glaubte, dessen Körper wieder eng an seinem zu spüren, und riss instinktiv die Hände hoch, um sich vor dem drohenden Sturz zu schützen. Er fiel in einen unruhigen Schlaf.

»Maaax.« Die Töne drangen wie aus einer anderen Welt zu ihm.

»Maaax, hörst du mich?«

Nein, diesmal lag er nicht verkatert in seiner Hängematte. Seine nur einen Schlitz weit geöffneten Augen erfassten zunächst den Galgen über dem Bett, schweiften hinüber zu dem gelblichen Vorhang, der das verdeckte, was man hier so schön Nasszelle nannte, und blieben kurz an dem billigen Nachdruck eines Bildes von Ernst Ludwig Kirchner hängen. Es zeigte einen Strauß Sonnenblumen, dessen Farbe auffällig der des Vorhangs glich. Max schauderte, als er daran dachte, wie ihn die Strahlkraft der Farben beeindruckt hatte, als er im Jahr zuvor das Original in Davos gesehen hatte. Veronika hatte ihn kurzerhand in ihr Hotel eingeschleust, als sie vom Weltwirtschaftsforum in den Schweizer Alpen berichtete. Und während sie sich die Eröffnungsrede der deutschen Kanzlerin anhören musste, war Max durch das Städtchen gestreift und schon nach wenigen Metern in dem kleinen Kirchner-Museum gelandet. Von dort aus hatte er dann einen Spaziergang am Bach entlang in Richtung des Waldfriedhofs gemacht, auf dem der Maler und seine Lebensgefährtin begraben liegen. Max schloss die Augen und sah das Bild der beiden Findlinge, die das Grab schmücken, dahinter entdeckte er schemenhaft eine Figur im Trainingsanzug, die die Züge Wachters trug.

Langsam öffnete er die Augen wieder und erkannte endlich Angela, die in der Tür des Krankenzimmers stand. Um ihren Hals baumelte eine goldene Medaille. Auf ihre Frage, wie es ihm gehe, antwortete Max nur: »Wie schnell?«

Angela strahlte: »4 Stunden 17«. Sanft drückte sie Max' Oberarm. »Danke, dass du mich weitergeschickt hast.«

»Und die anderen?«

»Alle angekommen. Bis auf dich …« Sie hielt kurz inne. »… und Walter. Was ist mit ihm?«

»Tot. Vorhin war ein Polizist hier und hat es mir erzählt.«

Aus Angelas Gesicht, das von der Anstrengung des Laufs noch gerötet war, verschwand jede Farbe.

»Wwwie? Wwwas? Wwwarum?« Er hatte sie noch nie stottern gehört.

»Keine Ahnung. Ich bin selbst noch total matschig in der Birne. Aber das wird schon wieder. Zumindest bei mir.«

Angela wies auf die Tür, die sie nur angelehnt hatte, und sagte: »Ich habe noch ein paar Leute mitgebracht. Soll ich die reinholen?«

Max nickte, und wenig später standen sein Freund Georg, Jochen Scharfenberg und drei weitere Läufer aus der Gruppe um das Bett.

Max richtete sich auf und merkte, wie ihm der Besuch Kraft gab. »Wie hat das Bier im Ziel geschmeckt?«, fragte er in Georgs Richtung.

Der klopfte sich auf den für sein Alter erstaunlich flachen Bauch und sagte: »Wie immer: Einfach himmlisch. Vor allem das erste. Und obwohl ich noch ein zweites und ein drittes getrunken habe, hätte es am Schluss auch für dich noch gereicht. Aber du wolltest ja unbedingt an den Tropf«, sagte er mit Blick auf den Infusionsständer neben dem Bett.

»Falls denen der Stoff ausgeht, nimm das hier«, rief er dann und zog eine Dose Berliner Kindl aus seiner Jackentasche.

»Aber, aber …«, ertönte eine Stimme von der Zimmertür her. »Alkohol gibt es hier nur zum Desinfizieren – und zwar äußerlich.« Die Stationsärztin bahnte sich ihren Weg durch die Besucher. »Wenn Sie uns einen Moment alleine lassen, dann kann ich Ihnen sagen, wann Sie mit Ihrem Kollegen auf seine Freilassung anstoßen können.«

»Sie hatten riesiges Glück«, sagte die Ärztin zu Max von Steyn und wickelte vorsichtig den Verband von seinem Kopf. »Wären Sie seitlich aufgeschlagen, weiß ich nicht, ob sie noch hier lägen. Wahrscheinlich eher unten im Keller bei Ihrem Sportsfreund.«

Das war die Berliner Schnauze, wie Max sie aus früheren Zeiten kannte.

»Was ist mit dem eigentlich passiert? Ich weiß nur noch, dass er plötzlich schwankte und mich im Fallen umgerissen hat.«

»Das werden die Pathologen herausfinden. Für mich sieht es nach einer Vergiftung aus. Aber …«, sie legte den Zeigefinger an ihre Lippen, »… das habe ich Ihnen nicht gesagt.«

Routiniert maß sie Max' Puls und seinen Blutdruck. »Zurück auf die Strecke kann ich Sie noch nicht lassen. Außerdem ist schon lange Zielschluss. Ich schlage vor, Sie bleiben noch ein oder zwei Nächte hier, bis Ihre Gehirnerschütterung abgeklungen ist. Die lange Fahrt in Ihre Heimat halte ich noch für zu riskant.«

Max nickte ergeben. Zum einen fühlte er sich tatsächlich noch etwas schwach auf den Beinen und wusste, dass er mehr als nur eine harmlose Beule abbekommen hatte. Zum anderen konnte er sich über die junge Ärztin auch nicht beklagen. Doch die ließ zu seinem Bedauern seinen Arm nun wieder los und wandte sich zum Gehen. In diesem Moment klopfte es an der Tür, und ein schnauzbärtiger Mann mit Lederjacke steckte seinen Kopf ins Zimmer. Max sah die Ärztin an und sagte: »Ich wette um einen Liter feinste Rotwein-Infusion, dass der von der Polizei ist.«

Sie sagte: »Woher wollen Sie das denn ...«, als der Mann einen Ausweis aus der Tasche zog und sagte: »Kümmelke, Kripo Berlin. Sind Sie Max von Steyn?« Und an die Ärztin gewandt: »Kann ich mit Ihrem Patienten sprechen?«

»Wenn er sich dazu in der Lage fühlt, gerne.« Die Frau blickte fragend zu Max, der plötzlich wieder sehr leidend aussah.

»Versuchen wir es. Ich möchte ja auch gerne wissen, was passiert ist. Aber sagen Sie doch bitte meinen Freunden Bescheid, dass sie noch warten sollen.«

»Keine Bange«, antwortete der Polizist. »Mit denen beschäftigt sich mein Kollege.«

Max zog sich langsam an dem Galgen hoch, drückte auf die Fernbedienung, die das Kopfteil seines Betts langsam nach oben fahren ließ, und fragte: »Warum interessiert sich die Polizei für einen Läuferunfall?«

»Weil wir nicht so sicher sind, dass es ein Unfall war. Und weil Herr Wachter, wie wir inzwischen wissen, in Ihrer gemeinsamen Heimat eine gewisse Rolle spielte.«

»Gemeinsame Heimat ist gut. Er wollte unsere Stadt zu seiner Heimat machen.«

»Und Sie? Wollten Sie, dass er Ihr nächster Oberbürgermeister wird?«

Max sah den Beamten verwundert an. »Bei uns gibt es so etwas wie ein Wahlgeheimnis. Aber ich will das gerne für Sie ein wenig lüften. Zumal wir ja am nächsten Sonntag nur noch eine Kandidatin haben. Für mich war Frau Mertens immer die Favoritin.«

»Wie auch immer.« Den Polizisten schien die oberschwäbische Kommunalpolitik doch nicht sonderlich zu interessieren. »Erzählen Sie mir doch bitte mal ganz genau, was heute passiert ist. Oder noch besser, alles, was Sie seit Ihrer Anreise nach Berlin gemacht haben.«

Max berichtete knapp und präzise. Angefangen bei der gemeinsamen Zugfahrt, die etwas durcheinander geraten war, weil das Reservierungssystem der Bahn ihre Buchung verschluckt hatte und sich plötzlich zwei Dutzend Läufer Plätze im Zug suchen mussten, bis zur Ankunft im Jugendgästehaus mitten in Friedrichshain, wo sie eine Etage für sich hatten.

Im großen Tross waren sie zur Marathonmesse gezogen, um ihre Startunterlagen abzuholen. Die übliche Nudelparty am Abend, bei der die Läufer nochmals ihre Kohlenhydratspeicher auffüllen konnten, hatten sie ausfallen lassen und stattdessen einen Streifzug durch die schwäbischen Lokale der Hauptstadt unternommen. »Kaum zu glauben, wie viele Schwaben es hier gibt«, meinte Max. Doch weder das noch seine Schwärmerei für die leckeren Maultaschen im Weitzmann, einem urigen Restaurant direkt unter der S-Bahn, das ein vor der Bundeswehr nach Berlin geflüchteter Landsmann betrieb, schienen den Polizisten zu beeindrucken.

»Was war mit Herrn Wachter? Gab es Streit? Oder ist sonst etwas passiert?«

»Nein, ich hatte ohnehin keinen engen Kontakt zu ihm. Er gehörte ja erst seit ein paar Wochen zu unserer Truppe und wollte ebenso wie ich hier seinen ersten Marathon laufen. So wie viele andere auch. Ich glaube nicht, dass er mit irgendjemandem aus der Gruppe Streit hatte. Ein paar von unseren

Leuten gehören ja sogar zu der Wählerinitiative, die Wachter unterstützt. Oder besser gesagt: unterstützt hat.«

»Und dann? Wie lange waren Sie unterwegs?«

»Gegen zehn kamen wir zurück nach Friedrichshain. Ein paar Leute haben an der Bar noch ein letztes Bier getrunken. Vor dem Marathon macht ja keiner so richtig Party. Das sollte heute Abend passieren. Wir haben dafür gleich das ganze Weitzmann reserviert. Da soll es auch hervorragende saure Kutteln geben.«

Der Gesichtsausdruck des Polizisten verriet Max, dass er mit sauren Kutteln überhaupt nichts anfangen konnte.

»Das ist so etwas wie ein schwäbisches Nationalgericht. Kleingeschnittener Kuhmagen, falls Ihnen das mehr sagt. Mit einer guten Brenne schmeckt das hervorragend.«

Doch auch das Wort Brenne ließ im Kopf des Berliners offenbar nur Fragezeichen aufleuchten.

»Mehl und Schweineschmalz. Gut gebräunt. Gebrannt, aber eben nicht verbrannt. Das ist das Geheimnis.«

Max wusste nicht, ob seine Ausführungen bis in die für Kulinarisches zuständigen Hirnwindungen des Mannes vordrangen. Vielleicht ernährte er sich ja nur von Currywurst und Eisbein. Doch dafür wirkte er zu schlank.

»Also. Kuttern wollten Sie essen.«

»Kutteln. Mit l. Und zwar sauer. Also mit viel Essig.«

Plötzlich merkte Max, dass er seit dem Frühstück morgens um sechs, bei dem er sich noch ein paar Kohlenhydrate reingeschoben hatte, nichts mehr gegessen hatte. Sein Magen knurrte laut hörbar. Er klopfte mit den Händen dorthin, wo das Geräusch herkam, und sagte: »Sehen Sie, wenn ein schwäbischer Magen das Wort Kutteln nur hört …«

Dass er selbst viele Jahre gebraucht hatte, bis er sich, als er eine Reportage über schwäbische Hausmannskost schrieb, mit der leicht gummiartigen Konsistenz der Kutteln anfreunden konnte, sagte er lieber nicht.

»Weiter im Text.« Der Beamte hatte andere Sorgen als Kutteln. »Haben Sie Wachter am Morgen gesehen?«

»Ja, er kam gerade aus dem Waschraum, als ich reinging. Das war um viertel sieben. Äh, um viertel nach sechs, falls Sie das besser verstehen. Dann sah ich ihn beim Frühstück und später im Startblock. Als Neulinge waren wir ja im gleichen Block.«

»Wer war da noch?«

»Ein paar hundert. Es gibt doch sicher Videoaufnahmen. Beim Marathon wird doch alles gefilmt.«

»Ich meine aus Ihrer Truppe.«

Max schloss die Augen und versuchte, die Szene wieder aufzurufen. »Da war Werner Seifert, der hat mich in der Enge aus Versehen angerempelt. Genauso wie Angela Reiner. Und Hubert Hausmann, unser Senior. Läuft mit 65 seinen ersten Marathon. Und ist angekommen, wie ich gehört habe. Jochen Scharfenberg war auch bei uns. Der gehört zum Wahlkampfteam von WWW.«

»WWW?«

»Können Sie nicht wissen. Walter Wilhelm Wachter. Ihr Toter. Der trug seine Initialen sogar auf dem Laufshirt. Würde mich nicht wundern, wenn er die auch auf dem Hintern tätowiert hatte.«

Der Beamte hatte die Namen auf seinen Block geschrieben. Er verwendete genau die gleiche Art Stenoblock, wie Max sie von der Zeitung her kannte. Obwohl heutzutage kaum noch jemand stenographierte. Wie viele seiner Kollegen hatte sich Max eine eigene Schnellschrift angewöhnt, die allerdings außer ihm selbst niemand lesen konnte. Und auch er musste manchmal lange kämpfen, bis er die Zeichen wieder entschlüsselt hatte.

»Wer noch?« Der Polizist gab so schnell nicht auf.

»Wer noch?«, echote Max. »WWW natürlich. Und Marion Sonnenberg. Auch sie gehört zur Wählerinitiative. Fragen Sie doch mal Georg Kramer. Der steht draußen vor der Tür. Er hat die Reise organisiert und kann Ihnen alle Namen sagen.«

»Wie standen Sie selbst zu Herrn Wachter?« Max spürte den durchdringenden Blick des Polizisten.

»Persönlich war er mir ziemlich egal. Nicht mein Typ. Zu karrieregeil. Wie er sich läuferisch gesteigert hat in den paar Wochen, war schon toll. Das zeigt, dass er durchaus Biss hatte.«

»Aber als Oberbürgermeister wollten Sie ihn nicht.«

Max wusste nicht so recht, worauf der Polizist hinaus wollte.

»Nein. Ich stehe auf der Seite von Isabel Mertens, unserer bisherigen Oberbürgermeisterin. Für die arbeite ich auch im Wahlkampf.« Max hielt es für das Beste, von sich aus davon zu erzählen. In seiner Zeit als Polizei- und Gerichtsreporter hatte er so manches gelernt. Auch, dass man sich nur verdächtig macht, wenn man der Polizei Dinge verschweigt, die sie relativ schnell selbst herausbekommt. Und schließlich hatte er ja nichts zu verbergen. Wachter hatte ihn flachgelegt. Nicht umgekehrt.

»Gab es deshalb persönliche Animositäten zwischen Ihnen beiden?« Der Kripo-Mann schien ein Motiv zu wittern.

»Wir haben nie darüber gesprochen. Keine Ahnung, ob Wachter das überhaupt wusste. Nach außen bin ich im Wahlkampf nie aufgetreten.«

»Und warum erzählen Sie mir das dann?«

»Weil ich Ihre Kollegen zuhause gut genug kenne, um zu wissen, wie schnell die das herausfinden.«

»Warum hat sich Wachter ausgerechnet auf Sie gestürzt?«

»Weil grad niemand anders da war, nehme ich an. Ich hatte ihn nach dem Start aus den Augen verloren. Der ging mit ziemlich hohem Tempo auf die Strecke. Anscheinend ist ihm dann doch ein wenig die Puste ausgegangen, so dass ich ihn wieder einholte. Das war an der Verpflegungsstation bei Kilometer 25. Da sah ich, wie er sich bei der Eigenverpflegung seine Flasche nahm. Wir liefen dann ein Stück nebeneinander. Ich habe noch ein wenig geflachst wegen der Sexpuppe an der Seite. Und plötzlich bricht er zusammen und reißt mich mit. Wobei ich nicht glaube, dass er das wollte. Das erschien mir eher wie ein Reflex. Der hat Halt gesucht. Den ich ihm aber nicht bieten konnte, wie Sie wissen.«

»Wie lange bleiben Sie in Berlin?« Abrupter Themenwechsel schien auch hier zur polizeilichen Fragetechnik zu gehören.

»Eigentlich wollte ich morgen zurück. Doch die Ärztin meinte, möglicherweise sollte ich noch zwei Nächte hier bleiben.«

»Rufen Sie mich an, wenn Sie es wissen.« Kümmelke zückte seine Visitenkarte. »Wir haben wahrscheinlich noch ein paar Fragen.«

Ein paar Fragen hatte auch Dicki, sein Kollege von früher, der ihn wenig später anrief. Zum Glück hatte Angela Max' Sachen aus dem Jugendgästehaus mitgebracht. Darunter auch sein Handy. Zwar wusste Max, dass Handys in Krankenhäusern nicht gerne gesehen waren, doch hatte er schon zu oft gesehen, wie Schwestern und Ärzte telefonierend durchs Haus gelaufen waren, um sich davon beeindrucken zu lassen.

»Woher weißt du von der Sache?«, fragte er Dicki verwundert.

»Ganz einfach. WWW hat uns gesteckt, dass er den Marathon läuft. Ist doch eine hübsche Geschichte. Der Langstreckenmann auf dem Weg ins Rathaus. Deshalb habe ich unseren Berliner Korrespondenten darauf angesetzt. Der hat mit einem Fotografen im Ziel gewartet. Und als Wachter auch nach fünf Stunden nicht kam, haben wir eben ein bisschen recherchiert. Ich muss dir ja nicht sagen, wie das geht.«

Max kannte den Automatismus nur zu gut, der in einem Journalisten abläuft, wenn er eine heiße Story wittert. Sicher hatte Dicki sofort die Starterliste im Internet aufgerufen und nach Läufern aus Oberschwaben gesucht, deren Namen er kannte. Und dann wie wild in der Gegend rumtelefoniert, bis er die nötigen Informationen hatte. Das wichtigste Handwerkszeug war dabei neben dem Internet der lange Karteikasten, in dem viele hundert Namen und Telefonnummern standen. Meist Nummern, die es bei der Auskunft nicht gab.

Max erinnerte sich an ein aberwitziges Rennen, das er sich vor etlichen Jahren mit ein paar Kollegen geliefert hatte. Damals reagierte ganz Deutschland hysterisch, wenn irgendwo bei einer Kuh der Rinderwahnsinn festgestellt wurde. Aus Angst vor Ansteckung aß kaum noch jemand Fleisch, von so leckeren Dingen wie sauren Kutteln ganz zu schweigen. Und dann kam der Abend, an dem bekannt wurde, dass nun auch ein oberschwäbisches Rind diesem Wahnsinn verfallen schien. Die Behörden bestätigten den Fall, weigerten sich aber standhaft, den genauen Ort zu nennen. Datenschutz. Schon allein dieses Wort hatte genügt, um Max' Jagdfieber zu wecken.

Doch wo er auch anrief, stieß er auf Schweigen. Und zwar auf wirkliches Schweigen. Kein vertraulicher Hinweis, kein: »Das haben Sie aber nicht von mir.«

All diejenigen, die sich sonst anbiederten, um selbst gut in der Zeitung davonzukommen, schienen vor Angst gelähmt. Ein Amtsleiter, mit dem Max sogar per Du war, sagte es offen: »Das Ding ist so heiß, da bin ich meinen Job los, wenn ich plaudere.«

Sein Anruf bei einem Kollegen vom Radio, der ebenfalls über viele sehr gute Verbindungen verfügte, bestätigte Max' Erfahrung. »Die haben alle einen dicken Knebel im Hals. Also muss an der Geschichte mehr dran sein. Und wir kriegen das raus!«

Die Wette galt: eine Kiste Champagner für den, der diesen Wahnsinn zuerst auflöste.

Als Max dann am übernächsten Tag die Kiste Schampus in Empfang nahm, konnte er sich nicht mehr so richtig darüber freuen. Zwar hatte er noch am gleichen Abend einen alten Schulfreund aufgetan, der mittlerweile in einem Stuttgarter Ministerium saß und die Informationspolitik seines Chefs für falsch hielt. So kam er als erster der Kollegen an die richtige Adresse. Doch als er mitbekam, wie die Krankheit einer einzigen Kuh die Existenz einer Familie zu ruinieren drohte, zweifelte er nicht nur am Sinn seines eigenen Recherche-Wahnsinns.

Unterm Strich blieb aber die Erkenntnis, die er auch seiner Kundin Isabel Mertens immer wieder einbläute: Es bleibt nichts geheim. Und wer versucht, die Wahrheit zu vertuschen, fliegt immer auf die Schnauze. Irgendwann.

Max erzählte Dicki, was der wissen sollte. Also nichts von dem Verdacht auf Vergiftung, den die Ärztin geäußert hatte, und auch nichts von seiner eigenen Rolle im Wahlkampf. Doch hätte Max wissen müssen, dass sein früherer Kollege für so etwas eine Art sechsten Sinn besaß. Ganz nebenbei ließ der die Frage einfließen, ob Max wisse, wo Isabel Mertens zu erreichen sei.

Max war froh, dass Dicki sein überraschtes Gesicht nicht sehen konnte. So blieb ihm Zeit, kurz zu schlucken und ganz ruhig zu antworten: »Frau Mertens? Keine Ahnung.«

Wo die Oberbürgermeisterin steckte, wusste Max tatsächlich nicht; wie er sie erreichen konnte, allerdings schon. Wie so viele Prominente besaß sie mehrere Handys, deren Nummern sie nach einem ausgeklügelten System weitergab. Das offizielle Diensthandy war sogar im Telefonverzeichnis der Stadt aufgeführt, ihre Privatnummer kannten schon wesentlich weniger Menschen. Und die Nummer des dritten Handys wechselte sie von Zeit zu Zeit. Im Moment gehörte Max zu den wenigen, für die sie immer zu sprechen war.

Statt einer Begrüßung sagte die Oberbürgermeisterin nur: »Ich weiß Bescheid, Max. Das ist eine ganz große ...« Sie schwieg vornehm.

»Woher weißt du das so schnell? Mein Exkollege Dicki vom Oberländer Anzeiger versucht schon die ganze Zeit, dich anzurufen.«

»Lieber Max, auch eine Oberbürgermeisterin hat ihre geheimen Informanten. Sei mir nicht böse, wenn ich dir jetzt nicht sage, wer das ist.«

»Spielt auch keine Rolle«, lenkte Max ein. Schließlich war sie die Chefin. »Dann sag ich schon mal jetzt: Herzlichen Glückwunsch zur Wiederwahl. Du hast ja keinen Gegenkandidaten mehr.«

»So einfach ist das nicht. Gratuliere mir deshalb bitte erst am nächsten Sonntag, wenn alles rum ist. Vorher bringt das Unglück.«

Sie verabredeten noch eine Stellungnahme, in der Isabel Mertens sich tief bewegt vom Tod ihres Konkurrenten zeigen, seinen sachlichen und fairen Wahlkampf loben und den ihren aus Gründen der Pietät für beendet erklären würde. Der letzte Satz lautete: »Unsere Gedanken sind bei seinen Angehörigen« – obwohl weder sie noch Max wussten, ob WWW eine Familie hatte. Im Wahlkampf zumindest war sie nie aufgetaucht.

»Das ist das erste Mal in diesem Wahlkampf, dass ich lüge«, sagte die Oberbürgermeisterin. »Fair war er ja wirklich nicht. Aber wie sagten schon die alten Griechen, wenn sie Latein sprachen: De mortuis nil nisi bene.«

Mit Schaudern dachte Max an das große Latinum, das er auf Wunsch seiner Mutter abgelegt hatte. Keine Frage, dass die alte Sprache in vielen Lebenslagen hilfreich war. Doch der Preis dafür erschien ihm noch heute zu hoch.

Es klopfte an der Zimmertür, und sofort standen seine Lauffreunde wieder im Zimmer. »Ich mach dann mal Schluss, Mama. Und meld mich wieder«, sagte Max ins Telefon und beendete die Verbindung. Das irritierte »Spinnst du jetzt völlig?«, das Isabel Mertens ausstieß, als er »Mama« zu ihr sagte, hörte Max nicht mehr.

Erst langsam und dann immer schneller kroch das pfeifende Geräusch durch Max' Kopf. Dort, wo das dicke Pflaster klebte, verwandelte es sich in ein lautes Pochen, das ihn entfernt an den Wecker zuhause erinnerte, den er aber nur noch ganz selten benutzen musste.

Max blinzelte und sah rechts von sich einen Baum nach dem anderen vorbeifliegen. Dann ein Haus, eine Fabrikhalle und plötzlich sogar ein ganzer Wald voller Windräder. Beim Versuch, irritiert den Kopf zu schütteln, dröhnte es im Inneren, als säße dort eine tief gestimmte Kirchenglocke.

»Ganz ruhig, Max«, sagte die Frau, die neben ihm saß, mit sanfter Stimme und drückte ihn leicht am Oberarm. »Wir sitzen im Zug nach Hause. Und du hast geschlafen.«

So allmählich kehrte Max von Steyn in die Realität zurück. Er saß mit Angela Reiner im ICE von Berlin nach Ulm. Zwei Nächte hatte er im Krankenhaus verbracht, und sie hätten ihn dort gerne noch ein wenig behalten. Aber Max zog es nach Hause, zumal die junge Ärztin, die ihn anfangs betreut hatte, von einem bärbeißigen, älteren Kollegen abgelöst worden war. So schlimm war seine Verletzung dann auch wieder nicht.

Angela Reiner hatte sich gleich bereit erklärt, Max bei der Rückfahrt zu begleiten. Sie hatte ohnehin vorgehabt, noch ein wenig bei einer Freundin in Berlin zu bleiben, und schien sich ganz gern um ihren Lauffreund zu kümmern. Gleich nach der Abfahrt vom neuen Berliner Hauptbahnhof war sein Kopf auf ihre Schulter gesunken, und in Spandau hatte er schon tief geschlafen.

Er kannte Angela zwar schon eine ganze Weile, doch erst während der Tage in Berlin war ihm klargeworden, wie wenig er sie bisher wahrgenommen hatte. Sie war für ihn einfach eine der zahlreichen jüngeren Frauen gewesen, die regelmäßig zum Lauftreff kamen. Man lief mal eine Weile nebeneinander her, plauderte ein wenig, traf sich auch hin und wieder, wenn bei einem Läufer ein runder Geburtstag anstand. Mehr aber nicht.

Als Frau entsprach sie nicht unbedingt seinem Typ. Sie war etwa eins achtzig groß, sehr schlank und wirkte eher muskulös. Genau das Gegenteil von Max' Freundin Veronika, auf die das schöne Attribut »Vollweib« so richtig passte. Im Krankenhaus hatte Max dem Reflex widerstanden, Veronika sofort anzurufen und ihr von den Geschehnissen zu berichten. Sie sollte ihre Zeit in Amerika unbelastet verbringen und sich auf den Jahrtausendwahlkampf des künftigen Präsidenten konzentrieren. Außer tröstenden Worten hätte sie ohnehin nichts zu seiner Genesung beitragen können – und die bekam er ja zur Genüge von Angela Reiner.

Max blickte die Frau an, die etwa zehn Jahre jünger war als er selbst. Kaum zu glauben, dass dieser schlanke Körper drei Kinder geboren hatte. Sie erschien ihm wie der Prototyp der modernen Frau, die Familie und Beruf unter einen Hut bekommt und nebenher auch noch so viel Zeit zum Laufen findet, dass sie sich auf einen Marathon vorbereiten kann. Wobei ihr das, wie sie Max einmal erzählt hatte, die Kraft für alles weitere gab. Die vielen Stunden im Wald, allein oder in der Gruppe, belasteten sie zwar körperlich, fegten aber alles Dunkle aus ihren Gedanken. Eine Erfahrung, die Max nur zu gut kannte und die ihn in einer rotweingeschwängerten philosophischen Stunde zu dem Satz animiert hatte: In einem erschöpften Körper ruht ein entspannter Geist. Zumindest nach dem Laufen und anderen schönen Dingen.

Doch jetzt lagen die Dinge anders: Sein Körper zeigte noch deutliche Spuren einer unerfreulichen Erschöpfung, und sein Geist flackerte mindestens so unruhig, wie die ostdeutsche Landschaft draußen an ihm vorbeisauste.

Wieder und wieder sah er die Szene aus dem Marathon vor sich. Wachter greift zur Wasserflasche, läuft weiter, während er trinkt, dreht den Kopf zu der Sexpuppe, gerät ins Taumeln und reißt Max im Fallen mit sich.

»Ich verstehe das alles nicht«, sagte er ganz unvermittelt zu Angela Reiner. »Was ist mit Wachter passiert?«

Das schien auch Kommissar Kümmelke nicht zu wissen, der ihn kurz vor der Entlassung aus dem Krankenhaus noch einmal besucht hatte. Wachters Leiche sollte noch am gleichen Tag obduziert werden. Max als Journalist könne ja später in der Pressestelle nach dem Ergebnis fragen, hatte er ihm zum Abschied mit auf den Weg gegeben.

Die Worte der jungen Ärztin, die etwas von einer Vergiftung gesagt hatte, gingen ihm nicht aus dem Kopf. Wer, um alles in der Welt, sollte Wachter vergiften wollen? Und wer hätte die Gelegenheit dazu gehabt? Vielleicht war das Ganze doch nur ein tragischer Unfall? Jetzt hätte er gerne mit Veronika gesprochen. Sie war die Einzige, der er davon erzählen könnte.

Angela Reiner riss ihn aus seinen Gedanken. »Willst du auch einen Kaffee, Max? Ich geh mal vor ins Bistro und hole welchen.«

Der Angesprochene nickte leicht irritiert, aber dankbar.

Es war schon fast dunkel, als sie endlich am Bahnhof ihrer oberschwäbischen Heimatstadt ankamen. Je weiter der Regionalzug, in den sie in Ulm umgestiegen waren, nach Süden fuhr, desto welliger wurde die Landschaft. Die anfängliche Weite des Donautals verschwand nach und nach. In der Dämmerung wirkten die Hügel links und rechts der Bahnstrecke viel höher, als sie eigentlich waren. Der Horizont verschmolz mit einem Streifen dunkelroten Himmels, der für den nächsten Tag schönes Wetter ankündigte.

Der Bahnhof hatte schon bessere Zeiten gesehen. Doch die waren lange vorbei. Seitdem die Deutsche Bahn zum Star auf den Aktienmärkten werden sollte, steckten die hochbezahlten Manager das Geld ihrer Kunden nur noch in Prestigeprojekte, die eine entsprechende Rendite erwarten ließen. Bahnhöfe auf dem Land störten da nur, vor allem, wenn dort auch noch hochbezahltes Personal saß, das nichts weiter tat, als den Reisenden Fahrkarten zu verkaufen. Dafür gab es ja mittlerweile Automaten oder das Internet. Und auch eines repräsentativen Bahnhofs bedurfte es nicht mehr. Hier fuhren ohnehin nur Menschen mit der Bahn, die es aus irgendwelchen Gründen mussten.

Aber dieses Problem gab es nicht nur in ihrer Stadt, sondern entlang der gesamten Bahnstrecke, auf der noch immer stinkende Dieselloks die Züge zogen. Max hatte von einem High-Tech-Unternehmen aus der Region gehört, das seine bahnreisenden Geschäftskunden lieber mit dem Auto im vierzig Kilometer entfernten Ulm abholte, als sie an dem heruntergekommenen Bahnhof der Stadt zu empfangen.

Seinem Freund Georg schien der Weg zum Bahnhof dagegen in keiner Weise peinlich. Er hatte sich sofort bereiterklärt, Max und Angela abzuholen. Als die beiden aus dem Zug stiegen, stand aber nicht nur Georg auf dem schmalen Bahnsteig, an dessen Kante schon etliche Betonbrocken herausgebrochen waren. Das gesamte Marathon-Team begrüßte die beiden. Sie alle waren schon am Vortag nach Hause gefahren, nachdem die Polizei sie nochmals in dem Jugendgästehaus verhört und dort auch nach Spuren gesucht hatte. »Verhaftet wurde aber niemand«, hatte Georg am Telefon zu Max gesagt, als er ihm davon berichtete.

Die Stimmung bei der Heimreise sei natürlich nicht annähernd so gut gewesen wie bei der Hinfahrt. Dennoch habe sich deutlich gezeigt, dass niemanden eine wirkliche Nähe mit Walter Wilhelm Wachter verbunden hatte. Dafür war er auch zu frisch bei der Truppe gewesen. Allerdings war während dieser Zeit nicht zu übersehen gewesen, dass sich schon so mancher als Freund des künftigen Oberbürgermeisters gab und für die Zukunft eine gute Startposition suchte. »Da haben ein paar schon so dicke Schleimspuren gelegt, dass ich ihnen nur wünsche, selbst darauf auszurutschen«, hatte Georg einmal gesagt.

Doch nun war Wachter selbst gestürzt. Und zwar tödlich.

Sie brachten erst Angela nach Hause. Max fühlte sich wie in einem Fernseh-Werbespot für Diätmargarine, als sie vor dem Haus der Familie ankamen. Ihr Mann und die drei Kinder standen, aufgereiht wie die Orgelpfeifen und strahlend wie ein Pfund Plutonium am Gartenzaun, dessen moderner Optik man ansah, dass das Haus dahinter einem erfolgreichen Architektenpaar gehörte. Und rund um das perfekte Familienglück herum lief schwanzwedelnd ein großer, brauner Hund mit zotteligem Fell, der seine Besitzerin sofort genüsslich ableckte, als sie aus Georgs Auto stieg.

»Gibt es eine solche Idylle wirklich?«, fragte Max und tat so, als müsse er sich eine Träne aus dem Augenwinkel wischen.

»Na klar. Im Märchen. Und auf RTL«, antwortete sein Freund, und Max wusste nicht so recht, ob er das ernst meinte oder nicht.

Schließlich schien Georg eine gute Ehe zu führen. Und das schon seit über dreißig Jahren. Doch Max hatte bei ihm und seiner Frau nie das Gefühl gehabt, sie müssten nach außen hin die immer heile Familie spielen. Und seine eigene Erfahrung sagte ihm auch, dass die Risse meist dort am tiefsten waren, wo der Glanz am hellsten strahlte.

Sein Häuschen auf dem Hügel außerhalb der Stadt lag nur etwa einen Kilometer Luftlinie entfernt. Zu Fuß oder mit dem Fahrrad, seinem Hauptverkehrsmittel, seitdem er das Auto verkauft hatte, konnte er den Waldweg nehmen, der recht steil hinaufführte.

Mit dem Wagen mussten sie einen Umweg von mehreren Kilometern fahren, was Max nicht störte. So blieb er in seiner Maxau weitestgehend vom Straßenlärm verschont.

»Trinken wir noch ein Glas Wein?«, fragte Max, als Georg den Wagen vor dem Schuppen parkte, in dem er seine Gartengerätschaften aufbewahrte.

»Gerne, wenn da Weizen auf dem Etikett steht«, kam es zurück, und Max musste lachen. Er hätte wissen müssen, dass Georg nur in ganz großen Ausnahmefällen etwas anderes trank.

Mittlerweile war es richtig dunkel geworden. In jedem anderen Haus hätte nun sofort der Bewegungsmelder die Außenbeleuchtung eingeschaltet. Doch Max mochte diese Dinger nicht, die der Stimmung der Nacht von einer Sekunde auf die andere ihren Zauber raubten. Im Lauf der Zeit hatte sich die Lage der etwas schiefen Steinplatten, die den Weg vom Gartentor zum Haus bildeten, so in sein Gedächtnis eingegraben, dass er überhaupt kein Licht mehr brauchte.

Die Fassade aus dunklen Holzschindeln machte das Haus in der Dunkelheit aus größerer Entfernung fast unsichtbar, so sehr passte es sich seiner Umgebung an. Max zog den Schlüssel aus der Tasche. Als er ihn mit geübtem Griff ins Schloss steckten wollte, schwang die Haustür von der leichten Bewegung angestoßen ins Innere.

Er stockte. »Ich bin mir sicher, dass ich am Freitag abgeschlossen habe«, sagte er zu Georg, der hinter ihm stand. Mit der rechten Hand griff er zum Lichtschalter. Nichts passierte. Er drückte wieder auf den Schalter. Nichts.

In früheren Zeiten hätte er in einer solchen Situation sein Feuerzeug aus der Tasche gezogen und ins Innere geleuchtet. Doch mit dem Rauchen hatte er schon vor Jahren aufgehört.

»Was ist los?«, hörte er Georgs Stimme direkt hinter sich. »Warum gehst du nicht rein?«

»Das ist schon komisch. Die Haustür steht offen und das Licht funktioniert nicht. Hast du eine Lampe im Auto?«

»Im Auto? So etwas hat man doch heutzutage in der Hosentasche.« Georg zog sein Handy hervor und sagte: »Da geht mir jedes Mal, wenn ich mit dir telefoniere, ein Licht auf.«

Er richtete den hellen Strahl ins Innere des Hauses, dessen Erdgeschoss von einem großen Raum eingenommen wurde, der Max als Küche, Wohnzimmer und Arbeitsplatz diente. Da er alleine lebte, musste er auf niemanden Rücksicht nehmen und konnte seine Sachen liegen lassen, wo er wollte. Nur in der Zeit, in der Veronika bei ihm war, sah es etwas ordentlicher aus.

Doch so ein Chaos, wie es sich nun vor ihnen ausbreitete, richtete selbst ein Max von Steyn nicht an, nicht einmal innerhalb von drei Monaten: Der Boden war mit Papier übersät, das offenbar von dem alten Holzschreibtisch am Fenster stammte. Im Bücherregal stand kein einziger Band mehr an seinem Platz, alles war wild durchs Zimmer geworfen worden. Und an der weißen Wand, an die Max immer große Papierbahnen mit seinen Projektskizzen heftete, stand mit dickem Filzstift geschrieben: »Lass die Geschichte ruhen!« Daneben prangte ein Hakenkreuz.

»Verstehst du das?«, rief Georg entgeistert. »Was ist hier passiert?«

»Keine Ahnung. Den Satz an der Wand kann ich nur so verstehen, dass es dem Schreiber nicht gefällt, dass ich gerade die Geschichte des Kaufhauses Scharfenberg erforsche. Das Geschäft gehörte früher einem Juden, dem es in der Nazizeit abgeknöpft wurde.«

»Und wer wusste von deiner Arbeit? Mir hast du nie davon erzählt!«

»Dann scheidest du schon mal aus dem Kreis der Verdächtigen aus«, sagte Max und griff zu seinem Handy, um die Polizei zu rufen.

Es dauerte allerdings gut eine halbe Stunde, bis ein Streifenwagen den Berg heraufkam. Der ältere der beiden Beamten, den Max vom Sehen her kannte, entschuldigte sich: »Leider haben wir nachts nur noch zwei Streifen für die gesamte Stadt. Und unten im Blücherpark gab es mal wieder Ärger mit besoffenen Jugendlichen. Da ist es nicht ganz so idyllisch wie hier«, sagte er mit einem Blick auf das friedlich daliegende Grundstück.

»Wäre es so idyllisch, hätten wir Sie nicht rufen müssen«, mischte sich Georg ein. »Schauen Sie sich mal die Sauerei im Haus an!«

Mit geübtem Blick stellte der Polizist erst einmal fest, dass das Schloss an der Haustür mit professionellem Werkzeug geknackt worden war.

»Eindeutig Polenschlüssel.«

»Polenschlüssel? Hübscher Name! Und klingt ja überhaupt rassistisch«, sagte Max. »Was soll das überhaupt sein?«

»So etwas wie ein Korkenzieher für Schließzylinder. Bekommen Sie unter dem Namen sogar im Internet«, antwortete der Beamte. »In unserem Bericht heißt das natürlich nicht so, keine Angst. Für Ihren Palast hätte aber sicher das kleine Besteck gereicht. Denn so einen richtigen Hochsicherheitstrakt haben Sie hier ja nicht. «

Max von Steyn zuckte mit den Schultern. »Wissen Sie, wenn ich das Haus komplett verrammele, nimmt jemand, der wirklich rein will und keinen dieser polnischen Korkenzieher dabei hat, eine Axt und schlägt die Wand ein. Das merkt hier draußen ohnehin niemand. Und dann ist der Schaden viel größer.«

»Auch eine Logik, selbst wenn die nicht so ganz unserem Vorbeugungsprogramm entspricht«, gab der Mann in Grün zu und machte sich auf den Weg ins Innere. Als er den Schriftzug an der Wand sah, blickte er zu seinem Kollegen und sagte: »Ich glaube, da brauchen wir den Staatsschutz. Hakenkreuze mögen die besonders gern.« Er zog sein Funkgerät raus und rief die Zentrale.

Als er sich wenig später verabschiedete, schärfte er Max ein: »Verändern Sie bitte nichts, bis die Kollegen kommen, auch wenn das ein bisschen dauert. Die haben gerade noch einen anderen Einsatz. Am besten bleiben Sie aus dem Haus draußen.«

Zum Glück war es eine laue Spätsommernacht. Der Himmel hing voller Wolken, die verhinderten, dass die Restwärme des Tages zu schnell in die Atmosphäre flüchtete. Max ließ sich in einen Korbsessel auf seiner Terrasse sinken und sagte zu Georg: »Du kannst ruhig heimfahren. Hier passiert nicht mehr viel.«

Plötzlich spürte er die Anstrengungen des Tages. Am Morgen hatte er schließlich noch in einem Berliner Krankenhaus gelegen. Und nun das.

Er war tatsächlich ein wenig eingenickt, als ihn eine Stimme weckte, die ihm sehr bekannt vorkam: »Lange nicht gesehen, Herr von Steyn. Ich habe gehört, Sie haben ein Buch über die Sache Berger geschrieben. Ich hoffe, Sie zeigen mich darin, wie ich wirklich bin.«

»Worauf Sie sich verlassen können«, brummte Max und blickte Kommissar Auchter an, mit dem er im Fall des verschwundenen Pharmaunternehmers so manches Scharmützel ausgetragen hatte. Das war das Schöne und gleichzeitig das Schreckliche am Leben in der Kleinstadt: Man traf immer wieder die gleichen Leute. Und das nicht nur zweimal im Leben.

Der Beamte war seinerzeit gar nicht glücklich gewesen, dass sich Max in die Ermittlungen einmischte, musste aber am Schluss doch eingestehen, dass der Fall ohne dessen Hilfe nicht gelöst worden wäre. »Zumindest nicht so schnell«, wie er hinzugefügt hatte.

Doch das lag mittlerweile ein Jahr zurück.

»Wer wusste von Ihrer Arbeit?«, fragte Auchter nun, nachdem seine Kollegen von der Spurensicherung fertig waren und er mit Max im Wohnzimmer stand.

»Ich habe mit kaum jemandem gesprochen. Siegfried Scharfenberg wollte ja, dass ich so diskret wie möglich vorgehe. Natürlich wusste sein Sohn davon, Jochen Scharfenberg. Keine Ahnung, wem er oder sein Vater davon erzählt hatten. Und mit meiner Freundin habe ich darüber gesprochen. Ach ja, im Stadtarchiv, die wissen auch Bescheid. Da habe ich ein paar alte Akten eingesehen. Aber Sie wissen ja selbst, wie schnell sich manches herumspricht.«

Auchter ging auf diese Bemerkung nicht ein.

»Können Sie schon sagen, ob etwas fehlt?«

»Wie denn?«, entgegnete Max. »Ihre Kollegen hatten mich doch gebeten, nichts zu verändern. Und anfangs gab es ja nicht einmal Licht.«

Der Einbrecher, das hatte die Polizei schnell festgestellt, hatte draußen vor dem Grundstück an einem Stromverteiler die Leitung zu Max' Haus abgetrennt. Vielleicht wollte er so sicherstellen, dass keine Alarmanlage losging.

»Dann war es niemand, der mich besser kennt. Warum sollte ich eine Alarmanlage haben?«, fragte Max in den Raum.

»Es war aber auch niemand, der sich mit Alarmanlagen auskennt«, ergänzte Auchter. »Schließlich haben die Dinger für solche Fälle ja eine Notstromversorgung.«

Zielstrebig suchte Max nach den Kartons mit den Unterlagen über die Arisierung des Kaufhauses Scharfenberg, die er in den großen Bauernschrank neben den Schreibtisch gestellt hatte. Sie fehlten. Ebenso wie sein Laptop.

»Dann scheint der Einbruch wirklich mit Ihrer Arbeit zusammenzuhängen. Können Sie denn ohne die Unterlagen und ohne Ihren Laptop weitermachen?«, fragte Auchter.

»Originalunterlagen sind natürlich immer wichtig. Aber hier ist auch alles drauf«, sagte Max und hielt seinen Schlüsselbund in die Höhe, an dem ein USB-Stick in Form eines Schlüssels hing. »Natürlich verschlüsselt.«

»Ich habe alle Unterlagen gescannt und mehrfach gespeichert. Nicht so sehr aus Angst davor, dass jemand meine Kiste klaut, damit hatte ich wirklich nicht gerechnet. Sondern weil ich der Technik nicht so ganz traue. Weiterarbeiten kann ich, sobald ich an einem Computer sitze.«

Das Kaufhaus Scharfenberg, oder besser gesagt: das Kaufhaus Finkenbeiner, wie es bis 1938 geheißen hatte, beschäftigte Max in diesem Moment allerdings gar nicht so sehr. Ihn drängte es, herauszufinden, was mit Walter Wilhelm Wachter geschehen war.

Und er musste mit Isabel Mertens sprechen. Schließlich war die Oberbürgermeisterin noch immer seine Kundin. Auch wenn ihr der Gegenkandidat abhanden gekommen war.

Doch zunächst brauchte er nur eins: Schlaf.

Es dauerte eine ganze Weile, bis Max realisierte, dass das laute Pochen diesmal nicht aus dem Inneren seines Kopfes, sondern von der Haustür kam. In der Nacht hatte er es vor lauter Müdigkeit nicht mehr in sein Schlafzimmer im ersten Stock geschafft, sondern war auf dem Sofa im Wohnzimmer eingeschlafen.

Um ihn herum herrschte noch das blanke Chaos. Der Boden war übersät mit Papieren, das Aufräumen hatte er sich für den Vormittag vorgenommen. Doch Vormittag war es noch lange nicht. Draußen dämmerte es erst, also konnte es noch nicht später als sechs oder halb sieben sein.

Wieder und wieder pochte es an der Tür. Erst als Max rief: »Ich komm ja schon«, hörte das Geräusch auf.

Durch die Glasscheibe erkannte Max einen Mann, der einen dunkelblauen Anzug trug. Banker oder Anwalt, schätzte Max. Für einen Vertreter erschien ihm der Anzug zu teuer – und außerdem, was wollte ein Vertreter um diese Zeit in der Maxau? In all den Jahren hier oben war Max von solchen Besuchen verschont geblieben. Aber auch einen Banker oder einen Anwalt erwartete er nicht.

»Guten Morgen, Herr von Steyn«, sagte der Mann mit einem Elan in der Stimme, der darauf schließen ließ, dass er schon eine ganze Weile aktiv war. »Entschuldigen Sie die frühe Störung. Mein Name ist Josef Kober, ich bin Anwalt. Isabel Mertens schickt mich zu Ihnen.«

»Isabel? Äh, Frau Mertens? Worum geht es?«

»Darf ich vielleicht reinkommen? Unser Gespräch könnte etwas länger dauern.«

»Ja bitte.« Max trat einen Schritt zu Seite. »Aber wundern Sie sich nicht darüber, wie es bei mir aussieht. Hier wurde eingebrochen, während ich in Berlin war.«

Den Anwalt schien das Durcheinander nicht zu stören. Zielstrebig ging er in den Küchenbereich, schob ein paar Bücher zur Seite, die neben dem Tisch lagen, und setzte sich auf einen der alten Holzstühle.

»Erst mal, guter Mann, brauch ich einen Kaffee«, sagte Max. »Trinken Sie einen mit?«

Der Anwalt nickte dankbar. So munter, wie er tat, war er offenbar doch noch nicht.

Während die alte Gaggia – eine Erinnerung an die Zeit, als Max von Steyn noch über mehr Geld verfügte – aufheizte, warf er sich im Spülbecken ein paar Hände voll kaltes Wasser ins Gesicht und war froh darüber, dass dort kein Spiegel hing.

»Die letzten Tage waren etwas anstrengend«, sagte er entschuldigend.

Sein Besucher nickte verständnisvoll. Er schien im Bilde zu sein.

Max stellte, ohne den Mann nach seinen Wünschen zu fragen, zwei Espressotassen unter die Maschine.

Er drückte einen Hebel, woraufhin das Mahlwerk zu rattern begann und das Wasser sich mit verlockendem Gegurgel seinen Weg durch das Kaffeepulver bahnte. Der Geruch des frischen Espressos weckte seine Lebensgeister endgültig.

Er reichte dem Mann eine Tasse und wies auf die etwas zerbeulte, silberne Zuckerdose, die seine Großmutter wahrscheinlich vor fünfzig Jahren zum letzten Mal poliert hatte. »Milch habe ich leider nicht, falls Sie so etwas brauchen.«

Er lehnte sich an die Spüle und sagte: »Was ist los mit Frau Mertens? Warum schickt sie mir ihren Anwalt?«

»Isabel Mertens wurde heute Nacht von der Polizei vernommen. Unter dem Verdacht, Walter Wilhelm Wachter ermordet zu haben.«

Jetzt brauchte Max einen Stuhl. Er griff zu seiner Espressotasse und schüttete den heißen Inhalt in sich hinein.

»Was sagen Sie da? Wer kommt denn auf so eine Idee?«

»Kommissar Auchter. Sie kennen ihn ja sicher.«

»Auchter? Na klar, der war heute Nacht hier wegen des Einbruchs. Das war also der andere Einsatz, weswegen ich eine ganze Weile auf ihn warten musste.«

»Die haben Frau Mertens' Wohnung und ihr Büro durchsucht. Ich war dabei.«

Also war der Mann nicht früh aufgestanden, sondern möglicherweise gar nicht ins Bett gekommen. Max nahm sich vor, ihn später einmal zu fragen, wie er es schaffte, trotzdem so frisch auszusehen. Seit er die Vierzig hinter sich gelassen hatte, waren die Spuren langer Nächte – ob durchzecht oder durchgearbeitet – bei ihm nicht zu übersehen. So wie heute.

»Was mit Wachter passiert ist, wissen Sie ja nur zu gut.« Kober brauchte offenbar keine langen Vorreden. »Aber was Sie nicht wissen: Isabel Mertens war auch in Berlin. Und das ist jetzt ihr Problem.«

»Moment mal.« Max verstand gar nichts. Er stand auf, nahm die beiden Espresso-Tassen und stellte sie erneut unter die Maschine.

Der langsam herausfließende Kaffee verströmte seinen Duft im ganzen Raum.

»Warum war Isabel in Berlin? Warum hat sie mir nichts davon gesagt? Die hat Wachter doch nicht umgebracht. So ein Unfug!«

»Das habe ich der Polizei auch zu erklären versucht. Isabel Mertens hat zwar eine logisch klingende Erklärung, doch die überzeugt die Polizei bislang nicht.«

»Und wie erklärt sie es?« Max merkte, dass er allmählich wieder zur Normalform auflief. Er fragte fast reflexartig, das hatte er als Journalist gelernt. Ihn beschäftigte nicht mehr die Frage, warum der Anwalt ihm das in aller Herrgottsfrüh erzählte, er wollte Fakten.

»Sie wissen ja, dass Wachter seinen Marathonlauf im Wahlkampf verkaufen wollte. ›Der Mann mit dem langen Atem‹ und so. Isabel Mertens hatte das mitbekommen und die Idee ihn auszutricksen. Sie wollte selbst den Marathon laufen – trainiert hatte sie ja genug, unter anderem mit Ihnen, Herr von Steyn. Und wenn sie es schaffte, schneller zu sein als Wachter, dann wäre aus dessen Triumph sehr schnell eine Bauchlandung geworden. Und wenn nicht, hätte keiner etwas davon mitbekommen.«

»Aber warum hat sie nicht wenigstens mir etwas davon gesagt?« Max schüttelte den Kopf so heftig, dass die Wunde wieder schmerzte.

»Sie wusste ja, wie wichtig Ihnen Ihr erster Marathon war. Und wollte Sie nicht belasten.«

»Und was war dann?«

»Isabel – ich lass den Nachnamen jetzt mal weg, wir sind auch per Du – Isabel also flog am Samstagabend von Memmingen nach Berlin, übernachtete bei ihrem Bruder und ging morgens an den Start. Sie stand im gleichen Block wie Sie und die anderen. Allerdings hatte sie sich ein bisschen getarnt, um nicht erkannt zu werden. Sie blieb bewusst ein Stück hinter Wachter, der ja am Anfang ganz schön Tempo machte. Als er dann nach der Hälfte der Strecke langsamer wurde, da wusste Isabel, dass sie ihm auf den letzten Kilometern noch ein paar Minuten abnehmen würde. Sie waren ein guter Trainingspartner, Herr von Steyn.«

»Das freut mich, führt uns aber jetzt nicht weiter.« In Max wuchs die Ungeduld, und er spürte auch eine gewisse Enttäuschung. Einerseits, weil Isabel Mertens ihn nicht eingeweiht hatte, andererseits, weil sie und nicht er selbst auf diese geniale Wahlkampfidee gekommen war. Von diesem Dämpfer hätte sich der medienverliebte Wachter wohl nicht so schnell erholt.

»Und wann war sie im Ziel?«, fragte Max.

»Überhaupt nicht«, antwortete der Anwalt. Sie lief in Friedenau nur ein Stück hinter Ihnen, als das Ganze passierte. Erst wollte sie stehenbleiben, um zu sehen, ob sie helfen könnte. Doch dann bekam sie es mit der Angst zu tun. Schließlich hätte sie erklären müssen, warum sie klammheimlich den Marathon mitlief. Die Sache ließ sie aber nicht los –

und so drehte sie nach ein paar hundert Metern um und bekam mit, dass der Notarzt sagte, Wachter sei tot. Da hat Isabel den Lauf abgebrochen und ist mit der nächsten Maschine heimgeflogen – natürlich in der Hoffnung, dass niemand ihren Ausflug mitbekommen hatte.«

»Und wie kamen unsere Freunde und Helfer so schnell darauf?«

»Das ist recht einfach. Die haben die Starterliste mit den Passagierlisten der Fluggesellschaften verglichen, die hier aus der Nähe nach Berlin fliegen. Zwar gab es auf der Starterliste gleich vier Frauen mit dem Namen Isabel Mertens und sie hatte als Verein auch den Club ihres Heimatdorfes in der Pfalz angegeben, in dem sie immer noch Mitglied ist. Doch das täuscht vielleicht jemanden, der mal oberflächlich über die Liste schaut, aber nicht so gewiefte Kriminalisten wie unseren Herrn Auchter.«

Max glaubte, doch ein wenig Spott in Kobers Stimme zu hören. Obwohl der Beamte ja gar nicht so schlecht ermittelt hatte.

»Und jetzt ...« Die Stimme des Anwalts hörte sich an, als wolle er ein Plädoyer beenden. »Und jetzt hat Isabel ein dickes Problem. Und hofft, dass Sie ihr helfen können.«

»Ich?«

»Herr von Steyn, seit dem Fall Berger besitzen Sie einen gewissen Ruf. Und es wäre schön, wenn Sie dem auch hier gerecht würden.«

»Sehr prosaisch gesprochen, Herr Anwalt.« Max versuchte zu überspielen, dass ihm das Kompliment guttat. »Es ist doch selbstverständlich, dass ich versuche, Isabel zu helfen. Außerdem verdiene ich als Wahlkampfberater nur etwas, wenn meine Kundin kämpfen kann. Geben Sie mir ein paar Stunden zum Nachdenken.«

»Ich muss sowieso wieder los«, sagte Kober mit Blick auf seine Uhr, die wohl, wie bei den meisten Vertretern seiner Berufsgruppe, beweisen sollte, wie erfolgreich ihr Besitzer seinem Job nachging. »Für acht Uhr ist eine weitere Vernehmung anberaumt. Und ich hoffe schwer, dass Isabel um neun wieder in ihrem Büro sitzt.«

Max hätte viel darum gegeben, jetzt seine Laufsachen anziehen und eine Stunde durch den Wald joggen zu können. Es würde keine zwei Kilometer dauern, bis er den ganzen Ballast der letzten Nacht abgeschüttelt hätte, um mit klarem Kopf eine Strategie zu entwickeln.

Doch das Pochen in seinem Schädel erinnerte ihn daran, was ihm die Ärztin in Berlin mit auf den Weg gegeben hatte: »Schonen Sie sich die nächste Woche. Jeden Tag, den Sie zu früh wieder starten, werden Sie büßen.« Max hatte ergeben genickt.

Nun blickte er durch die viel zu lange nicht geputzten Scheiben der Terrassentür nach draußen. Die ersten Sonnenstrahlen drückten sich durch die dünnen Wolken. Es schien ein schöner Tag zu werden. Viel zu schön, um auf dem Fußboden herumzukriechen und Papiere zu sortieren.

Direkt neben der Tür standen die neuen Laufschuhe, die er ein paar Tage vor der Reise nach Berlin gekauft hatte. Die alten sollten nach dem Marathon einen Ehrenplatz im Schuhregal bekommen, nachdem sie ihn so viele hundert Kilometer weit getragen hatten. Doch jetzt, da sie nicht vom Lauf durch das Brandenburger Tor geadelt waren, würde er sie wegschmeißen. Am besten noch heute.

Ohne nachzudenken, nahm er die neuen Schuhe, betrachtete sie von allen Seiten und zog sie an. Normalerweise wäre es nur eine Frage von Tagen, bis sie nach dem ersten Lauf durch Matsch und Pfützen ihren jungfräulichen Anblick verloren hätten. Doch jetzt?

Wenn er schon nicht joggen durfte, ein Spaziergang durch den herbstlichen Wald konnte nicht schaden. Er nahm den Weg, den er oft mit Veronika ging, die sich zwar auch gerne in der Natur aufhielt, Joggen aber für Energieverschwendung hielt. Max hatte es aufgegeben, mit ihr darüber zu diskutieren. Eines Tages, da war er sicher, würde sie auch merken, wie befreiend die frische Luft des Herbstwaldes wirkt, wenn sie so tief in die Lungen dringt, wie das eben nur bei körperlicher Anstrengung möglich ist.

Dieser Teil des Waldes bestand nicht aus der hier häufig anzutreffenden Fichten-Monokultur. Buchen, Eichen und Tannen schienen kreuz und quer durcheinandergepflanzt, obwohl Max sicher war, dass ein Plan dahintersteckte. Zu lange war dies schon Kultur- und nicht mehr Naturlandschaft. Doch zum Glück sah es zumindest nach letzterer aus.

Die Blätter hatten schon begonnen, sich zu verfärben. Max glaubte, das Rot, Gelb und Braun förmlich zu riechen. Es war der Duft des Verfalls, der dennoch eine intensive Kraft verströmte. Ein Hauch von Moder, von Feuchtigkeit, von Tod. Aber eben nur ein Hauch, überlagert vom wilden Leben, das diesen Wald beherrschte, bis er irgendwann in seine Winterstarre verfiel – nur um ein paar Monate später wieder vom Frühling geweckt zu werden.

Gab es diesen Kreislauf im menschlichen Leben auch? Wachsen, Blühen, Früchte tragen und sterben? Irgendwie schon, dachte Max. Wenn sich auch Walter Wilhelm Wachter bis vor drei Tagen noch in der Blüte seines Lebens gefühlt hatte und nun gestorben war, ohne wirklich Früchte getragen zu haben.

Und an welchem Punkt dieses Kreislaufs stand Isabel Mertens?

Max versuchte, diese Gedanken wegzuwischen. Beim Joggen war das kein Problem. Mit der Anstrengung des Laufs wuchs die Distanz zu den Dingen, die ihn zuvor beschäftigt hatten. Vielleicht behaupteten manche Menschen deshalb, intensive Jogger liefen vor ihren Problemen davon, indem sie sich selbst überholten. Für ihn war das, wie so vieles im Leben, eine Frage des Blickwinkels. Er liebte die Kraft, die ihm ein freier Kopf gab, ein Kopf, der nicht gefangen war im kreisförmigen Denken. Noch nie hatte Max das Gefühl gehabt, er laufe vor etwas davon. Im Gegenteil, er lief zu etwas hin, zu neuen, klaren Gedanken.

Alleine spazieren zu gehen hieß für ihn eher Sinnieren, sich in seinen Gedanken zu verlieren. So tat er es auch jetzt. Er stellte sich vor, wie Isabel Mertens, die starke und stolze Oberbürgermeisterin, vor dem Schreibtisch eines Richters saß, den sie möglicherweise sogar kannte, und ihm erklären musste, warum sie zwar am Tatort gewesen war, aber nichts mit Wachters Tod zu tun hatte. Was würde passieren, wenn sie tatsächlich verhaftet würde? Die Oberbürgermeisterwahl am kommenden Sonntag wäre wohl einmalig in der Geschichte: Von den zwei Kandidaten, deren Namen auf den amtlichen Stimmzetteln standen, war der eine tot, die andere saß unter Mordverdacht im Gefängnis.

Das bot doch Stoff für ein klassisches Drama.

Leider wusste Max nicht, in welchem Akt sie sich befanden. Entwickelte sich die Geschichte erst oder hatte sie mit Wachters Tod schon ihren Höhepunkt erreicht? Doch wenn Isabel Mertens unschuldig war, woran er keine Sekunde zweifelte, lag die Auflösung noch in weiter Ferne. Leider hielt sich das wirkliche Leben nur zu selten an literarische Traditionen.

Diese Überlegungen nahmen ihn so sehr gefangen, dass er gar nicht hörte, wie sich von hinten jemand näherte. Dieser Jemand kam mit schnellen Schritten, die bei jedem Bodenkontakt ein leicht platschendes Geräusch erzeugten, auf ihn zu. Erst als die Gestalt neben ihm war und ihm ein »Guten Morgen« zurief, drehte er sich erschrocken nach links.

»Hallo Angela«, rief Max. »Schon wieder unterwegs?«

Auch Angela Reiner schien überrascht zu sein, ihn hier zu sehen. Sie hatte sich, wie viele Läufer, angewöhnt, einfach jeden zu grüßen, den sie im Wald traf, und gar nicht so genau hingeschaut. Und Max hatte ebenso automatisch zurückgegrüßt. Dabei musste er ganz spontan an Herbert denken, wie Georg ein Urgestein ihres Lauftreffs. Der warf jedem ein »Servus« zu, das an seine bayerische Herkunft erinnerte, und war stets zutiefst beleidigt, wenn die Angesprochenen nicht reagierten. In solchen Fällen schickte er ein »du Simpel, du alter« hinterher und lief, ein paar weitere Flüche vor sich hin brummelnd, weiter. Dass es Menschen gab, die im Wald einfach ihre Ruhe suchten, konnte er offenbar nicht verstehen.

Max störte es in diesem Moment keineswegs, dass ihn jemand aus seinen wirren Gedanken riss. Noch weniger störte ihn, dass es Angela war – und dass sie ihm nicht nur ein strahlendes Lächeln schenkte, sondern ihn auch kurz umarmte.

Er genoss die Wärme, die sie verströmte, und störte sich in keiner Weise daran, dass ihre etwas verschwitzten Wangen einen klebrigen Film auf seinem Gesicht hinterließen.

»Ich wollte dich nachher ohnehin besuchen. Allerdings frisch geduscht«, sagte sie und lief langsam neben Max her.

»Du bist mir auch so willkommen«, erwiderte er. »Allerdings sieht es bei mir zu Hause ziemlich wild aus.« In knappen Worten berichtete er von den Geschehnissen der Nacht.

»In einer Stunde bin ich bei dir und helfe beim Aufräumen«, versprach Angela und zog das Tempo an, bevor er etwas antworten konnte.

Max blickte hinter ihr her. Nach den paar Tagen in Berlin erschien ihm Angela vertraut, obwohl er kaum etwas über sie wusste. Sie hatte ihn mit einer solchen Selbstverständlichkeit unterstützt, dass er gar nicht mehr verstand, warum er sie früher kaum wahrgenommen hatte. Sie packte einfach zu, ohne lange zu fragen. So hatte sie seine Sachen aus dem Jugendgästehaus ins Krankenhaus gebracht und dort seine Abreise in die Hand genommen. Nicht einmal ums Zugticket hatte er sich kümmern müssen.

Als die Frau hinter einer Biegung im Wald verschwand, drehte Max sich um und ging wieder in Richtung Zuhause. Er wollte wenigstens ein bisschen Ordnung schaffen, bevor Angela käme.

Obwohl er das Chaos in der Maxau keine Stunde zuvor verlassen hatte, erschrak er doch, als er durch die Terrassentür ins Wohnzimmer trat. Vielleicht hatte er insgeheim gehofft, das alles sei nur ein böser Traum. Und gleich käme Isabel Mertens, um die letzten Aktionen vor dem Wahltag durchzusprechen.

Statt aufzuräumen, setzte er sich auf sein Sofa und dachte nach.

Die großen Veranstaltungen waren ohnehin gelaufen. Vier intensive Wochen lang hatte sie gekämpft – das volle Programm. Wahlversammlungen in den Gasthäusern aller sieben Ortsteile, dazu in den Wohnvierteln der Kernstadt. 23 Vereinen war sie Rede und Antwort gestanden, den Fußballern ebenso wie Musikern, Schützen, Fahnenschwingern, Naturschützern, Heimatforschern und Fischern. Sogar beim Volapük-Zirkel, einer Ansammlung älterer Herren, die versuchten, die Erinnerung an eine Kunstsprache aus dem späten 19. Jahrhundert wachzuhalten, hatte sie ihre Visitenkarte abgegeben.

Bislang hatte Isabel Mertens es geschafft, alle Angriffe mit einem Lächeln zu parieren, auch wenn es ihr nicht immer leicht gefallen war. Denn die Gegenseite hatte mit einer Doppelstrategie gearbeitet: Wachter selber vermied jedes harte Wort und betonte, er kämpfe für sich und nicht gegen Isabel Mertens. »Persönliche Attacken sind nicht mein Stil«, hatte er einmal im Oberländer Anzeiger verkündet, aber gleichzeitig keinen Grund gesehen, sich von Franz Sauter zu distanzieren, der jede noch so kleine Möglichkeit zum Angriff nutzte. »Ich bin dankbar für die Unterstützung durch die Wählerinitiative«, hatte Wachter erklärt – und gleich hinzugefügt: »Das sind alles eigenständige Menschen, denen ich nichts vorzuschreiben habe.«

Im Stadtrat herrschte zu dieser Zeit eine seltsame Stimmung. Franz Sauter und seine Fraktionskollegen nutzten jede Sitzung zum Wahlkampf; die fünf Grünen, in dem vierzigköpfigen Gremium ohnehin eine Minderheit, hielten wacker dagegen. Doch der Rest vermied es, sich zu positionieren. Da die Umfragen von einem Kopf-an-Kopf-Rennen ausgingen, wollten sie es sich nicht mit dem möglichen Wahlsieger verscherzen, wer auch immer das sein würde. Hinter verschlossenen Türen schworen zwar etliche Räte der Oberbürgermeisterin die Treue, doch war sie, wie sie Max gegenüber sagte, sehr sicher, dass ein Teil von ihnen das Gleiche auch bei Wachter tat. Schwierig war nur, festzustellen, welcher Teil das war.

Max schob die Erinnerung beiseite und sah auf sein Handy, um nachzuschauen, ob sich Isabel Mertens vielleicht schon gemeldet hatte.

Fehlanzeige. Wahrscheinlich saß sie noch immer bei der Vernehmung und konnte gar nicht fassen, was man ihr unterstellte.

»Isabel Mertens ist doch keine Mörderin. Jede andere, aber nicht sie«, murmelte Max halblaut vor sich. »Dazu kenne ich sie mittlerweile gut genug.«

»Wen kennst du denn gut genug?«

Erschrocken drehte Max sich um und sah Angela Reiners strahlendes Lachen. »Entschuldige, wenn ich so einfach reinplatze, aber die Terrassentür stand offen.«

»Kein Problem.« Max lachte zurück. »Ältere Männer sind manchmal etwas wunderlich und sprechen mit sich selbst.«

»Ältere Männer – damit meinst du aber nicht dich?« Angela schüttelte den Kopf.

»Schließlich bin ich ja ein paar Jährchen älter als du. Warte mal ab, bis dein Mann in mein Alter kommt.«

Für einen Augenblick schien das Lachen in Angela Reiners Gesicht zu gefrieren. Doch sie fing sich sofort wieder. »Warten wir's ab. Hans-Jörg feiert nächstes Jahr seinen Vierzigsten.«

Sie ließ ihren Blick durch das Zimmer gleiten. Noch immer lagen Papiere und Bücher auf dem Boden verstreut. Lediglich um das Sofa herum hatte Max eine papierfreie Zone geschaffen. »Was kann ich tun?«, fragte sie voller Tatendrang.

»Erst einmal mit mir einen Kaffee trinken«, erwiderte Max und ging hinüber in den Küchenbereich.

»Schwarz?«, fragte er und nahm sich vor, künftig ein besserer Gastgeber zu sein und immer etwas Milch im Haus zu haben.

»Natürlich schwarz – wie meine Seele«, kam es zurück. Max blickte seine Besucherin überrascht an und stieß ein lautes Lachen aus. »Der ist gut. Wenn auch nicht wahr.«

»Was weißt du von meiner Seele?«, fragte Angela mit einem koketten Augenaufschlag.

»Treusorgende Mutter dreier süßer Kinder, liebevolle Ehefrau, Geschäftspartnerin ihres Mannes, tolle Läuferin und eine Frau, die anpackt, wenn es nötig ist. Wie bei mir in Berlin«, zählte Max auf.

»Danke.« Zumindest die letzten Punkte schienen ihr zu gefallen. »Aber das meiste davon ist Fassade. In meiner Seele sieht es anders aus.«

»Hey, Angela, was ist los?«, fragte Max mit einfühlsamer Stimme. Zumindest das hatte er in den vergangenen zwanzig Jahren gelernt. Früher hätte ihn eine solche Äußerung emotional einfach überfordert. Er hätte stumm dagesessen, hätte versucht, die fälligen Tränen der Frau zu ignorieren und auf Besserung gehofft.

»Ach nichts. Lassen wir das.«

»Wenn du reden möchtest, gerne.« Max war richtig stolz auf sich und stellte die zwei Tassen mit dampfendem Kaffee auf den Tisch.

Angela Reiner hielt sich mit einer Hand dankbar an ihrer Tasse fest, mit der anderen drehte sie eine Locke in ihr Haar.

Max sah, wie sich ihr Brustkorb beim tiefen Einatmen hob. Sie öffnete leicht den Mund, gerade so, als wollte sie etwas sagen. Doch statt eines Wortes strömte nur der Atem heraus.

Max blickte sie an, sagte aber nichts. In dem Moment, in dem ihre Lippen anfingen, leicht zu vibrieren, und sie die Worte »Weißt du …« herauspresste, klingelte Max' Handy. Der Ton erinnerte ihn immer wieder an das alte Wählscheiben-Telefon seiner Oma.

Er blickt auf das Display, zog überrascht die Augenbrauen hoch, als er Isabel Mertens Nummer erkannte, und sagte zu Angela: »Entschuldige, da muss ich kurz rangehen« – was ihr nichts auszumachen schien. Im Gegenteil. Sie wirkte fast so, als wäre sie froh, das Gespräch nicht fortsetzen zu müssen.

»Hallo, das ist ja eine Überraschung«, rief Max zur Begrüßung ins Telefon. Mit einer Handbewegung signalisierte er Angela, dass sie ruhig sitzenbleiben könne, ging aber selbst durch die Terrassentür nach draußen.

»Wo steckst du und was ist passiert?«, rief er aufgeregt ins Telefon und versicherte sich mit einem Blick ins Haus, dass Angela nichts mitbekam.

»Bist du alleine? Kannst du reden?«, fragte Isabel Mertens mit einer Ruhe in der Stimme, die Max überraschte. So lange konnte es ja nicht her sein, dass sie den Fängen der Justiz entkommen war.

»Nein, ich habe gerade Besuch. Aber der ist im Haus und ich bin im Garten.«

»Welches Geschlecht hat denn der Besuch?«, kam es zurück.

»Isabel«, sagte Max und versuchte seiner Stimme einen schulmeisterlichen Klang zu geben, »welche Rolle spielt denn das?«

»Keine natürlich. Nur sollten wir uns so schnell wie möglich sehen. Und ich fände es äußerst schade, wenn ich mit diesem Wunsch deine Zweisamkeit mit wem auch immer störe. Wobei deine Veronika doch in Amerika ist.«

»Isabel.« Diesmal klang Max' Stimme etwas ungeduldig. »Hier passiert gar nichts. Außer, dass ich mich über deinen Anruf freue. Ich hatte schon befürchtet, die behalten dich da.«

»Ach woher«, antwortete die Oberbürgermeisterin in fast beschwingtem Ton. »Wozu habe ich zwei juristische Staatsexamen? Um mich vom Dorfrichter Adam aufs Glatteis führen zu lassen?«

Das Einzige, was Max jetzt noch einfiel, war zu fragen: »Wo treffen wir uns?«

»Natürlich bei mir im Amt. Ich habe schließlich nichts zu verbergen.«

»Wenn Sie sich einen kleinen Augenblick gedulden, Herr von Steyn. Frau Mertens telefoniert gerade noch.« Die Stimme der Vorzimmerdame klang routiniert und freundlich wie immer. Wahrscheinlich wusste sie gar nicht, welch aufregende Stunden hinter ihrer Chefin lagen.

Max blickte sich in dem Zimmer um. Bei ihrer Vorgängerin, die mit dem früheren Oberbürgermeister in Rente gegangen war, hatte das Zimmer einem Gewächshaus geglichen. Überall Farne und Birkenfeigen, und im Eck thronte der unvermeidliche Philodendron, dessen ausladende Blätter bis über den Schreibtisch reichten.

In einer Art Großreinemachen hatte Isabel Mertens nicht nur die Möbel entsorgt, die aus der Vorkriegszeit zu stammen schienen, und den städtischen Haushalt mit dem Kauf schicker und natürlich giftfreier Designermöbel belastet, sondern auch die üppige Flora in die freie Natur entlassen. »Ich bin selber grün«, hatte sie gesagt und sich jede Topfpflanze in ihrem Bereich verbeten. Dafür bestand sie darauf, dass auf dem Glastisch ihrer Besprechungsecke stets ein bunter Blumenstrauß stand. Und direkt auf ihrem Schreibtisch eine einzelne rote Rose.

Eine der letzten Rosen aus seinem Garten hatte Max nur eine viertel Stunde zuvor Angela Reiner in die Hand gedrückt, als kleine Entschuldigung dafür, dass er zu einer dringenden geschäftlichen Besprechung musste – und mit dem Versprechen, sich am gleichen Tag noch bei ihr zu melden. Der einen Hauch zu intensive Abschiedskuss, den ihm Angela auf die Wange gedrückt hatte, zeigte ihm, dass sie noch gerne geblieben wäre. Doch was sie genau wollte, darüber wollte Max in diesem Moment lieber nicht nachdenken.

»Bitte sehr, Herr von Steyn.« Die Worte der Sekretärin rissen ihn aus seinen Gedanken. Sie hatte die Tür zum Büro ihrer Chefin schon geöffnet und wies ihm mit einer einladenden Handbewegung den Weg, den er nur zu gut kannte.

»Max, was soll das alles bedeuten?«, fragte Isabel Mertens, und ihre Stimme klang plötzlich ein wenig verzweifelt. Die Souveränität, die sie am Telefon gezeigt hatte, schien verschwunden. An ihren Wangen und ihrem Hals zeigten sich rote Flecken. »Dieser Auchter hat doch tatsächlich versucht, mir einen Mord anzuhängen. Zum Glück habe ich sofort Josef Kober erreicht. Er ist ein alter Studienfreund von mir und inzwischen einer der besten – und auch teuersten Strafverteidiger.« Sie drehte ihren Kopf in Richtung der Sitzecke mit den schwarzen Ledermöbeln und fügte hinzu: »Stimmt doch, Seppi, oder?«

Erst jetzt nahm Max den Anwalt wahr, mit dem er ein paar Stunden zuvor erst Kaffee getrunken hatte und zu dem der Name Seppi so überhaupt nicht zu passen schien. Aber die beiden kannten sich schließlich aus einer früheren Zeit.

»Ja, das ist natürlich eine blöde Sache. Der gute Auchter hat ein wenig überreagiert. Angesichts der Indizien – Isabel war ja tatsächlich am Tatort und nach einem Motiv muss man auch nicht lange suchen – war eine Befragung sicher angezeigt. Doch mitten in der Nacht? Lächerlich.« Die Vehemenz, mit der er dieses Wort ausstieß, ließ für Max keinen Zweifel daran, dass er im Gerichtssaal noch ganz andere Geschütze auffahren konnte.

Etwas versöhnlicher fuhr er fort: »Das hat auch der Staatsanwalt, den Auchter aus dem Bett geholt hat, recht schnell eingesehen. Am Ende kam dann aber noch dieser schöne Spruch: ›Bitte verlassen Sie die Stadt nicht‹, worauf Isabel ganz schlagfertig geantwortet hat: ›Was glauben Sie, guter Mann? Ich kämpfe gerade darum, noch weitere acht Jahre hierbleiben zu dürfen.‹«

»Freut mich, dass dir das so gut gefallen hat. Aber was machen wir jetzt?«, drängelte Isabel. »Wenn sich das rumspricht, bin ich am Sonntag geliefert.«

»Wen sollen die Leute denn wählen, wenn nicht dich?«, fragte Max irritiert zurück.

»Als Juristin kann ich dir das ganz genau sagen. Und ich bin mir sicher, die Gegenseite weiß es auch: Wenn der tote Wachter mehr Stimmen bekommt als ich, wird die Wahl wiederholt.«

»Stopp mal«, unterbrach Max. »Wie kann man denn einen Toten wählen?«

»Glauben Sie meiner Kollegin«, schaltete sich Kober ein. »Im Verwaltungsrecht war sie schon immer besser als ich. Da hat sie mich damals durch die Prüfung geschleust.«

»Und du mich dafür im Strafrecht«, antwortete Isabel Mertens. »Also Max, das ist ganz einfach: Ich gewinne die Wahl nur, wenn ich die Mehrheit der gültigen Stimmen bekomme. Und stimmen können die Leute immer noch für Wachter, sein Name steht ja auf dem Wahlzettel. Nur im Gegensatz zu mir kann er das Amt nicht antreten, falls er gewinnt. Dann wird neu gewählt.«

»Das heißt, wir müssen damit rechnen, dass die WWW Wahlkampf für einen Toten macht, um dich als Oberbürgermeisterin zu verhindern?« Max schüttelte ungläubig den Kopf.

»Genau so ist es«, antwortete Kober an Stelle der Oberbürgermeisterin. »Und ich befürchte, diese Strategie geht auf, wenn bekannt wird, dass die Polizei Isabel im Visier hat. Ich habe denen zwar mit allem Möglichen und Unmöglichen gedroht für den Fall, dass das öffentlich wird, ohne dass sie wirkliche Beweise haben, aber Sie wissen ja selbst, wie so etwas funktioniert.«

»Mein Lieblingsthema, die Unmöglichkeit jeder Geheimhaltung«, sagte Max. »Und es gab ja genügend Beteiligte. Wie viele Leute waren denn bei den Durchsuchungen dabei?«

»Da konnten wir zum Glück einen Deal aushandeln.« Josef Kober war sichtlich stolz. »Wir haben auf die richterliche Anordnung verzichtet, dafür sind die nur zu dritt und im Zivilauto gekommen. Und zu finden gab es außer den Mails mit der Anmeldebestätigung für den Marathon und der Flugbuchung ohnehin nichts. Und dass sie da war, hat Isabel ja auch gleich zugegeben. Ist ja nicht verboten.«

»Auch auf die Gefahr hin, dass ich mich wiederhole …« – Isabel Mertens Stimme hatte schon fast wieder die alte Kraft – »… was tun wir jetzt? So banal das vielleicht für euch beide klingt, ich muss hier meinen Oberbürgermeister-Job weitermachen wie gewohnt. Und das heißt, dass ich in einer halben Stunde dem Ehepaar Schmitz draußen im Gartenweg zur Diamantenen Hochzeit gratuliere, natürlich in Anwesenheit der Presse. Anschließend verhandle ich mit den Schulleitern über die Ganztagsbetreuung, bevor ich unseren kranken Baudezernenten im Gutachterausschuss vertrete. Und so geht das weiter. Schließlich muss ich auch die Termine nachholen, die ich heute früh verschoben habe. Also meine Herren, was schlagt ihr vor?«

Max richtete sich auf, zog den Bauch ein und drückte das Brustbein raus. »Zu Befehl, Chefin. Ich beginne nachzudenken.«

»Ich müsste mich schon sehr täuschen, wenn du das nicht schon lange getan hättest.«

»Bin ich so leicht zu durchschauen?«, wollte Max wissen. »Aber die Lösung ist ja auch so einfach, dass selbst du mir zutrauen kannst, darauf zu kommen: Wir müssen den wahren Mörder finden. Und zwar bis Freitag, so dass am Samstag in der Zeitung steht, dass du unschuldig bist. Das heißt, wir haben zwei Tage. Oder gut zweieinhalb. Schließlich drucken die den Oberländer Anzeiger inzwischen ja erst gegen Mitternacht. Als ich anfing, war das noch anders. Da war nachmittags um fünf Feierabend.«

»Lieber Max«, unterbrach ihn die Oberbürgermeisterin, »die Geschichten aus deiner Jugend sind zwar interessant, aber jetzt gibt es vielleicht doch Wichtigeres.«

»Gemach, gemach. Es geht ja schon weiter im Text. Ich schlage vor, Josef Kober und ich arbeiten eine Strategie aus, während du bei Familie Schmitz Kaffee trinkst und nebenher zwei Stimmen sammelst. Doch wir müssen noch einen zweiten Punkt im Auge behalten.«

»Was denn noch?« Isabel Mertens schien der erste Punkt schon zu genügen.

»Ich wette zehn zu eins, dass die Presse Wind davon bekommt, was letzte Nacht passiert ist. Und darauf müssen wir vorbereitet sein. Da helfen auch die verbalen Geschütze von Seppi wenig.«

Der so Angesprochene verdrehte die Augen. Richtig angenehm schien ihm diese Anrede nicht zu sein. »Ich schlage vor, du sagst Josef zu mir. Den Seppi habe ich eigentlich schon ein paar Jährchen hinter mir.«

Sein Gegenüber streckte ihm die Hand entgegen. »Gerne, ich bin Max. Und komm bloß nie auf die Idee, Maxi zu mir zu sagen – gell Seppi.«

»Das sieht ja aus, als wäre das der Beginn einer wunderbaren Freundschaft«, kam es spöttisch vom Schreibtisch der Oberbürgermeisterin.

»Nur kein Neid, meine Liebe«, sagt Max gutgelaunt, »du weißt doch, wahre Liebe gibt es nur unter Männern.«

»Dann würde ich vorschlagen, dass ihr zwei Frischverliebten euch ein ruhiges Plätzchen sucht, um die richtige

Strategie auszuhecken. Und mir überlasst ihr die Regierungsarbeit.«

Als ruhiges Plätzchen kam für Max auch jetzt nur ein Ort in Frage: sein Häuschen oberhalb der Stadt. Da der geschotterte Fahrweg in der Maxau endete und von dort aus nur als Waldweg weiterführte, kam außer dem Förster und ein paar seltenen Spaziergängern niemand vorbei. Max genoss diese Abgeschiedenheit besonders an lauen Sommerabenden, wenn er auf seiner Terrasse saß oder in der Hängematte zwischen den knorrigen Pflaumenbäumen lag. Über sich nur den Sternenhimmel und die Geräusche der Stadt so weit weg, dass der Wald sie verschluckte. Und gleichzeitig war das Zentrum mit seinen historischen Bürgerhäusern so nah, dass es kein Problem war, mit dem Fahrrad den Berg hinunterzurollen und in seinem Lieblingscafé auf einen Espresso vorbeizuschauen.

Während Max nun keuchend durch den Wald den Berg hinaufstrampelte, überlegte er, was für ein Auto Josef Kober wohl fahren würde. Auch wenn es ihm manchmal ein wenig wie Kaffeesatz-Psychologie vorkam, glaubte er fest daran, dass die Wahl des Autos etwas über dessen Besitzer aussagte. Fast so wie bei Hunden und ihren Herrchen. Da gab es auch wunderbare Fotoserien, die die Ähnlichkeiten in der Physiognomie belegten.

Ein Mercedes, womöglich sogar eine S-Klasse, schied aus. Zwar lebte Kober in Stuttgart, doch für so einen Wagen erschien er Max nicht gesetzt genug. Das gleiche galt für einen dicken BMW. Zu protzig. Vielleicht ein schnittiger Z4? Den gab es mittlerweile zu oft. Und Kober erschien ihm doch eher individualistisch. Ein Porsche? Zu beliebig. Den fuhr ja jede Zahnarztgattin. Zumindest bis zur vorletzten Gesundheitsreform.

Viel mehr Edelmarken fielen Max gerade nicht ein. Er selbst hatte sich vor einiger Zeit von seinem Auto, einem zerbeulten Golf, mit dem ihn vielleicht nach einer durchzechten Nacht eine gewisse Ähnlichkeit verbunden hatte, verabschiedet.

Als er nun gemächlich die letzten Meter auf die Maxau zurollte, sah er, dass gleich zwei Autos vor seinem Grundstück standen: Der hintere war ein rechtsgelenkter, blauer Aston Martin mit leuchtend roten Ledersitzen und Stuttgarter Nummer. Der Herr Anwalt hatte wohl nicht nur zu viel Geld, sondern auch zu viele James-Bond-Filme gesehen, wobei er Letzteres mit Max gemeinsam hatte. Denn der Aston Martin – auch wenn es nicht der klassische DB 5 war – zählte zu den wenigen Autos, die er auf Anhieb erkannte.

Der zweite Wagen war ein Kombi mit heimischem Nummernschild, so wie ihn die junge Familie mit nur einem Kind fährt, bevor sie auf den hochbeinigen Van umsteigt, wenn sich weiterer Nachwuchs ankündigt. Neugierig blickt Max in den Wagen, konnte aber keinen Hinweis auf den möglichen Besitzer entdecken.

Das erübrigte sich aber schnell. Denn als er sein Rad durch das Gartentor schob, kam ihm auch schon Jochen Scharfenberg entgegen.

»Max!« Scharfenberg schien richtig aufgeregt zu sein. »Max, ich muss mit dir reden. Und zwar alleine.«

»Was ist denn los? Und erzähl erst mal, wie es für dich in Berlin gelaufen ist? Ich habe noch gar nicht in die Ergebnisliste geguckt.«

»Das ist doch egal, nach dem, was passiert ist. Ich hatte mich so darauf gefreut, unter vier Stunden zu bleiben – und jetzt, wo ich es geschafft habe, kommt mir das gar nicht mehr wichtig vor.«

»Trotzdem Glückwunsch, mein Lieber, glaub mir, ich wäre auch gerne ins Ziel gekommen, ganz egal in welcher Zeit. Aber dann fiel mir der Wachter vor die Füße.«

»Max, ich bin nicht wegen des Marathons hier. Sondern wegen der Unterlagen meines Vaters. Wer ist der Typ, der auch auf dich wartet?«

»Ein Bekannter, mit dem ich etwas zu besprechen habe. Und zwar dringend. Können wir uns nicht später treffen? Ich komme heute Nachmittag bei dir im Geschäft vorbei.«

»Bloß nicht. Wir müssen jetzt reden.«

Jochen Scharfenberg merkte gar nicht, dass Kober neben sie getreten war.

»Wenn es so dringend ist, kann ich noch kurz warten, Max. Ich muss ohnehin noch ein paar Telefongespräche führen. Wenn es dir recht ist, setze ich mich auf die Terrasse.«

Max nickte und sah Jochen Scharfenberg an. Der war zwar einige Jahre jünger als er selbst, doch ließen ihn seine früh ergrauten Haare deutlich älter erscheinen. Sein Körper wirkte athletisch. Das Marathon-Training der vergangenen Monate hatte den Speckgürtel um seine Hüften schmelzen lassen.

Scharfenberg schien nervös zu sein. Er atmete so schwer, als hätte er gerade einen anstrengenden Lauf hinter sich. Die Schweißperlen auf seiner hohen Stirn waren kaum zu übersehen.

»Was kann ich für dich tun, Jochen?«, fragte Max mit betont ruhiger Stimme.

»Du kannst mir die Unterlagen meines Vaters zurückgeben. Jetzt, wo er tot ist, brauchen wir diese Art von Firmengeschichte nicht mehr. Das war doch nur so eine wirre Idee von ihm. Seine Wurzeln finden.« Max hatte den Eindruck, als klinge eine gewisse Abscheu aus diesen Worten.«

»Es tut mir leid, Jochen, ich kann dir die Unterlagen nicht geben.«

Noch bevor Max zu einer Erklärung ansetzen konnte, fiel ihm der Mann ins Wort: »Du hast kein Recht dazu. Ich bin der Erbe. Und deshalb gehören die Sachen mir.«

»Nur die Ruhe, mein Lieber. Darum geht es mir gar nicht. Obwohl du meines Wissens nach gemeinsam mit deiner Mutter geerbt hast. Also hat auch sie ein Wörtchen mitzureden. Bei mir wurde eingebrochen. Die Unterlagen sind weg.«

»Weg? Was heißt weg?« Um Scharfenbergs Nase herum breitete sich eine deutliche Blässe aus.

»Komm herein, dann zeig ich dir das Chaos. Ich bin noch gar nicht zum Aufräumen gekommen.«

Max stieß die Haustür auf. »Alles durcheinander. Während ich in Berlin war. Irgendjemand hat mein ganzes Arbeitszimmer durchsucht. Und da drüben im Schrank die Kartons mit den Papieren deines Vaters gefunden und mitgenommen. Ich hätte mich deshalb ohnehin bei dir gemeldet. Doch bislang bin ich gar nicht dazu gekommen.«

»Warum sollte jemand die Unterlagen klauen?« Jochen Scharfenberg schien sich wieder etwas beruhigt zu haben.

»Das wüsste nicht nur ich gerne. Sondern auch die Polizei, die heute Nacht hier war. Die meldet sich sicher noch bei dir oder deiner Mutter.« Max machte eine kurze Pause. »Aber sag mal, wer wusste denn alles davon, dass ich die Unterlagen hatte?«

»Woher soll ich das wissen? Keine Ahnung, mit wem mein Vater darüber gesprochen hat. Mir selbst hat er es erst erzählt, als er mit seinem Herzinfarkt im Krankenhaus lag und Angst hatte, nicht mehr rauszukommen. Wem hast du es denn erzählt?«

»Dein Vater hatte mich gebeten, diskret vorzugehen. Ihm war wichtig, dass zunächst nur er erfährt, wie das Kaufhaus in eure Familie kam.«

»Meine Familie ist es ja nicht wirklich. Aber das weißt du ja sicher.«

»Ja, er hat es mir erzählt. Obwohl es für ihn keinen Unterschied machte, dass du nicht sein leiblicher Sohn warst. Er wirkte richtig glücklich darüber, dass du das Geschäft übernehmen wolltest. Und deshalb war es ihm wichtig, die Geschichte zu kennen. Um loslassen zu können.«

»Versteh ich nicht. Wen interessiert es denn heute, ob unsere Firma früher mal so einem Juden gehört hat. Was konnte denn mein Großvater dafür, dass Hitler die alle rausgeschmissen hat? Und so einen Laden kann man ja schlecht mitnehmen.«

»Vor allem nicht nach Auschwitz«, herrschte Max ihn an. »Wie naiv bist du eigentlich? Was würdest du denn sagen, wenn jemand käme und sagte, du müsstest das Geschäft für einen Bruchteil seines Werts hergeben, bloß weil du angeblich einer falschen Rasse angehörst? Und du wüsstest nicht einmal, ob sie dich laufen lassen, wenn du alles hergegeben hast.«

»Was interessiert mich denn das alles? Das war doch lange vor meiner Zeit. Ich will, dass da ein Schlussstrich gezogen wird. Und deshalb möchte ich die Unterlagen vernichten.«

»Da ist dir vielleicht jemand zuvorgekommen. Und ich wüsste zu gerne, warum. Hat dich mal irgendjemand auf die Vergangenheit eurer Firma angesprochen?

Jochen Scharfenberg schien nachzudenken. »Das war eigentlich noch nie ein Thema.«

»Du sagst eigentlich. Also war es doch mal ein Thema.«

»Ja, aber nur ganz am Rand. Wir haben vor einiger Zeit in der Wählerinitiative überlegt, ob es während des Wahlkampfs irgendwelche Jubiläen gibt. Und unsere Firma besteht ja seit 125 Jahren. Doch Walter, ich meine Herr Wachter, fand das keine so gute Idee. Er wollte keine Judengeschichten im Wahlkampf.«

»Was wusste Wachter? Dass ich an dem Thema dran war?«

»Glaub ich nicht, dass ich das erwähnt habe. Über dich haben wir nie gesprochen. Aber ich wüsste schon gerne, wo die Unterlagen jetzt sind. Nicht, dass sie in falsche Hände geraten.«

»Was wären denn falsche Hände?«

»Irgendwelche Pressefuzzis natürlich. Glaubst du, ich möchte in der Zeitung lesen, dass mein Großvater sich das Geschäft eines Juden unter den Nagel gerissen hat?«

Jochen Scharfenberg wanderte in dem großen Zimmer auf und ab und passte sorgfältig auf, auf keines der am Boden liegenden Bücher oder Papiere zu treten.

»War es das, was du von mir wolltest?«, fragte Max und gab sich keine Mühe, freundlich zu klingen.

»Mehr gibt es wohl nicht zu sagen. Außer einem: Hast du Kopien von den Sachen gemacht?«

Max zögerte einen Moment mit der Antwort. Noch immer konnte er nicht einordnen, welche Rolle die Unterlagen für Jochen Scharfenberg spielten. Er entschloss sich, ihm einen Köder hinzuwerfen: »Glaubst du im Ernst, ich hätte zwanzig Jahre als Journalist arbeiten können, wenn ich mit so etwas sorglos umgehen würde?« Max zückte seinen Schlüsselbund, an dem der Speicher-Stick hing. »Alles gescannt, ist doch klar.«

»Gib mir die Datei und lösch sie bei dir«, forderte Jochen Scharfenberg.

»Was willst du damit? Du wolltest die Originale doch auch nur vernichten. Oder interessiert dich plötzlich, was da drinsteht? Ich mach dir einen Vorschlag: Ich erzähle dir alles, was ich bislang rausgefunden habe. Aber nicht jetzt. Ich habe mit meinem Bekannten noch was Wichtiges zu besprechen.«

Sein Gegenüber schien einzusehen, dass er nicht mehr weiterkommen würde. Er ließ die Schultern hängen und fragte nur: »Wann?«

»Sobald es geht. Aber ich habe noch einen anderen wichtigen Auftrag zu erledigen. Ich rufe dich an. Vielleicht schon heute Nachmittag.«

Grußlos verließ Scharfenberg die Maxau.

»Was hat der denn mit Wachter zu tun?«, fragte Josef Kober, als er mit Max bei einem Espresso in der Küche saß.

»Woher weißt du das schon wieder?« Max blickte sein Gegenüber fragend an.

»Das Fenster im Wohnzimmer war gekippt. Da konnte ich jedes Wort hören. Und da mir das interessanter schien als meine Telefongespräche, habe ich ein wenig gelauscht. Ich hoffe, du verzeihst mir.«

»Ich bin dir sogar dankbar dafür. So erspare ich mir, dir alles erzählen zu müssen.«

Eine gute Stunde später stand der Schlachtplan für Isabel Mertens. Falls die Presse anrief, sollte die Oberbürgermeisterin sich verleugnen lassen. So gewann man auf jeden Fall etwas Zeit. Die Sekretärin sollte notieren, wer anrief und was die Journalisten genau wollten. Falls wirklich durchgesickert war, dass Isabel von der Polizei vernommen worden war, setzten die beiden gleich eine Presseerklärung auf, in der der Sachverhalt aus Sicht der Oberbürgermeisterin geschildert wurde. Kurz, knapp, aber zutreffend. Weitere Erklärungen würde es zunächst nicht geben. Gleichzeitig sollte ein Medienanwalt aus Josefs Kanzlei die Redaktionen darauf hinweisen, dass jede unzutreffende Veröffentlichung eine Gegendarstellung zur Folge haben würde. Und zwar exakt in der Größe und Aufmachung des ursprünglichen Textes.

»Darin haben wir mittlerweile Erfahrung«, sagte Josef nicht ohne Stolz. »Oft genügt schon ein vorbeugender Anruf meines Kollegen. Denn keine Zeitung freut sich, wenn in der Schlagzeile das Wort Gegendarstellung stehen muss. Aber wem sage ich das?«

Zudem wollte Max versuchen, bei der Polizei herauszufinden, in welche Richtungen sie ermittelte.

Der zweite Teil ihrer Hausaufgaben erwies sich aber als wesentlich anspruchsvoller: den wahren Mörder zu finden.

»Herr Detektiv. Was schlagen Sie vor? Wo fangen wir an?«, wollte Kober wissen.

»Die gleiche Frage stelle ich Ihnen, Herr Strafverteidiger.«

»Also gehen wir klassisch vor: Cui bono, um ein bisschen mit meinen Lateinkenntnissen zu protzen.«

»Streng dich nicht an. Ich habe auch das große Latrinum«, entgegnete Max, um ernsthaft fortzufahren: »Ja, wem nützt es? Die Frage hat sich die Polizei ja auch schon gestellt und ist bei Isabel gelandet. Ich befürchte, wir wissen zu wenig über Wachter, um hier wirkliche Antworten zu finden.«

Kober holte einmal tief Luft und spulte dann sein Programm ab: »Dann müssen wir eben nachbohren. Und zwar an mehreren Stellen. Kannst du bis heute Nachmittag ein Dossier erstellen mit allen Informationen, die im Wahlkampf über Wachter bekanntgeworden sind? Und zudem bei deinen Freunden von der Polizei nachfragen? Ich setze jemanden auf Wachters Vergangenheit an. Hast du Zugang zu irgendwelchen Pressearchiven?«

Schlagartig fiel Max ein, wie wenig er seit seiner Rückkehr aus Berlin an Veronika gedacht hatte. Sie wäre jetzt genau die Richtige. Das Magazin, für das sie seit Jahren als Reporterin arbeitete, war bekannt dafür, eins der umfangreichsten Archive im ganzen Land zu besitzen. Seitdem fast jede Lokalzeitung auch elektronisch erschien und Speicherplatz so gut wie unbegrenzt zur Verfügung stand, gab es nichts, was dort nicht archiviert wurde. Tag und Nacht liefen die Computer, um Texte in Stichworte umzuwandeln, so dass auch die kleinste Meldung wiedergefunden werden konnte. Veronika hatte selbst einmal gesagt, dass ihr das ein wenig unheimlich vorkomme, doch sich andererseits immer wieder gefreut, wenn ihr Rechner in Sekundenschnelle Informationen ausspuckte, nach denen sie früher stunden- oder sogar tagelang hätte suchen müssen.

Und auch nach ihr selbst würde Max nicht lange suchen müssen. Als Journalistin war das Handy eins ihrer wichtigsten Arbeitsmittel, und wo auch immer nur die geringste Möglichkeit bestand, ein Netz zu finden, buchte sie sich ein.

So ging es ihm immer wieder mit Veronika: Kurzzeitig verschwand sie aus seinem Leben, um dann aber wieder mit voller Wucht da zu sein. Auch im Fall des verschwundenen Siegfried Berger. Tagelang hatte zwischen ihnen Funkstille geherrscht, nachdem sie sich wegen einer Lappalie in die Haare geraten waren. Und als Veronika dann in das österreichische Wellness-Hotel kam, in dem er nach Spuren des Verschollenen suchte, da waren sie innerhalb kürzester Zeit wieder ein Herz und eine Seele. Ein Gefühl der Sehnsucht erfasste Max, als er an ihr Wiedersehen in der Hotelsauna dachte.

Einerseits genoss er diesen immer wiederkehrenden Zauber. Sich stets aufs Neue füreinander zu entscheiden, hielt die Liebe frisch. Andererseits bestand die Gefahr, sich schneller zu verlieren als andere Paare, die sich spätestens abends im Bett wiedertrafen – ob sie es nun wollten oder nicht. Doch weder für Max noch für Veronika gab es eine Alternative. Sie liebte ihre Arbeit und das Leben in München, er genoss die Stille der Maxau und fühlte sich, seitdem er seinen Redakteurs-Job hingeschmissen hatte, so wohl wie nie zuvor. Und beide genossen sie es, immer wieder in die Welt des anderen einzutauchen.

Sobald er alleine wäre, wollte er sie anrufen. Er blickte auf die Uhr. Punkt zwölf. In New York, wo Veronika inzwischen wieder sein müsste, war es sechs Uhr morgens. Vielleicht doch keine so gute Idee, sofort anzurufen. Deshalb beschloss Max, ihr eine SMS zu schreiben und dringend um einen Rückruf zu bitten.

Josef Kober schien gar nicht zu merken, dass Max mit seinen Gedanken gerade ganz woanders war. In ihm war ein Mechanismus angelaufen, der offenbar nicht mehr anzuhalten war. Die Erfahrung aus vielen Kriminalfällen zeigte ihm, wo es langgehen musste.

»Ich werde die nächsten Tage hierbleiben, bis das alles rum ist. Entweder wir finden den Mörder und Isabel wird am nächsten Sonntag wiedergewählt, oder wir haben einen sehr weiten Weg vor uns. Ich schlage mein Domizil im Hotel Post auf. Das scheint das Beste zu sein, was euer Städtchen zu bieten hat.«

Er drückte Max seine Visitenkarte in die Hand. »Damit du mich jederzeit erreichen kannst.«

»Ganz so vornehm geht es bei mir nicht zu«, antwortete Max mit einem Blick auf die geprägte Karte und schrieb seine Nummern auf ein Stück Papier.

Sobald Josef Kober gegangen war, rief er bei Eberhard Walter, dem Pressesprecher der Polizei an. Der Beamte, zu dem Max nach anfänglichen Schwierigkeiten ein freundschaftliches Verhältnis entwickelt hatte, war gerade auf dem Weg in die Mittagspause. »Das trifft sich gut«, sagte Max. »Ich wollte dich ohnehin privat etwas fragen. Dienstlich dürftest du mir sicher gar keine Auskunft geben.«

»Dann ruf ich zuhause an und bitte Gerti, noch einen Teller mehr auf den Tisch zu stellen.«

Eberhard Walter und seine Frau bewohnten ein Reihenhaus am Stadtrand. Ihre beiden Töchter hatten schon lange eigene Familien, so dass sich die beiden nicht über mangelnden Platz beklagen konnten. Eberhard, den alle nur kurz Ebe riefen, hatte noch drei Jahre bis zur Pensionierung. Als Polizist durfte er nur bis sechzig arbeiten. Im Gegensatz zu vielen seiner Kollegen im Streifendienst, denen die Schichtarbeit körperlich und seelisch zusetzte, wirkte er frisch und jugendlich und fragte sich selbst, warum er so früh aufhören sollte. »Doch als guter Beamter bin ich ja zum Gehorsam verpflichtet«, pflegte er zu sagen, wenn Max ihn damit neckte.

Vor dem Haus der Walters stand ein knallroter Bobbycar – deutliches Zeichen dafür, dass mindestens eins der vier Enkelkinder, auf die Ebes Frau gerne aufpasste, da war. Sie selbst hatte ihren Beruf als Krankenschwester vor Jahren an den Nagel gehängt, um sich um ihre beiden Mädchen zu kümmern, und fühlte sich zu alt, um nochmals einzusteigen. Das Gehalt ihres Mannes war zwar nicht üppig, dennoch kamen sie gut über die Runden – vor allem, seitdem die Töchter ihre Ausbildungen fertig hatten und das Häuschen dank einer Erbschaft abbezahlt war.

»Max, ich habe nicht viel Zeit«, sagte Eberhard Walter gleich zur Begrüßung und führte seinen Gast an den gedeckten Tisch, auf dem eine Schüssel mit dampfendem Eintopf stand. Gerti hatte sich zurückgezogen, um mit ihrem Enkel zu spielen.

»Bis um drei wollen deine Ex-Kollegen den Pressebericht haben. Und da ich den dank deines heldenhaften Einsatzes ja nicht mehr im Beamtendeutsch formulieren darf, brauch ich noch ein wenig Zeit. Letzte Nacht war einiges los – außer dem Einbruch bei dir. Also, wo brennt es?«

»Das Stichwort ›letzte Nacht‹ war nicht schlecht. Du weißt ja, dass mir der tote Wachter in Berlin vor die Füße gefallen ist und mich umgerissen hat. Und jetzt möchte ich herausfinden, wem ich es zu verdanken habe, dass mein ganzes Marathontraining umsonst war.«

»Und wie soll ich dir da helfen? In dem Fall ermitteln die Berliner Kollegen.«

»Bitte, Ebe. Wir sind doch hier ganz privat. Bei euch wurde heute Nacht doch jemand verhört und wieder laufen gelassen.«

»Welches Vögelchen hat dir denn das gezwitschert? Das gilt bei uns als Verschlusssache höchsten Grades. Warum weißt du immer mehr als deine Kollegen?«

»In diesem Fall ist es ganz einfach. Ich arbeite als Wahlkampfberater für Isabel Mertens.«

»Bei aller Freundschaft, Max. Du glaubst doch nicht im Ernst, dass ich dich mit Ermittlungsergebnissen versorge, wenn du für die Hauptverdächtige arbeitest?« Eberhard Walter schüttelte so heftig den Kopf, dass Max schon Angst bekam, er könne damit irgendwann nicht mehr aufhören.

»Ebe, so naiv bin ich wirklich nicht. Sonst hätte ich dir das ja nicht gleich in aller Offenheit gesagt. Du weißt genau, wie wichtig mir unsere Freundschaft ist, und dass ich die nicht wegen eines geschäftlichen Auftrags riskiere. Mir geht es um etwas anderes ...«

Die Gesichtszüge seines Gegenübers entspannten sich merklich. »Und worum?«

»Für Isabel wäre es fatal, wenn das jetzt so kurz vor der Wahl an die Öffentlichkeit käme. Ich bin mir hundertprozentig sicher, dass sie mit Wachters Tod überhaupt nichts zu tun hat.«

»So, so. Isabel. So weit seid ihr also schon.«

»Mach dich nur über mich lustig. Es gibt doch nicht den Hauch eines Beweises. Hauptverdächtige ist sie bei euch ja wohl nur, weil ihr sonst niemanden habt. Sie wollte seine PR-Inszenierung als toller Marathon-Crack ins Leere laufen lassen. Das ist doch nicht strafbar – sondern ein genialer Gedanke, der leider nicht von mir kam.«

»Das heißt, du warst gar nicht eingeweiht?« Der Polizist hörte offenbar das Gras wachsen und roch ein weiteres Indiz gegen die Oberbürgermeisterin.

»Ich habe nur gesagt, dass die Idee nicht von mir stammte.« Wenn Ebe sich schon weigerte, ihn mit Informationen zu versorgen, dann brauchte er sich ja auch nicht ohne Not zu offenbaren. Und seine Antwort war ja nicht gelogen, nur nicht ganz vollständig.

»Lass uns nicht rumtricksen«, sagte der Polizist versöhnlich und füllte seinen Teller noch einmal. »Was genau möchtest du von mir?«

»Um zwei Dinge bitte ich dich: Sag mir, wer alles davon weiß, dass Isabel Mertens bei euch mitten in der Nacht vernommen wurde, und gib mir bitte einen Wink, wenn es Presseanfragen dazu gibt.«

»Ersteres ist ganz einfach: Das ist mittlerweile bis nach ganz oben bekannt. Du glaubst doch nicht, dass wir hier eine Oberbürgermeisterin verdächtigen können, die zudem früher im Ministerium für die Polizei zuständig war, ohne dass wir das weitermelden. Ich fresse einen Besen, wenn der Minister noch nicht informiert ist und sich genüsslich die Hände reibt. Unter uns gesagt: Auchter ist schon etwas schnell vorgeprescht. Hätte deine Isabel nicht diesen Staranwalt aus dem Hut gezaubert, säße sie sicherlich jetzt noch bei uns.

Mit deinem zweiten Wunsch bringst du mich schon etwas in Verlegenheit. Aber ich will sehen, was ich für dich tun kann. Jetzt muss ich die Audienz leider gleich beenden. Die Pflicht ruft. Aber vorher habe ich noch eine Frage an dich.«

»Und zwar?«

»Mich wundert, dass du gar nicht wegen des Einbruchs bei dir fragst. Willst du dazu gar nichts wissen?«

»Offen gesagt hatte ich nicht die Hoffnung, dass deine Kollegen da etwas herausgefunden haben könnten. Liege ich da etwa falsch? Und außerdem ist das im Vergleich zu dem Mord an WWW ja eher eine Lappalie.«

»Nein, du liegst nicht falsch. Ich wundere mich nur, dass dich das nicht so sehr zu beschäftigen scheint.«

»Das wird es aber gleich. Ich muss endlich meine Bude wieder aufräumen. Wir hören voneinander.«

Max verließ das Häuschen der Walters und schwang sich auf sein Fahrrad.

Er spürte das Vibrieren des Handys, als er auf halbem Weg in die Maxau an einer Lichtung entlangfuhr, die eine grandiose Aussicht ins Tal bot. Die fast vollständig erhaltene Stadtmauer trennte den alten Kern von den neueren Wohngebieten. An die Stelle von drei der vier früheren Tore waren Straßenkreuzungen getreten, an die des vierten das schmucklose, aus Betonklötzen zusammengesetzte Rathaus, in dem Isabel Mertens noch mindestens acht Jahre weiterregieren wollte. Genau gegenüber von ihm zog sich der Lichtberg hinauf, an dem die wirtschaftliche und gesellschaftliche Elite der Stadt ihre Villen errichtet hatte. Im tiefer gelegenen Teil, aber deutlich über der Nebelgrenze, standen die um die Wende zum 20. Jahrhundert entstandenen Jugendstilhäuser; weiter oben folgten dann modernere Bauten wie das Haus von Sonja Berger, bei der er immer wieder zu Gast war. Seltsam, dachte Max, dass sie mich schon länger nicht mehr eingeladen hat. Wo sie doch sonst immer ein gutes Gespür dafür hatte, wann Veronika für längere Zeit weg war.

Es wäre doch ein zu komischer Zufall, wenn sie gerade jetzt anriefe, dachte Max, als er das Handy aus der Tasche zog.

So sehr er sich über einen Anruf Sonja Bergers gefreut hätte – als er die Nummer auf dem Display sah, schlug sein Herz nochmal schneller. Es war Veronika.

»Vroni, wo steckst du? Und wie war dein Date mit dem nächsten Präsidenten der Vereinigten Staaten?«

»Wo ich stecke? Auf dem Münchner Flughafen. Obwohl ich den wegen seines Namens ja gar nicht mag. Aber es ist eben der nächste. Da überhöre ich es eben, wenn von Franz Josef Strauß die Rede ist. Irgendwann benennen selbst die Bayern den noch um, wenn mal alles rausgekommen ist, was der so getrieben hat. Und mein Date mit Obama? Aufregend. Aber sicher nicht so aufregend wie unseres heute Abend. Natürlich nur, wenn du Zeit für mich hast.«

»Hab ich schon jemals keine Zeit für dich gehabt?«, fragte Max mit süßer Stimme und verdrängte, dass er ja Angela Reiner versprochen hatte, sich zu melden.

»Ich muss nur noch schnell in meiner Wohnung vorbei, dann setz ich mich ins Auto. Jetzt ist es halb zwei. Rechne mal so gegen fünf mit mir.«

»Musst du gar nicht mehr in die Redaktion?«

»Nein, meinen Text über Obama habe ich schon gestern per Mail abgesetzt. Das Blatt ist schon im Druck. Ich mache jetzt erst mal ein paar Tage frei. Aber warum fragst du?«

»Du merkst genau, wann ich etwas von dir will«, rief Max ins Telefon.

»Aber das hängt ja doch höchst selten mit der Redaktion zusammen. Oder habe ich da was verpasst?«

»Das ist eine lange Geschichte, die ich dir gerne heute Abend, oder vielleicht auch erst morgen früh, in aller Ausführlichkeit erzähle. Ich brauche dringend alles Archivmaterial über unseren gewesenen Oberbürgermeisterkandidaten Walter Wilhelm Wachter. Der ist mir nämlich beim Berlin-Marathon tot vor die Füße geplumpst.«

Jede andere Frau hätte nun aufgeschrien und aufgeregt nach Details verlangt. Nicht so Veronika. Durch ihren Job war sie vieles gewohnt und hatte gelernt, auch in Stresssituationen überlegt zu handeln.

Sie sagte nur: »Da bin ich ja mal gespannt«, und fügte gleich hinzu: »Ich rufe sofort im Redaktionsarchiv an und lasse jede Zeile ausdrucken, die jemals über diesen Typen erschienen ist.« Und schon hatte sie aufgelegt. »Typisch«, dachte Max und wusste sofort wieder, warum er sich direkt beim ersten Kennenlernen in diese in jeder Hinsicht zupackende Frau verliebt hatte. Und seitdem nicht mehr von ihr lassen konnte.

Richtig beschwingt legte er den Rest seines Heimwegs zurück. Die letzte Steigung, die ihm sonst immer das Wasser aus den Poren trieb, konnte ihn heute gar nicht beeindrucken. Zwar war Veronika alles andere als eine Ordnungsfanatikerin, dennoch wollte er das Durcheinander in seinem Haus beseitigen, bevor sie käme. Zudem sollte er noch das Dossier über WWW schreiben, sich bei Angela melden und Jochen Scharfenberg über seine bisherigen Geschichtsforschungen berichten.

Alles ging nicht. Er erinnerte sich an den schönen Ausspruch »Wenn du zwei Kröten schlucken musst, nimm die größere zuerst«, und begann sofort mit dem Aufräumen. Es dauerte tatsächlich keine Stunde, bis die Papiere auf drei Stapeln lagen, wenn auch noch unsortiert, und die Bücher wieder im Regal standen. Da er hier ohnehin keine besondere Ordnung einhielt, sondern lediglich nach Romanen und Sachbüchern unterschied, machte ihm auch das keine allzu große Mühe.

Jetzt, wo der Boden ohnehin so freigeräumt war wie selten, konnte er auch gleich den großen Mopp rausholen und den geölten Holzboden putzen. Gedankenverloren wischte er durch den Raum, als ihn ein leises Klacken aufhorchen ließ. Er hob den Mopp an und entdeckte auf dem Boden einen goldfarbenen Anhänger, der von einer Kette zu stammen schien.

Max beugte sich hinunter und hob das Ding neugierig auf. Es zeigte eine Sonne mit fünf Strahlen, an der Seite war ein kleiner Knopf. Als Max den drückte, sprang das Vorderteil der Sonne auf. Seine Hoffnung, dort einen Hinweis auf den Besitzer des Anhängers zu finden, wurde enttäuscht: Das Ding war leer.

So oft er ihn auch drehte und wendete, er fand nichts Auffälliges. Lediglich der Öse war anzusehen, dass sie aufgebogen worden war. Max war sich sicher, dieses Ding noch nie gesehen zu haben. Hatte es vielleicht der Einbrecher verloren? Oder Angela, die am Morgen bei ihm gewesen war?

Dem ersten Impuls, sofort bei Kommissar Auchter anzurufen, widerstand er auch deshalb. Zudem hatte er jetzt keine Zeit für lange Gespräche und fragte sich, was die Polizei mit dem Teil anfangen könnte. So oft wie er es zwischen Daumen und Zeigefinger gedreht hatte, wären sicher keine verwertbaren Spuren mehr zu finden. Und er konnte sich auch nicht vorstellen, dass Auchter wegen eines Einbruchs, bei dem außer einem Laptop und ein paar alten Papieren nichts weggekommen war, noch viel unternehmen würde. Daran würde auch das an die Wand geschmierte Hakenkreuz, das Max mit einem Poster abgedeckt hatte, nichts ändern. Schließlich hatte

Auchter ja ein größeres Ziel: Er wollte die Oberbürgermeisterin als Mörderin entlarven.

Und Max wollte genau das verhindern, indem er den wahren Mörder fand. Auch wenn er noch keine rechte Vorstellung davon besaß, wie er das angehen sollte. Aber immerhin hatte er mit Josef Kober ja jetzt so etwas wie einen Partner.

Schon wieder war der Fußboden in Max' Wohnzimmer mit Papieren übersät. Auf etlichen von ihnen war in großen Buchstaben der Name Wachter zu sehen, dazu Fotos, die einen Mann zeigten, dessen siegesgewisses Dauerlächeln etwas verkrampft wirkte. Doch diesmal hatte kein Einbrecher für die Unordnung gesorgt, sie war das Resultat der stürmischen Begrüßung, mit der Veronika und Max die zwei Wochen, in denen sie sich nicht gesehen hatten, ungeschehen machen wollten. Veronika trug an diesem warmen Herbsttag lediglich ein Sommerkleid mit dünnen Trägern um die Schultern, die Max noch während des Willkommenskusses sanft nach unten geschoben hatte. Den Stapel Papier, den seine Freundin auf den Tisch vor dem Sofa gelegt hatte, wollte er gar nicht zur Kenntnis nehmen: »Erst mal möchte ich ein anderes Geheimnis lüften – und zwar, wie du dich nach zwei Wochen Abstinenz anfühlst.«

Veronikas Gegenfrage, woher er das mit ihrer Abstinenz so genau wissen wolle, da ja über amerikanische Präsidenten so manches gemunkelt werde, hörte er schon gar nicht mehr richtig. Und dass der Tisch mit den ganzen Unterlagen irgendwann umgestürzt war, merkten die beiden erst, als sie erschöpft auf dem Sofa lagen.

»Yes, we can«, zitierte Veronika den Wahlkampfspruch des Mannes, den sie eine Weile beobachtet und der sie, wie sie unumwunden zugab, als Politiker wie auch als Mann durchaus fasziniert hatte.

»Yes, we can again«, sagte Max und ließ seine Fingerspitzen langsam an Veronikas Rücken hinuntergleiten, bis er die kräftigen Rundungen ihres Pos spürte.

Sie entzog sich ihm mit einer raschen Drehung, setzte sich auf und fragte: »Hast du nicht einen wichtigen Auftrag zu erledigen?«

Seine Hände umfassten ihre Taille, und während sich ihre Körper wieder langsam näherten, antwortete Max: »Du weißt doch, dass man im Leben immer Prioritäten setzen muss.«

Als sie eine halbe Stunde später aus dem Badezimmer kam, trug Veronika wieder ihr Sommerkleid; Max war in seine schwarzen Jeans geschlüpft, über deren Bund sein weites Leinenhemd hing.

»Wie sieht es jetzt mit den Prioritäten aus?«, wollte sie wissen, während sie die Papiere vom Fußboden aufsammelte. »Die waren mal chronologisch sortiert. Das hat unseren Redaktionsassistenten bestimmt eine halbe Stunde gekostet.«

Max nahm sich den ersten Stapel vor und sortierte gleich alle Berichte des Oberländer Anzeigers aus. »Die habe ich ohnehin schon gelesen. Was mich interessiert, ist das Vorleben von WWW.«

Veronika genügten ein paar Stichworte, um zu wissen, worauf Max hinauswollte. Ganz direkt fragte sie: »Meinst du nicht, als Wahlkampfberater von Isabel Mertens hättest du dich etwas früher mit der Vergangenheit ihres Gegenkandidaten befassen sollen?«

»Wie kann ich dir jemals widersprechen?«, entgegnete Max und drückte seiner Freundin einen Kuss in den Nacken. »Aber Isabel wollte ausdrücklich einen Wahlkampf für sich und nicht gegen Wachter führen.«

»So etwas Ähnliches hat der doch auch immer gesagt. Und dann seine Bataillone in die Schlammschlacht geschickt.«

»Stimmt, aber das ist nicht Isabels Stil. Aber jetzt lass uns erst mal gucken, ob wir etwas über Wachters Vergangenheit herausfinden.«

»Aber du weißt doch wenigstens, was er bislang gemacht hat.«

»Klar, seine Vita steht ja in jedem seiner Prospekte. Nach dem Abi ist der sofort zum Bund und hat es da bis zum Major gebracht. Er war Logistiker und für eine ganze Menge Geld verantwortlich. Später studierte er, natürlich bei vollen Bezügen, BWL und Verwaltungswissenschaften, wechselte in die Bundeswehrverwaltung und wurde vor fünf Jahren Finanzbürgermeister einer Stadt im Unterland. Eine Karriere, die zwangsläufig mal auf einen Oberbürgermeistersessel führen musste. Und von da vielleicht zum Landrat oder als Abgeordneter in den Landtag. Aber das ist ja jetzt vorbei für ihn.«

Konzentriert ging Veronika die Papiere in ihrem Stapel durch. »Hast du schon mal was von Cross Boarder Leasing gehört?«

»Klar, das ist doch diese Masche, mit der viele Städte sich reich sparen wollten. Haben alles, was sie besaßen, vom Kanalnetz bis zum Rathaus, an amerikanische Unternehmen verkauft und dann zurückgemietet.«

»Genau, ein Kollege von mir hat da kürzlich recherchiert. Den könnten wir auch mal fragen. Der hat erzählt, die Verträge, die die Herren Bürgermeister da unterschrieben haben, waren so kompliziert, dass sie ohne zweisprachiges Jurastudium nicht zu verstehen waren. Und welcher deutsche Bürgermeister hat das schon?«

»Und was hat das mit Wachter zu tun?«

»Hier schau her.« Veronika hielt Max den Ausdruck eines Zeitungsartikels entgegen. »Unser Freund hat an seiner bisherigen Wirkungsstätte solche Geschäfte betrieben.«

Max blickte auf die Schlagzeile: »Wachter, Sie sind ein Finanzgenie!«, hatte die örtliche Zeitung getitelt und dabei den Chef des so Gelobten zitiert. In einem kleinen Kasten wurde die Konstruktion dann erläutert: Gleich mehrere Millionen Euro sollte das Geschäft während der nächsten zehn Jahre in die städtischen Kassen spülen. Risikolos und auf Kosten der amerikanischen Steuerzahler.

Doch irgendwann wurde es den amerikanischen Behörden zu viel. Zwar waren diese Geschäfte in der Gesamtbetrachtung des Haushaltsdefizits nur Peanuts, dennoch zogen sie die Reißleine. Und die amerikanischen Geschäftspartner der ach so cleveren Deutschen zogen die dicken Verträge heraus und wiesen auf die sorgsam versteckten Klauseln hin, die jene nun wiederum zu so hohen Zahlungen verpflichteten, dass sich die versprochenen Vorteile allesamt in Luft auflösten und sie sogar noch mit Nachforderungen rechnen mussten.

»Der Wachter hat die gesamte städtische Infrastruktur an die Amis verkauft. Und bei den Gemeinderäten blinkten die Dollarzeichen im Auge, und sie haben brav mitgemacht.« Max schüttelte den Kopf. »Na ja, hätte einer wie er unser Rathaus an die Amis verkauft, wäre da nicht viel kaputt gewesen. Das hätten die gerne mitnehmen und bei sich zu Hause wieder aufbauen dürfen.«

Veronika schien ihm gar nicht richtig zuzuhören. Sie murmelte nur leise »ja, ja« und sah die Papiere weiter durch.

Ein langgezogener Pfiff ließ Max aufhorchen. »Das wird ja immer besser. Hier habe ich einen Artikel aus einer Mannheimer Zeitung vom letzten Jahr. Da sollte Wachter als Zeuge in einem Strafverfahren gegen einen seiner Kollegen aussagen. Dem hat die Staatsanwaltschaft vorgeworfen, im Rahmen dieses tollen Geschäftsmodells Provisionen, vulgo Schmiergeld, angenommen zu haben. Und was tat Freund Wachter? Der hat doch glatt die Aussage verweigert.«

Sie sah Max in die Augen. »Und du als alter Gerichtsreporter weißt ja, in welchen Fällen man das darf.«

»Um das zu wissen, reicht doch inzwischen ein Nachmittag mit den Gerichtsshows im Unterschichtenfernsehen, wie das meine Tochter immer so nett nennt. Was sie aber, nebenbei bemerkt, nicht davon abhält, sich ab und zu selbst ein Bild davon zu machen. Aus rein wissenschaftlichem Erkenntnisdrang natürlich. Das ist wie bei McDonald's. Da geht auch keiner hin, und trotzdem ist die Bude immer voll.«

Veronika setzte ihre Sonnenbrille auf, ließ sie tief auf die Nase rutschen und rollte die Augen, so dass sie der Fernsehrichterin bedenklich ähnlich sah. Ein kurzer Blick nach rechts, wo der Protokollführer auf der Richterbank seinen

Platz hat, dann der obligate Satz: »Paragraph 55 StPO. Sie können die Aussage verweigern, wenn Sie sich dadurch selbst belasten.«

Und Wachter hatte die Aussage verweigert. Ob das allerdings irgendwelche Folgen hatte, war dem Archivmaterial nicht zu entnehmen. »Vielleicht sollten wir da mal nachbohren. Möglicherweise finden wir in diesen Finanzgeschäften ein Motiv für den Mord«, sagte Max und hielt inne, als er von der Terrasse her Schritte hörte.

»Ah, da kommt Josef, mein Mitstreiter im Kampf um Isabel Mertens Unschuld.« Bevor er noch mehr erklären konnte, stand der Anwalt schon im Raum. Mit einem Blick auf Veronika sagte er: »Ah, du hast Unterstützung bekommen.«

»Veronika, das ist Josef Kober, der Anwalt von Isabel. – Josef, das ist meine Freundin Veronika …«

»Waldbusch«, fiel ihm Kober ins Wort. »Wir hatten schon einmal das Vergnügen.«

»Vergnügen würde ich das nicht nennen«, entgegnete Veronika schmallippig und sagte zu Max: »Du erinnerst dich an den Prozess im vorigen Jahr gegen den Staatssekretär, dem mehrere Mitarbeiterinnen sexuelle Belästigung vorgeworfen hatten. Dein Mitstreiter hat ihn rausgepaukt und dafür gesorgt, dass die Frauen als Intrigantinnen dastanden.«

»Kann es denn nicht auch so gewesen sein?«, fragte Kober mit sanfter Stimme. »Ich habe Ihren Unmut ja sehr gut verstanden. Aber die Aufgabe eines Verteidigers ist es eben, an der Seite seines Mandanten zu stehen. Und solange es Zweifel an der Schuld gibt, muss ich an seine Unschuld glauben.«

»Der Typ war doch ein richtiges Ekel.«

»Kein Widerspruch, Euer Ehren.« Immerhin schaffte es der Anwalt, Veronika zu einem Lächeln zu bewegen. »Aber das alleine ist noch nicht strafbar. Da müssten wir ja mindestens die Hälfte unserer politischen und wirtschaftlichen Kaste einsperren. Wenn Sie mögen, können wir das später gerne noch mal vertiefen. Doch im Moment treibt mich die Sorge um Isabel Mertens hierher. Die Polizei lässt nicht locker. Und morgen steht die Geschichte bundesweit in der Boulevardpresse.«

»Bist du sicher?«, hakte Max nach und wusste selbst, wie überflüssig diese Frage war.

»Der Kollege aus meiner Kanzlei hat versucht, direkt beim Chefredakteur zu intervenieren. Natürlich erfolglos. Die behaupten, sie hätten die Info von ganz weit oben. Und solange sie sich an die Fakten halten, können wir gar nichts machen. Isabel Mertens ist eine Person des öffentlichen Lebens. Da ist nichts drin mit Anonymisierung.«

»Stell dir mal vor, die Zeitung würde schreiben, eine Oberbürgermeisterin unserer Stadt – in Klammern: Name der Redaktion bekannt – steht unter dem Verdacht, ihren Gegenkandidaten Harald F. – in Klammern: Name geändert – ermordet zu haben. Wäre doch seltsam«, sagte Max und musste grinsen.

»Doch Spaß beiseite. Das ist natürlich ärgerlich. Aber vielleicht helfen unsere Recherchen weiter.« In knappen Worten schilderte er Kober die Spur, die Veronika und er entdeckt hatten.

»Klingt erfolgversprechend. Da sollten wir doch mal unsere Freunde und Helfer drauf ansetzen.«

Max blickte auf die Uhr. »Es ist nach sechs, da wird Auchter auch schon Feierabend haben. Ich kann aber gerne versuchen, Eberhard Walter, den Pressesprecher zu erreichen.«

»Wir könnten aber auch versuchen, selbst ein bisschen Druck aufzubauen«, mischte sich Veronika ein.

»Wie denn?«, fragten die beiden Männer gleichzeitig.

»Passt auf: Morgen weiß das ganze Land, dass gegen Isabel Mertens ermittelt wird. Das gibt einen Presserummel, so etwas hat dieses Städtchen noch nicht gesehen. Und ich garantiere euch, da mische ich auch mit. Aber wir sind ein Wochenmagazin und das Heft, das morgen rauskommt, ist schon gedruckt. Ich habe also Zeit.

Max, stell dir mal die Gesichter deiner ehemaligen Kollegen vor, wenn die morgen früh mitkriegen, was für eine Geschichte sie verpennt haben. Da steht es mehr als eins zu null für die Kollegen vom Boulevard. Also müssen die in der nächsten Ausgabe nachziehen und werden versuchen, so viel Negatives wie möglich über Isabel Mertens herauszufinden, um die andere Geschichte zu toppen. Deshalb mache ich euch einen ganz anderen Vorschlag: Du, Max, informierst sofort Dicki, mit dem konntest du es doch immer sehr gut. Dann bringt der das morgen noch ins Blatt. Gleichzeitig stecken wir ihm die Infos über die mögliche Verwicklung von Wachter in diese Finanzgeschäfte. Das nimmt Druck von der Oberbürgermeisterin. Und der Oberländer Anzeiger hat einen Vorsprung gegenüber den anderen Medien. Für die Wahl am Sonntag ist ohnehin nur wichtig, was hier im Blatt steht.«

»Kompliment, Frau Waldbusch. Ich bin wirklich beeindruckt. Die Strategie klingt gut. Nur sollte ich sie noch mit Isabel besprechen.« Er griff zum Telefon, zehn Minuten später konnte die Maschinerie loslaufen.

Max spürte, dass Dicki ihm am liebsten um den Hals gefallen wäre. »Ich sag doch immer: Einen guten Journalisten verlässt Gott nie. Vor zehn Minuten ist mir mein Aufmacher über die Umgehungsstraße geplatzt, weil die Ergebnisse der Bodenuntersuchung doch noch länger dauern. Und was du mir jetzt lieferst, das ist ja ein Knaller, der auch im Mantelteil auf Seite eins kommt. Dafür lass ich doch glatt meine geliebte Wirbelsäulengymnastik bei der Volkshochschule sausen.«

Eberhard Walter freute sich nicht so sehr über die Störung. Er war gerade dabei, den beiden Enkeln, die an diesem Tag bei ihm und seiner Frau schliefen, eine Gute-Nacht-Geschichte vorzulesen.

Dennoch hörte er Max geduldig zu, sagte aber dann: »Das ist zwar alles hochinteressant. Doch im Fall Wachter ermitteln die Berliner Kollegen. Denen leiten wir deine Hinweise natürlich gerne weiter. Aber das hat Zeit bis morgen.«

Als er spürte, wie enttäuscht Max reagierte, fügte er hinzu. »Ich habe aber trotzdem etwas Interessantes für dich: Kurz bevor ich heimgegangen bin, kam das Obduktionsergebnis aus Berlin. Wachter starb an einer Zyankali-Vergiftung.«

»Also doch«, entfuhr es Max, woraufhin Eberhard Walter sofort fragte: »Max, weißt du schon wieder mehr als andere?«

»Das ist mein Job. Oder war es zumindest lang genug. Aber bevor du deshalb eine schlaflose Nacht bekommst, erkläre ich es dir gerne. Das hat irgendjemand in dem Krankenhaus erzählt, in das sie Wachter und mich gebracht hatten. Aber sag mir noch eins: Ist das Obduktionsergebnis schon an die Presse gegangen?

»Nein, von uns nicht. Aber ich weiß natürlich nicht, wie schnell die Berliner in solchen Fällen sind.«

»Das heißt, ich kann die Information verwenden?«

»Wenn du sie für eine deiner Firmenbiografien brauchst, gerne. Aber lass mich da aus dem Spiel. Ich setze das erst morgen in meinen Bericht. Für heute habe ich Feierabend.«

»Danke«, rief Max ins Telefon und beschloss, seinem Freund Dicki noch einen Stein in den Garten zu werfen.

Sehr viel Schlaf bekamen Max und Veronika in der Nacht zum Donnerstag nicht. Zunächst hatten sie gemeinsam mit Josef Kober und Isabel Mertens, die nach einem langen Arbeitstag zu ihnen gestoßen war, eine Erklärung ausgearbeitet, die am nächsten Tag bei einer kurzfristig einberufenen Pressekonferenz verteilt werden sollte. Kurz nach Mitternacht, der Anwalt und die Oberbürgermeisterin hatten sich gerade verabschiedet, stand die Geschichte bereits in der Online-Ausgabe der Boulevardzeitung, unter der Schlagzeile: »Böser Verdacht: Räumte schöne Oberbürgermeisterin ihren Konkurrenten aus dem Weg?«, daneben prangte ein Foto, das Isabel Mertens gemeinsam mit ihrem Gegenkandidaten zeigte.

»Zumindest das ist nicht gegendarstellungsfähig«, sagte Max. »Oder soll sich Isabel dagegen wehren, als schön bezeichnet zu werden? Und das mit dem bösen Verdacht stimmt ja leider.«

»Wie schön findest du sie denn?«, fragte Veronika und stieß Max mit dem Ellbogen leicht in die Seite.

»Natürlich nicht so schön wie dich«, antwortete Max und drückte seiner Freundin einen Kuss auf die Stirn. »Aber wer weiß, was passiert wäre, wenn du nicht rechtzeitig von deinem Präsidenten zurückgekommen wärst?«

»Erstens ist er ja noch gar nicht Präsident, zweitens auch nicht meiner. Und drittens bin ich ihm sicher nicht so nahe gekommen wie du deiner Oberbürgermeisterin.«

»Solange du mir nahe genug kommst, ist es ja in Ordnung.« Max drückte Veronika an sich und richtete seinen Blick wieder auf den Bildschirm von Veronikas Laptop. Sein eigener Rechner war bei dem Einbruch verschwunden, und er hatte noch gar keine Zeit gehabt, sich um Ersatz zu kümmern.

Laut las er den Text vor: »Am kommenden Sonntag will Isabel Mertens für weitere acht Jahre zur Oberbürgermeisterin gewählt werden. Trotz eines starken Gegenkandidaten schienen ihre Chancen gut. Doch seit dem vergangenen Wochenende ist alles anders: Walter Wilhelm Wachter, der die grüne Juristin ablösen wollte, brach beim Berlin-Marathon tot zusammen. Und die Polizei verdächtigt Isabel Mertens, mit dem Todesfall etwas zu tun zu haben. Das erfuhr unsere Redaktion aus zuverlässiger Quelle. Die Ermittler setzten die Oberbürgermeisterin, die zwar einräumte, zum Zeitpunkt von Wachters Tod in Berlin gewesen zu sein, aber alle Vorwürfe abstreitet, am Dienstagabend für mehrere Stunden fest und vernahmen sie. Erst nachdem sie den bekannten Strafverteidiger Josef Kober einschaltete, kam sie wieder frei. Weitere Einzelheiten will die Polizei heute bei einer Pressekonferenz bekanntgeben.«

»Kurz, knapp und geeignet, eine hoffnungsvolle Karriere zu beenden«, kommentierte Max den Bericht. »Wenn wir es nicht schaffen, die Wahrheit aufzudecken.«

»Doch wie sollen wir die Wahrheit aufdecken, ohne sie zu kennen? Und vor allem so schnell?«, entgegnete Veronika. »Bislang wissen wir ja leider recht wenig. Zwar schien Wachter irgendwie Dreck am Stecken zu haben, aber ich kann mir nicht vorstellen, dass der Mord etwas mit diesen Finanzgeschäften zu tun haben soll. Das ist doch alles schon viel zu lange her.«

»Wer weiß, was der sonst noch so alles gedreht hat. Interessanterweise steht in dem Artikel kein einziges Mal der Begriff Mord«, sagte Max kopfschüttelnd. »Ich glaube mal, soviel wissen die selbst noch nicht. Zumindest haben sie noch kein Obduktionsergebnis. Den Punkt macht Dicki.«

»Was die haben, genügt aber, um hier für ein kleines Erdbeben zu sorgen«, stellte Veronika fest.

»Dann will ich jetzt mal versuchen, auch bei dir noch ein kleines Erdbeben auszulösen«, antwortete Max, klappte den Deckel des Computers zu und zog Veronika in Richtung Schlafzimmer.

Davon, welche Erschütterungen die Nachricht vom Verdacht gegen Isabel Mertens auslöste, konnte sich Max überzeugen, als er wie verabredet um halb acht im Dienstzimmer der Oberbürgermeisterin saß. Als Erster hatte der Landrat um kurz nach sechs bei ihr angerufen. »Und seitdem klingeln meine Telefone um die Wette«, sagte Isabel sichtlich angestrengt. »Du kannst dir ja vorstellen, wie gut ich heute Nacht geschlafen habe. Aber deinen Augenringen nach zu urteilen, ging es dir auch nicht anders.«

Dass das nicht so viel mit ihrem Fall zu tun hatte, wollte Max ihr in dieser Situation nicht unbedingt auf die Nase binden.

In diesem Moment kam auch Josef Kober zur Tür herein. Zumindest er sah ausgeschlafen aus. Kritische Fälle waren schließlich sein tägliches Brot, und auch von weiblicher Begleitung hatte Max nichts mitbekommen.

»Wir sollten mit unserer Stellungnahme warten, bis wir wissen, was für Informationen die Polizei rauslässt«, schlug der Anwalt vor. Bis dahin sollte Isabel zumindest für die Öffentlichkeit auf Tauchstation gehen.

»Ich glaube aber, deine Mitarbeiter haben ein Recht darauf, von dir zu erfahren, um was es hier geht. Die stehen ja schon jetzt fast alle auf dem Flur und reichen die Zeitungen herum. Wobei ich offen gesagt froh bin, dass die Mehrheit den Oberländer Anzeiger liest.«

Kober schlug das Exemplar, das er gleich morgens im Hotel mitgenommen hatte, auf und sagte zu Max: »Das war genau der richtige Schachzug. Die Darstellung deines Kollegen ist doch etwas differenzierter als in dem Blatt mit den großen Buchstaben. Aber woher kennt er das Obduktionsergebnis?«

Max warf ihm einen verschwörerischen Blick zu. »Vielleicht hat der die besseren Kontakte nach Berlin?«

Dicki hatte genau so reagiert, wie es Max früher auch getan hätte. Natürlich war in der Überschrift auch von dem Verdacht gegen Isabel Mertens die Rede, wenn auch nicht in so schreierischen Worten. »Und der Passus über Wachters Cross Boarder Leasing relativiert das doch wieder«, freute sich Kober. Er wandte sich Isabel Mertens zu, die die ganze Zeit in ihrer Kaffeetasse gerührt hatte, ohne auch nur einen Schluck zu trinken. »Jetzt solltest du mit deinen Leuten sprechen. Sollen wir dich begleiten?«

»Nein, da muss ich alleine durch. Was sollen die Leute denn denken, wenn ich gleich mit meinem Anwalt auftauche? Aber vielleicht kann Max ja einfach mitkommen und im Hintergrund zuhören. Der fällt hier nicht so auf.«

Keine zehn Minuten später drängten die Rathaus-Mitarbeiter in den Sitzungssaal im ersten Stock, in dem sonst der Stadtrat tagte. Die meisten suchten sich Plätze auf den Besucherbänken, die wie Theaterränge in die Tiefe des Raums hineinwuchsen. Nur ein paar Amtsleiter trauten sich, auf den altmodischen Sesseln der Stadträte Platz zu nehmen. Diese Einrichtung war das letzte Relikt aus dem alten Rathaus, das den Neubauorgien der 70er Jahre zum Opfer gefallen war. Isabel Mertens' erster Impuls war seinerzeit gewesen, den »alten Plunder«, wie sie ihn nannte, hinauszuschmeißen und ihn, ebenso wie ihr Büro, den Gegebenheiten des frühen 21. Jahrhunderts anzupassen.

Doch hatte sie schnell gemerkt, dass viele der Ratsmitglieder diese antike Atmosphäre schätzten, die ihnen eine gewisse

Distanz zu ihrem bürgerlichen Alltag erlaubte. »Wenn Sie mögen, führen wir auch Perücken ein wie im englischen Oberhaus«, hatte sie im Ältestenrat einmal gesagt und sich gewundert, dass nicht einmal ihr eigener Parteifreund gelacht hatte.

Sie selbst verzichtete nun darauf, auf dem Chefsessel Platz zu nehmen, dessen Lehne die übrigen der Regierungsbank deutlich überragte, sondern stellte sich vor den klobigen Holztisch und wartete, bis Ruhe einkehrte.

Von seinem Platz an der Türe aus sah Max, wie sich ihr Brustkorb beim Atmen langsam hob und senkte. Sehr nervös konnte sie also nicht sein. Sein Blick blieb an Isabel Mertens rechter Hand hängen, an der ein dunkelblauer Saphir glänzte. Die Bürgermeisterin schloss kurz die Augen und kreuzte dabei Mittel- und Zeigefinger.

Max wusste, was das zu bedeuten hatte. »Das ist mein Ruheanker«, hatte sie ihm einmal erklärt. »Sobald ich den Druck der Finger spüre, weicht alle Unruhe und Nervosität von mir.« Aus irgendeinem Grund hatten sie das Gespräch damals nicht fortgesetzt, und Max nahm sich wieder einmal vor, sie nach den Hintergründen dieses Tricks zu fragen.

Isabel Mertens ging einen halben Schritt nach vorne, ließ ihren Blick durch den Raum gleiten und holte noch einmal tief Atem.

»Liebe Mitarbeiterinnen und Mitarbeiter, Sie alle wissen, was geschehen ist: Mein Gegenkandidat für die Wahl am Sonntag, Herr Wachter, ist verstorben. Und Sie wissen auch, dass die Polizei von einem unnatürlichen Todesfall ausgeht. In den Zeitungen von heute steht das in aller Ausführlichkeit.«

Sie hielt die Titelseite des Boulevardblatts in die Höhe. »Leider wird auch darüber spekuliert, ob ich etwas mit dem Tod von Herrn Wachter zu tun habe. Abenteuerlich, könnte man meinen.«

Ihre Stimme klang fest, doch nicht so fest, wie Max sie aus so mancher hitzigen Gemeinderatssitzung kannte, in der sie

Angriffe ihrer Kontrahenten stets mit äußerster Ruhe parierte. Er glaubte sogar, ein leichtes Zittern gehört zu haben.

Noch einmal drückte Isabel Mertens ihren Ruheanker.

»Doch ich muss zugeben, es gibt Gründe, diese Frage zu stellen.«

Sie machte eine kurze Pause, bevor sie fortfuhr: »Es gibt aber auch schlüssige Antworten. Und die möchte ich Ihnen nun geben.«

Durch die Reihen der Mitarbeiter ging ein Raunen.

»Wer nicht nur dieses Blatt« – sie wies mit dem Kopf auf die Boulevardzeitung – »gelesen hat, sondern auch den Oberländer Anzeiger, weiß bereits das meiste. Ich hatte natürlich mitbekommen, dass Herr Wachter seinen Marathonlauf für den Wahlkampf nutzen wollte. Was ja keine schlechte Idee war – und mich darauf brachte, dort gegen ihn anzutreten und ihm die Schlagzeile vom Mann mit dem langen Atem ein wenig zu verderben. Deshalb bin ich nach Berlin gereist. Nicht inkognito, wie manche meinen, ich habe es aber auch nicht öffentlich gemacht. Das sollte später kommen.«

Sie machte wieder eine Pause, genau so, wie sie es im Rhetorikseminar gelernt hatte. Das Ende des Satzes nochmal betonen – und dann die Spannung nutzen.

»Herr Wachter lief sehr schnell los, und ich muss zugeben, ich befürchtete schon, ihn zu verlieren. Doch ich wusste auch, dass ein Marathon nicht auf den ersten, sondern auf den letzten Kilometern entschieden wird. Das ist wie bei einer Wahl. Da zählen nicht die Prognosen, sondern die Stimmen in der Urne.«

Das leichte Zucken in ihrem Gesicht verriet Max, dass auch sie bemerkt hatte, dass das Wort Urne in Zusammenhang mit einem Toten vielleicht nicht so passend war. Doch Isabel sprach ganz ruhig weiter und berichtete ihren Mitarbeitern, was sie auch bei der Polizei ausgesagt hatte.

»Den Polizeibeamten mache ich übrigens nicht den geringsten Vorwurf. Es spricht für deren professionelle Arbeit, dass sie so schnell herausgefunden haben, dass ich in Berlin war. Da mussten sie mich natürlich befragen. Doch ein Verdacht gegen mich, wie ihn die Presse unterstellt, ist einfach absurd. Wäre dem nicht so, dann stünde ich jetzt nicht vor Ihnen.«

Sie holte noch einmal Luft. »Sie alle darf ich bitten, Ihre Arbeit wie immer zu verrichten. Und ich bitte Sie auch, die Informationen, die ich Ihnen gerade gegeben habe, vertraulich zu behandeln. Was die Wahl am Sonntag angeht: Die muss wie vorgesehen stattfinden. Doch dazu wird es noch eine Erklärung des Wahlleiters geben. Ich bin überzeugt, dass die Polizei bis Sonntag weiß, wie Herr Wachter gestorben ist.«

Isabel Mertens trat einen Schritt zurück, so dass sie leicht gegen den Tisch stieß, und sagte: »Ich danke Ihnen.«

Spontan begannen einige Mitarbeiter zu klatschen, andere stimmten ein, so dass es am Ende nur ganz wenige Hände gab, die sich nicht rührten. Max zog sich diskret zurück.

Die Rothaarige warf Max von Steyn einen giftigen Blick zu, als sie sich notgedrungen neben ihn setzen musste. Alle Stühle im Besprechungszimmer der Polizeidirektion waren belegt, an der Seite hatten gleich mehrere Kamerateams Position bezogen. Vorne an dem großen Tisch hatte neben dem örtlichen Polizeichef, seinem Stellvertreter und Eberhard Walter als Pressesprecher eine Frau Platz genommen, die Max nicht kannte. Sie war vielleicht Mitte 50 und trug ein graues Kostüm, unter dem ihre rosa Bluse deutlich hervorstach. Die dunkelblonden Haare hatte sie hochgesteckt.

Max wandte den Blick von der Unbekannten ab und sah die Frau neben sich an. »Hallo Gertrud«, sagte er laut und vernehmlich. Alle Welt wusste, wie sehr die Frau, die seit Jahren für das örtliche Anzeigenblatt schrieb, ihren Vornamen hasste. Deshalb nannte sie sich selbst Vivien, ein Name, den sie aus einer Hollywood-Schnulze der späten 30er Jahre entliehen hatte. Und so versuchte sie sich auch selbst zu inszenieren. Doch die unvergängliche Leinwand-Jugend ihres

Vorbilds war ihr nicht vergönnt. Zwar bekämpfte sie die Falten um ihre Augen herum mit vielerlei Cremes und sparte auch nicht mit Rouge, um die unvermeidlichen Folgen des Älterwerdens zu kaschieren. Auf Max wirkten ihre Bemühungen nur lächerlich. »Die ist doch nur ein wandelnder Farbkasten«, hatte er einmal einem Kollegen zugeflüstert, dabei aber nicht beachtet, dass die betroffene Kollegin über ein ausgezeichnetes Gehör verfügte. Seitdem waren sie sich in tiefer Abneigung verbunden. Und als Max dann eines Tages durch Zufall herausfand, wie Vivien Rothenbacher in Wirklichkeit hieß und dies auch im Kollegenkreis publik machte, war das Band endgültig zerschnitten.

Sie selbst ließ aber auch keine Gelegenheit aus, eine Breitseite gegen Max von Steyn abzuschießen. »Herr Walter«, rief sie dem Pressesprecher der Polizei zu, »was macht eigentlich Herr von Steyn hier? Welches Medium vertritt er denn?«

Der blickte ein wenig irritiert, antwortete dann aber standhaft: »Frau Rothenbacher, Sie wissen so gut wie ich, dass Herr von Steyn freiberuflich als Journalist arbeitet. Was soll Ihre Frage?«

»Freiberuflich«, schnaubte die Frau. »Was hat denn das mit Journalismus zu tun, wenn man versucht, einer erfolglosen Oberbürgermeisterin zu einer weiteren Amtszeit zu verhelfen!«

Die Blicke der Kollegen, die Max kannten, richteten sich auf ihn – wobei er sich nicht erklären konnte, woher die Rothenbacher diese Information hatte. So naiv, wie er glaubte, war sie offenbar doch nicht.

Jetzt half nur noch der Gegenangriff: »Liebe Kollegin«, sagte Max mit betont sanfter Stimme. »Du weißt doch, wie das mit dem Glashaus ist. Wer schreibt denn die ganzen Pressemitteilungen für Franz Sauter und seine Fraktion und hebt sie dann noch ungeniert ins eigene Blatt?«

»Schließlich bin ich gewählte Kreispressesprecherin unserer Partei. Und jeder weiß, dass ich dieses Amt und meinen Job streng trenne.«

»Nur gut, dass dein Verleger zur gleichen Partei gehört. Mein früherer war zwar auch in eurem Verein, der hätte so etwas aber nie zugelassen.«

Eberhard Walter rückte die grüne Krawatte zurecht. Bei solchen Anlässen holte er immer seine Uniform aus dem Schrank, auch wenn er sonst am liebsten in Jeans und Sandalen im Büro saß. Er räusperte sich laut und wartete, bis Ruhe einkehrte.

»Meine Damen und Herren, ich begrüße Sie ganz herzlich zu unserer Pressekonferenz und darf Ihnen gleich unsere neue Polizeipräsidentin aus Tübingen, Frau Silke Leimgruber, vorstellen. Sie haben sicher mitbekommen, dass sie vor genau einer Woche die Nachfolge von Herrn Stablinger angetreten hat. Zwar war nicht geplant, dass sie uns hier so schnell ihre Aufwartung macht, wir sind ihr angesichts der aktuellen Vorgänge aber sehr dankbar dafür. Zunächst wird Ihnen Herr Polizeidirektor Otto einen kurzen Abriss der Ereignisse geben, dann stehen wir Ihnen gerne für Fragen zur Verfügung.«

»Ich weiß zwar nicht, wo Sie immer Ihre Ohren haben«, sagte Otto und sah Dicki, der in der Reihe vor Max saß, direkt an, »aber das meiste, was wir Ihnen sagen können, steht schon heute im Oberländer Anzeiger. Da soll noch mal einer etwas über Provinz-Journalismus sagen.«

Alle Augen richteten sich nun auf den Vertreter des Boulevard-Blatts, dessen Text zwar die meiste Verbreitung gefunden hatte, inhaltlich aber weniger zu bieten hatte als das Lokalblatt. »Sie wissen ja, Herr Otto«, rief Dicki, »every business is local.«

»Aus welchem Lokal Sie das alles haben, möchte ich jetzt auch nicht vertiefen«, meinte Otto und fing sich einen kritischen Blick seiner Chefin ein. »Doch lassen Sie uns zu den Fakten kommen, die doch leider traurig sind.«

Er referierte nochmal das Geschehen und ging auch auf die Befragung von Isabel Mertens ein.

»Leider hat die Berichterstattung etwas Schlagseite bekommen, wo sie sich auf die Vernehmung von Frau Oberbürgermeisterin Mertens konzentrierte. Sie wissen, dass wir üblicherweise nicht bekanntgeben, wen wir befragen. Doch lässt sich das leider nicht immer so durchhalten, wenn es sich um prominente Persönlichkeiten handelt. Soweit ich weiß, wird Frau Mertens heute auch noch eine Erklärung abgeben. Aus unserer Sicht kann ich Ihnen Folgendes sagen: Es gab Anhaltspunkte, die uns veranlassten, Frau Mertens umgehend zu vernehmen. Aus der Tatsache, dass sie weiterhin im Rathaus ihren Geschäften nachgeht, können Sie schließen, dass dem aus unserer Sicht nichts entgegensteht.«

Max hörte, wie die Rothaarige neben ihm tief Luft holte. »Herr Otto, was wollen Sie damit sagen? Ist sie nun verdächtig oder nicht?«

»Liebe Frau Rothenbacher, wir können gerne gleich zur Fragerunde übergehen. Was heißt verdächtig? Unser Job ist es, jeden zu befragen, der oder die irgendetwas zur Aufklärung eines Verbrechens beitragen kann. Und um es ganz offen zu sagen: Noch haben wir keinen Beweis dafür, dass es sich überhaupt um ein Verbrechen handelt.«

Ein Raunen ging durch die Runde. »Selbstmord? So kurz vor der Wahl, bei der Wachter wirklich gute Chancen hatte. Das glauben Sie doch selbst nicht!«, rief ein Rundfunk-Journalist aufgebracht und sprach die Frage auch gleich in sein Mikrofon.

»Herr Siegmund, nur keine Aufregung.« Otto schien es zu genießen, die Journalisten etwas durcheinanderzubringen. »Natürlich wird wegen eines möglichen Tötungsdelikts ermittelt. Das tun übrigens federführend die Berliner Kollegen. Denn dort ist Herr Wachter zu Tode gekommen.«

Dicki drehte sich zu Max um und sagte so laut, dass es alle in der Nähe hören konnten: »Zu Tode gekommen. Ich möchte doch gerne mal wissen, wo die Polizei-Oberen lernen, sich so geschraubt auszudrücken. Da brauchst du als normaler Mensch doch einen Übersetzungskurs.«

»Herr Dickens, ich verstehe gut, dass es Ihr Job ist, manche Dinge zu vereinfachen. Bei uns steht das Korrekte im Vordergrund. Und wenn wir noch nicht genug wissen, dann müssen wir uns eben etwas vage ausdrücken, auch wenn Ihnen das geschraubt vorkommt«, mischte sich Eberhard Walter ein und warf Max einen strafenden Blick zu. Schließlich war der es gewesen, der ihn jahrelang bearbeitet hatte, in seinen Presseberichten anstelle von Polizeikürzeln den Reichtum des deutschen Wortschatzes zumindest ansatzweise zu ergründen.

Der Polizeichef übernahm wieder das Wort. »Lassen Sie mich die Frage von Herrn Siegmund weiter beantworten. Ich stimme Ihnen zu, dass eine Selbsttötung angesichts der äußeren Umstände nicht das Wahrscheinlichste ist. Aber dennoch muss die Polizei alle Möglichkeiten untersuchen. Und das wird, da können Sie sicher sein, in aller Gründlichkeit geschehen. Doch kann und darf ich Ihnen dazu leider nicht mehr sagen. Die Ermittlungen werden, wie gesagt, von Berlin aus geführt. Wir stehen natürlich mit den Kollegen in Kontakt und unterstützen sie auch.«

»Was hat es mit den Finanzgeschäften auf sich, von denen der Kollege Dickens berichtet?«, fragte eine Stimme von ganz hinten, die Max sehr bekannt vorkam.

»Wären Sie so nett, sich kurz vorzustellen, wenn Sie etwas fragen«, warf die Polizeipräsidentin ein. »Leider kenne ich Sie alle noch nicht«, wobei sie das »noch« besonders betonte.

»Gerne, obwohl wir uns wohl eher selten sehen werden«, kam es zurück. »Veronika Waldbusch vom Aktuellen Blickpunkt aus München.«

»Also ist das hier auch für die nationale Presse von Belang«, sagte die Polizeipräsidentin überrascht und blickte irritiert in die Runde, als alle, die Max und Veronika kannten, zu lachen begannen. Max hatte seine Freundin zwar noch kurz von der Pressekonferenz informiert, sie aber nicht kommen sehen.

Erst als Eberhard Walter der Polizeipräsidentin etwas ins Ohr flüsterte, klärte sich deren Miene.

Polizeidirektor Otto übernahm die Beantwortung von Veronikas Frage: »Frau Waldbusch, auch hier kann ich nur sagen: Wir gehen jeder Spur nach. Konkretes dazu haben wir leider noch nicht.«

»Lassen Sie mich gleich eine weitere Frage stellen«, sagte Veronika und schien die Blicke ihrer Kollegen zu genießen. Schließlich hatte sie in der Branche einen guten Namen und jeder wusste, dass sie bei ihrem Blatt für die großen Themen zuständig war.

»Es ist schon etwas überraschend, dass die Information über die Vernehmung der Oberbürgermeisterin ausgerechnet im größten Boulevard-Blatt des Landes verbreitet wurde. Wie weit oben ist das Leck? Das sieht doch ganz danach aus, als wollte hier jemand den Wahlkampf aufmischen.«

Gerade als der Polizeidirektor antworten wollte, zog seine Chefin das Mikrofon an sich. »Sie erlauben, dass ich das übernehme.« Ohne auf eine Antwort zu warten, fuhr sie fort: »Ich verstehe Ihren Ansatz. Wie Polizeidirektor Otto schon ausführte, ist es nicht üblich, öffentlich mitzuteilen, wer zu welchem Fall befragt wird. Sie wissen genauso gut wie ich, was der Schutz der Persönlichkeitsrechte bedeutet. Ich kann nur mein Bedauern darüber ausdrücken, dass der Name von Frau Mertens hier in die Öffentlichkeit geriet. Wir werden das genau überprüfen. Doch leider gibt es in einem solchen Fall sehr viele, die davon wissen.«

Unter den anwesenden Journalisten machten derweil zwei weitere Termine die Runde: Schon in einer halben Stunde wollte Franz Sauter, der den Wahlkampf von Walter Wilhelm Wachter organisiert hatte, eine Erklärung abgeben – und kurz darauf lud Isabel Mertens zum Pressegespräch ein.

»Das wird ein spannender Tag. Auch wenn ich mir den ganz anders vorgestellt hatte«, sagte Veronika, als sie sich wenig später bei Max unterhakte und mit ihm zusammen das Polizeigebäude verließ.

Mehr Neuigkeiten waren auch von den beiden nächsten Pressekonferenzen nicht zu erwarten, was aber – da waren sich Max und Veronika einig – auch an ihrem Informationsvorsprung lag.

Wie erwartet verkündete Franz Sauter, dass die Kampagne gegen die amtierende Oberbürgermeisterin weiterlaufen werde. »Wir wollen und können nicht zulassen, dass Frau Mertens in einer solchen Situation und unter einem solchen Verdacht wieder zur Oberbürgermeisterin gewählt wird«, sagte er sichtlich aufgeregt und schien sich gar nicht darüber zu wundern, dass ihm Gertrud Rothenbacher offen applaudierte. Diese hatte zuvor wieder versucht, Max von Steyn von der Pressekonferenz ausschließen zu lassen. Ihren erneuten Vorwurf, Max sei nicht als Journalist, sondern als Wahlkampfhelfer der Oberbürgermeisterin anwesend, hatte diesmal Veronika pariert. »Herr von Steyn und ich arbeiten zusammen. Und wenn Sie ihn hier ausschließen wollen, dann werden noch etliche andere gehen – und entsprechend berichten.« Das hatte genügt.

Wie wenig Polit-Profi Franz Sauter war, zeigte sich auch daran, dass er sich problemlos aufs Glatteis führen ließ. Ohne Umschweife erklärte er, für ihn stehe die Oberbürgermeisterin unter Mordverdacht, um dann wieder heftig zurückzurudern, als er erfuhr, dass nicht einmal die Polizei das so sagte. Veronika schaffte es dann auch, ihm mit der ganz harmlos klingenden Frage, ob er denn auch persönliche Gründe habe, gegen Frau Mertens zu arbeiten, die Röte ins Gesicht zu treiben. Zunächst versuchte er, sich mit der Gegenfrage zur Wehr zu setzen, was sie eigentlich bezwecke, kam dann aber gehörig ins Stottern, als Veronika leichthin sagte: »Sie wissen ja besser als ich, wie schnell Gerüchte entstehen.«

Kaum jemand nahm noch wahr, dass er verkündete, die Wahlplakate Wachters würden mit einem Trauerflor und dem Schriftzug »Wir sind es ihm schuldig« versehen.

»So ein Amateur«, schimpfte Dicki, als er mit Max wenig später vor der Tür stand. »Der kennt doch nicht einmal die Grundregel einer jeden Pressekonferenz. Entweder du lieferst harte Fakten oder etwas Gutes zu essen. Und was gab's bei dem? Gelaber und lauwarmen Kaffee.«

Er klopfte Max auf die Schulter und sagte: »Jetzt bin ich mal gespannt, ob es bei der Frau Oberbürgermeisterin professioneller abläuft.«

»Erwarte nicht zu viel Neues«, antwortete Max. »Schließlich hast du ja schon alles im Blatt.«

»Mein lieber Max. Wir kennen uns jetzt auch schon ein paar Jährchen. Und ich hatte ja das Vergnügen, noch als Volontär unter dir zu arbeiten. Hast nicht du mir mehr als einmal eingeschärft, nicht alles Pulver beim ersten Schuss zu verbrauchen? Und jetzt soll ich glauben, der Herr von Steyn hätte mir sein gesamtes Geheimwissen offenbart?«

»Okay, mein Lieber. Sicher gibt es noch ein paar Sachen, die besser nicht in der Zeitung stehen. Zumindest jetzt noch nicht. Und da du ja jetzt weißt, dass ich für Isabel Mertens arbeite, verstehst du sicher, warum ich hier strategisch denke.«

»Ja, ja, du großer Stratege. Genau deshalb hat sie dich doch engagiert. Weil du weißt, wie die Medien ticken.«

»Danke für das Kompliment. Von einem Profi zählt das doppelt. Aber ich sage dir ganz ehrlich. Die Maschinerie, die jetzt läuft, lässt sich nicht mit ein paar Tricks beherrschen. Da spielen zu viele mit. Und zwar ganz oben.«

»War es das, worauf Veronika angespielt hat?«

»Da kannst du dir sicher sein«, schaltete sich die Angesprochene ein, die gerade mit einer Tüte voll Brezeln aus der nahen Bäckerei zurückgekommen war und diese in der Runde anbot.

»So schnell, wie die Jungs vom Boulevard das wussten, da steckt natürlich System dahinter. Ich habe vorhin noch mit unserem Korrespondenten in Stuttgart telefoniert. Der hatte zuvor gar nichts läuten gehört. Und normalerweise ist der fix. Ich bin mir ziemlich sicher, dass sich da im Ministerium jemand an Frau Mertens erinnert hat und ihr nun auf diesem Weg noch mal eine verpassen will.«

»Ich glaube, die freuen sich zu früh. Spätestens nach der nächsten Wahl werden auch in Stuttgart die Karten neu gemischt. Und vielleicht braucht man ja dann eine grüne Sicherheitsexpertin«, sagte Max.

»Und die Ministerin einen Pressesprecher«, stichelte Dicki. »Ich hoffe, du erinnerst dich dann noch an deine Kollegen aus früheren Tagen, die sich durch die Abgründe des Lokalen quälen.«

»Dicki, wie könnte ich dich jemals vergessen.« Max tätschelte dem Kollegen die Wange. »Aber glaub mir, ich bleibe lieber in meiner Maxau und spiele ab und zu mal Detektiv.«

In diesem Moment klingelte sein Handy. Er blickte aufs Display, drückte die grüne Taste und sagte: »Max von Steyn, diskrete Ermittlungen, was kann ich für Sie tun?« Dicki schüttelte nur den Kopf und ging weiter zu einer anderen Kollegin.

»Was redest du denn für einen Stuss«, fragte Isabel Mertens. »Ich brauche jetzt keine diskrete Ermittlung, sondern noch ein paar Tipps für die PK.«

»PK«, wiederholte Max. »Du lernst schnell den Journalistenjargon. Soll ich noch kurz vorbeikommen? Seit dem dummen Kommentar der Rothenbacher vorhin weiß ohnehin jeder, dass ich für dich arbeite.«

»Danke, aber wir können das schnell am Telefon machen. Ich brauche nur kurz einen Überblick über das, was die Polizei und der Sauter bei ihren Pressekonferenzen gesagt haben.«

Isabel lachte laut, als ihr Max von der Szene mit Sauter und Veronika erzählte. »Da muss ich mich bei deiner Freundin ja nochmal extra bedanken.«

»Für die Entgegennahme von Dankesbezeugungen bin allein ich zuständig«, erwiderte Max, wurde aber gleich wieder ernst. »Ansonsten ist der Ablauf wohl klar. Ich denke nicht, dass die Kollegen dich härter in die Zange nehmen, als es Kommissar Auchter getan hat.«

Das versuchte der Reporter der Boulevard-Zeitung allerdings wenig später, als er im kleinen Sitzungssaal des Rathauses das Wort bekam.

»Mit welchem moralischen Recht werben Sie eigentlich noch um die Stimmen der Wähler am kommenden Sonntag?«, fragte er und musste sich, noch bevor Isabel Mertens antworten konnte, von einer älteren Journalistin anhören: »Sie sind aber ein schlechter Verlierer, Herr Kollege. Haben Sie wirklich geglaubt, Frau Mertens lasse sich von Ihnen auf die Schlachtbank führen?«

»Ich antworte gerne auf diese Frage«, schaltete sich die Oberbürgermeisterin ein. »Auch wenn ich nicht glaube, dass das Thema Moral in Ihrem Blatt immer sehr hoch angesiedelt ist.«

Max zuckte zusammen und warf seiner Auftraggeberin einen strengen Blick zu. In die Richtung von Veronika flüsterte er: »Die fängt doch jetzt hoffentlich keinen Streit mit dem an.«

Doch der eine Hieb schien zu reichen, um das innere Gleichgewicht der Oberbürgermeisterin wieder herzustellen.

»Wenn Sie mich fragen, mit welchem Recht ich die Bürgerinnen und Bürger unserer Stadt um ihre Stimme bitte, dann ist die Antwort ganz klar: Weil ich meine erfolgreiche Arbeit als Oberbürgermeisterin fortsetzen möchte. Daran ändert auch der bedauerliche Tod meines Gegenkandidaten nichts – mit dem ich, wie Sie hoffentlich mittlerweile wissen, nichts, aber auch gar nichts zu tun habe. Ich habe vollstes Verständnis dafür, dass die Polizei mich befragt hat, nachdem sie herausfand, dass ich zu der fraglichen Zeit in Berlin war. Alles andere wäre ein klares Dienstversäumnis gewesen. Was danach kam, dass die Presse informiert wurde, steht auf einem anderen Blatt. Das muss – und wird, da bin ich mir sicher – interne Folgen haben. Wobei ich davon ausgehe, dass die hiesigen Kollegen keine Schuld trifft. Sie mussten den Vorgang nach Stuttgart melden.«

Von ganz hinten meldete sich Dicki. Beim Anblick der Platten mit den belegten Brötchen hatte er direkt daneben Platz genommen und sich ungeniert bedient, während die anderen redeten. Schließlich trug er seinen Spitznamen »Häppchenkönig« nicht umsonst. Wo immer ein Büffet seiner Plünderung harrte, konnte Dicki nicht weit weg sein. Allerdings hatte er sich angewöhnt, ganz nebenbei zu essen, so dass ihm keine Nuance eines Gesprächs entging. Und für eine wichtige Notiz ließ er auch schon mal ein Häppchen fallen.

Dass nun allerdings seine Butterbrezel zu Boden fiel, noch bevor er seine Frage loswerden konnte, hatte einen anderen Grund. Durch die Tür, in deren unmittelbarer Nähe er saß, rauschte eine kräftig aussehende Frau, von der er zunächst nur ihren dunklen, langen Mantel, der noch gar nicht zur Jahreszeit passte, wahrnahm. Sie schien nicht zu merken, dass sie Dicki anrempelte, und stürmte weiter in Richtung des Tisches, an dem Isabel Mertens alleine saß.

»Sie Mörderin«, stieß die Frau aus, »Sie haben meinen Wawa getötet. Jetzt sind Sie dran.«

Im Weiterlaufen zog sie aus der Tasche ihres Mantels ein Küchenmesser, dessen lange Klinge aufblitzte.

Max, der sich in Gedanken schon wieder zu Hause in der Maxau mit Veronika gesehen hatte, riss den Kopf hoch. Die Frau näherte sich nun der vorderen Reihe, in der er allein mit Veronika saß. Diese blickte kurz auf und streckte in dem Moment, in dem die Unbekannte fast neben ihr war, ihr rechtes Bein nach außen. Ein Poltern – und die Angreiferin lag am Boden.

Max wusste gar nicht, wo Eberhard Walter, der Pressesprecher der Polizei so schnell hergekommen war. Der, nun wieder in Zivil, stürzte sich von hinten auf die Frau und entwand ihr mit einem geübten Griff das Messer. Hinterher war sich Max nicht mehr sicher, ob Ebe tatsächlich gerufen hatte: »Polizei, Sie sind verhaftet«, oder ob er das als alter Krimifreund nur ganz automatisch so erwartet hatte.

Walter zog die Frau in die Höhe, legte das Messer außerhalb ihrer Reichweite auf den Tisch und rief: »Meine Damen und Herren, bitte bleiben Sie alle auf Ihren Plätzen. Meine Kollegen kommen gleich.« Und zu Max: »Ruf mal schnell auf dem Revier an. Der Otto soll selber kommen.«

Die Journalisten wollten allerdings nicht so recht einsehen, dass sie auf ihren Plätzen bleiben sollten, wo jetzt doch nichts mehr passierte. Einer nach dem anderen ging nach hinten, um sich von dem zu bedienen, was Dicki übrig gelassen hatte. Der knipste nun wie seine Kollegen mit einer kleinen Digitalkamera wild im Raum herum.

Zu Max sagte er: »Du hast nicht zu viel versprochen mit der Pressekonferenz deiner Oberbürgermeisterin. Nur gibt es leider einen kleinen Fehler in der Dramaturgie.«

»Was meinst du?«

»Morgen ist der 3. Oktober. Da feiern wir die Einheit mit unseren Brüdern und Schwestern aus der DDR. Und um den Jubel nicht zu stören, bringen wir keine Zeitung raus. Das wäre so ein schöner Aufmacher gewesen. Und jetzt kann ich ihn nur online verbraten.«

»Aber dann hast du gleich was Schönes für Samstag«, versuchte Max ihn zu trösten. »Aber ehrlich gesagt hoffe ich, dass die Polizei bis dahin den wahren Mörder gefunden hat und Isabel reingewaschen ist und am Sonntag wiedergewählt wird.«

Eine Stunde später saßen Isabel, Max, Veronika und Josef, der bei der Pressekonferenz wegen eines dringenden Telefongesprächs nicht dabei gewesen war, im Büro der Oberbürgermeisterin.

»Was war denn das für ein Film?«, fragte Isabel Mertens, in deren Gesicht langsam wieder etwas Farbe zurückkehrte.

Die unbekannte Frau war, nachdem Eberhard Walter ihr das Messer abgenommen hatte, wie versteinert stehengeblieben und hatte sich auch kaum gerührt, als der Beamte sie sanft auf einen Stuhl schob. Sie sprach kein Wort mehr und blickte auf die Frage, wer sie sei, nur ins Leere. Ihre Durchsuchung hatte ebenfalls nichts erbracht. Weder weitere Waffen noch irgendwelche Hinweise auf ihre Identität. Alle Taschen waren leer. Die Polizei hatte sie gleich zu einer psychiatrischen Untersuchung gebracht.

Für die anwesenden Journalisten war es eine ganz neue Erfahrung, über ein Verbrechen zu berichten, dass sie selbst beobachtet hatten. »Ich bin mal gespannt, wie viele verschiedene Versionen wir zu lesen und hören bekommen«, hatte Eberhard Walter zum Abschied zu Max gesagt und auf dessen

Kompliment für sein schnelles Eingreifen hinzugefügt: »Ehrlich gesagt, wusste ich gar nicht, dass ich nach so vielen Jahren am Schreibtisch die richtigen Griffe noch drauf habe. Aber zu irgendetwas muss unsere Ausbildung ja taugen. Doch weiß ich nicht, ob ich schnell genug gewesen wäre, hätte Veronika die Frau nicht stolpern lassen.«

Genau so sah es jetzt auch die Oberbürgermeisterin. Sie streckte Veronika die Hand entgegen und sagte nur: »Danke. Darf ich Veronika sagen? Ich bin Isabel.«

»Gerne. Ich bin froh darüber, dass ich richtig saß. Und das Beinstellen kann ich noch ganz gut aus dem Kung-Fu-Training.«

»Du kannst Kung-Fu?«

»Na ja, was heißt können? Ich habe das vor Jahren mal ein wenig trainiert. Doch da gewöhnt man sich schnell ein paar Reflexe an. Genau so ging es ja Eberhard Walter.«

»Keine Ahnung, was passiert wäre, wenn die Frau bis zu mir gekommen wäre. Ich war wie paralysiert.«

»Kann ich verstehen. Du hast sie ja auch frontal auf dich zukommen sehen. Bei mir ging das ganz schnell. Plötzlich war sie da und ohne dass ich nachdenken musste, schoss mein Bein zur Seite.«

»Wir müssen dringend etwas über die Frau rauskriegen«, mischte sich Josef Kober ein. »Vielleicht bringt sie uns ja auf eine Spur.«

»Meinst du?«, fragte Isabel. »Wo die Frau doch glaubte, ich sei ihre Spur.«

»Zumindest ist sie jemand aus Wachters Vergangenheit«, stellte der Anwalt fest. »Und da muss ja irgendwo das Motiv für den Mord liegen. Beschreibt mir doch bitte noch mal ganz genau die Szene.«

»Da fange ich am besten an«, sagte Isabel. »Schließlich sah ich sie reinkommen.«

Die ersten Eindrücke der Oberbürgermeisterin waren noch ganz deutlich. Sie hatte sich zunächst nur über die dunkelhaarige, vielleicht 50-jährige Frau gewundert, die plötzlich die Tür aufriss und mit wehendem Mantel in den Saal stürmte. Ab dem Zeitpunkt, als sie das Messer zog, wurden die Bilder schwächer.

»Das ist eine leichte Form der Amnesie«, diagnostizierte Kober. »Das hilft dir, die Angst zu verarbeiten. Und dass so ein Messer Angst macht, ist ja nur verständlich.«

Kober stand auf und ging ein paar Schritte im Zimmer auf und ab. »War der Mantel schwarz?«, fragte er plötzlich.

»Ich glaube dunkelblau. Wie kommst du darauf?«

»Ich habe die Frau gesehen.«

»Wo? Und wann?« Jetzt war Max aufgesprungen.

»Im Hotel. Ich saß in der Lounge und telefonierte mit meiner Kanzlei. Da kam sie aus dem Fahrstuhl. Das muss kurz nach Beginn eurer Pressekonferenz gewesen sein.«

»Das erklärt natürlich, warum sie nichts dabeihatte. Außer ihrem Messer. Wir sollten die Polizei anrufen.« Isabel griff zum Telefonhörer.

»Warte.« Max nahm ihr den Hörer wieder aus der Hand. »Wenn die Polizei kommt, erfahren wir nichts mehr. Lass uns versuchen rauszukriegen, wer die Frau ist. Josef, du hast doch sicher schon ein wenig mit der Dame an der Rezeption geflirtet. Meinst du, du kannst da was machen?«

»Einen Versuch ist es sicher wert.«

Keine Viertelstunde später stürmte Josef Kober wieder in Isabels Büro. »Jetzt kannst du die Polizei anrufen. Die Frau heißt Ulrike Nocker und wohnt in Esslingen. Sie ist heute früh erst angekommen. Ich habe die Adresse.« Josef Kober wedelte mit einem Stückchen Papier. »Geschwister-Scholl-Straße 35. Kennt sich jemand von euch in Esslingen aus?«

Alle schüttelten den Kopf. »Soll ein ganz nettes Städtchen sein«, sagte Max. »Ich fahre sofort hin.«

»Und ich komme mit«, sagte Veronika. »Das gibt eine gute Story.«

Sie sah auf ihre Uhr. »Jetzt ist es kurz vor zwei. In gut eineinhalb Stunden können wir dort sein. Mein Wagen steht da unten.« Sie blickte aus dem Fenster. »Im Parkverbot. Und gerade bekomme ich einen Strafzettel.«

»Den darf Max auf die Rechnung setzen«, sagte Isabel Mertens. »Ruft bitte an, wenn ihr etwas wisst.«

Eine Viertelstunde später bog Veronika in die B 30 Richtung Ulm ein. Links und rechts dieser Bundesstraße, die zwischen Bodensee und Donau abschnittsweise schon wie eine Autobahn ausgebaut war, ging es verkehrsmäßig noch recht ländlich zu. In den 70er und 80er Jahren, als der Staat viel Geld für Umgehungsstraßen zur Verfügung stellte, hatten sich etliche Gemeinden geweigert, den Verkehr um sich herum fließen zu lassen. Zu groß war die Angst, dass die örtlichen Bäcker, Metzger und Gastwirtschaften kein Geschäft mehr machen würden. Und heute prangten genau dort Schilder wie »Verkehr raus aus unserem Ort«. Doch niemand wollte die Straßen mehr bezahlen.

Max' Heimatstadt besaß eine recht gute Anbindung, doch die führte in einem weiten Bogen um die Hügel, die die Stadt umgaben, herum. Deshalb wählte er, wenn er es eilig hatte, die geteerten Feldwege, von denen die Gegend durchzogen war. »Was für ein Wahnsinn«, dachte er jedes Mal. »Weil die früher nicht wussten, wohin mit dem vielen Geld, haben die eigene Bauernautobahnen gebaut – und nannten das Ganze auch noch den Grünen Plan.« Den einzigen wirklichen Vorteil sah Max darin, dass man auf diesen Wegen wunderbar Fahrrad fahren konnte.

Die ersten Kilometer klemmten sie hinter einem Lastwagen, dann, direkt nach einem Kreisverkehr mit den Ausmaßen einer Kleinstadt, öffnete sich die Fahrbahn vierspurig und Veronika drückte aufs Gaspedal. Die Geschwindigkeitsbegrenzung übersah sie großzügig und stellte den Tempomat auf knapp 160 Stundenkilometer ein, vierzig mehr als erlaubt. »Da bekommt man noch kein Fahrverbot«, hatte sie Max schon vor langer Zeit erklärt. Zumindest, solange ihr Punktekonto in Flensburg sauber war. Falls sie einmal erwischt wurde, was allerdings nur sehr selten der Fall war, fuhr sie höchstens zwanzig Stundenkilometer zu schnell. »Da bist du mit 30 Euro, aber ohne Punkte dabei.«

»Lieber würde ich jetzt das Verdeck aufmachen und ganz gemütlich über die Alb nach Esslingen fahren«, sagte Max.

»Das holen wir nach, sobald wir mit dieser Geschichte durch sind«, versprach Veronika und zog den Wagen von der Überholspur. Hinter ihr war ein schwerer Mercedes aufgetaucht, dessen Fahrer die Geschwindigkeitsbegrenzung noch großzügiger auslegte als sie selbst. »Schau dir das mal an«, sagte sie. »Hinter dem kommt gleich der nächste.«

»Die brettern hier glatt mit 200 durch die Landschaft«, schätzte Max und stieß einen Pfiff aus. »Glück gehabt, meine Liebe, in dem hinteren Wagen sitzt die Polizei. Die fahren mal wieder Videostreife. Jetzt kannst du Gas geben. Die haben hier nur einen einzigen so ausgerüsteten Wagen.«

Da Veronikas Navigationsgerät alle stationären Radaranlagen auf der Strecke kannte, kamen sie ungeblitzt durch Ulm, und schon eine knappe Stunde später rollten sie den Aichelberg hinunter und blickten ins weite Neckartal, aus dem mehrere Hügel hervorstachen.

»Jusi, Teck und Neuffen, das sind drei große Häufen.« Max kam fast ins Singen, als er den Spruch aus dem Heimatkundeunterricht der Grundschule zitierte.

»Hattest du nicht etwas von einem netten Städtchen erzählt?«, fragte Veronika, als sie sich der Stadt näherten. »Hier steht doch alles voll mit Fabrikhallen. Ich komme mir vor, als wäre ich mitten im Industriegebiet.«

»Dein Pech, dass du auf die Straße schauen musst. Da oben die Weinberge, die sehen wirklich idyllisch aus. Für die Leute, die da für viel Geld wohnen, ist bloß blöd, dass sie direkt auf die Schornsteine des Heizkraftwerks schauen, bevor sie die Landschaft genießen können. Die Altstadt soll aber ganz romantisch sein.«

»Also genau das Richtige für jemanden wie dich«, frotzelte Veronika. »Ich glaube, du fühlst dich in den Weinbergen wohler. Da kann man wenigstens joggen. Sieht aber sehr steil aus.«

»Stimmt. Aber du weißt doch: Der Berg ist mein Freund, er gibt mir Kraft. Das ist mein Mantra für solche Fälle.«

»Und welches Mantra gibt dir Kraft für mich?«, gab Veronika zurück.

»Das hängt von der Situation ab.« Max legte seine linke Hand auf den Oberschenkel seiner Freundin. »Es gibt auch Dinge, die gehen ohne Mantra. Noch.«

»Schluss damit, sonst suche ich uns auf der Stelle ein Hotel. Aber ich befürchte, wir sind hier, um etwas anderes zu erledigen.«

Veronika blickte auf das Navigationsgerät an der Windschutzscheibe. Nur noch ein paar Kilometer, dann sind wir da.« Sie schaltete die Sprachausgabe ein und folgte der Computerstimme, die sie um die Altstadt herum in ein Wohngebiet führte.

An dem ersten Wohnblock, der längs an der Geschwister-Scholl-Straße stand, blätterte der Putz ab, von dem Balkon im Erdgeschoss, an dem, wie auch in den übrigen Stockwerken, eine dicke Satellitenschüssel klebte, fehlte eine Ecke. Ganz oben stand ein alter Mann und rauchte.

»Haben es die Geschwister Scholl eigentlich verdient, dass ihr Name meistens für Straßen in etwas schwierigeren Gegenden verwendet wird?«, fragte Veronika und lenkte den Wagen an den Straßenrand, als sie Hausnummer 35 sah. Dieser Block schien frisch renoviert. Die Fassade leuchtete in hellem Weiß, die Dicke der Fensterstürze zeigte, dass hier mindestens dreißig Zentimeter Styropor auf das Mauerwerk geklebt waren. Am Block gegenüber waren die Handwerker gerade zugange. Rund um das Haus hing eine dicke Plastikplane, die den Bewohnern den letzten Rest von Licht und Luft nahm.

»Nicht ganz so die Gegend, in der ich WWW vermutet hätte«, sagte Max und stieg aus.

»Noch wissen wir ja gar nicht, ob er hierherkam und welche Beziehung er zu Ulrike Nocker hatte.«

»Aber hoffentlich bald«, sagte Max und drückte an der Nummer 35 auf die Klingel, neben der der Name Nocker klebte.

»Frau Nocker ist nicht da. Was wollen Sie denn von ihr?«, tönte eine Stimme von oben.

»Das ist nett, dass Sie uns das sagen«, rief Veronika und sah hinauf zu der älteren Frau in einer Kittelschürze, die vom Balkon im zweiten Stock herunterblickte. »Wir möchten gerne mit ihr reden.«

»Ja, worüber denn? Was kann die Ulrike Leuten wie Ihnen schon erzählen?«

»Vielleicht sollten wir das nicht hier in aller Öffentlichkeit besprechen. Dürfen wir kurz raufkommen?«

Die Frau kratzte ihre zu einem Dutt zusammengesteckten weißen Haare.

»Wenn Sie meinen. Aber eins sage ich Ihnen: Ich kaufe nichts.«

»Keine Angst, wir haben auch nichts zu verkaufen«, schaltete sich Max ein. »Wir sind von der Presse.«

»Von der Presse? Klingt ja spannend. Was hat Ulrike mit der Presse zu tun?«

Sie verschwand in ihrer Wohnung, und kurz darauf summte der Türöffner.

»Warum hast du das mit der Presse gesagt? Das hätte auch ins Auge gehen können«, meinte Veronika, als sie im Hausflur standen.

»Hast du nicht gesehen, dass sie unser Lieblings-Boulevardblatt in der Hand hielt? Wenn sie das heute schon gelesen hat, dann weiß sie über Wachter Bescheid.«

»Haben Sie das schon gelesen?«, fragte Max, als sie an dem Wohnzimmertisch aus dunkler Eiche saßen, und zeigte auf die Zeitung. Die im gleichen Ton gehaltene Schrankwand tauchte den Raum in ein dämmriges Licht, gegen das auch die Sonne kaum ankam.

»Sie meinen das mit Wawa? Und der Frau, die ihn ermordet hat?«

»Sie kannten Herrn Wachter also?«

»Den nannte doch niemand Herr Wachter. Das war der Wawa, die Abkürzung für Walter Wachter. Den kennen wir hier doch alle. Der hat dahinten gewohnt, wo die Genossenschaft gerade renoviert. Das hier war auch eine richtige Bruchbude. Aber jetzt …« Ihre Augen leuchteten. »Ich zeige Ihnen mal das neue Bad. Kommen Sie. Und die Fenster. Sind richtig dicht. Da hör ich den Verkehr gar nicht mehr. Ich lass aber immer eins gekippt. Sonst fühle ich mich einsam, wenn es so ruhig ist.«

Widerwillig standen Max und Veronika auf und ließen sich in das Badezimmer führen. Alles glänzte neu, nur der Geruch schien der gleiche geblieben zu sein. »Bäder ohne Fenster gehören verboten«, flüsterte Veronika.

»Was sagen Sie? Ich höre nicht mehr ganz so gut. Schließlich bin ich schon fünfundsiebzig.«

»Ganz toll haben Sie es hier, habe ich gesagt. Fünfundsiebzig. Kompliment. Sieht man Ihnen gar nicht an.«

»Ja, der Wawa.« Die alte Frau fand allein zurück zum Thema, unterbrach sich dann aber wieder. »Bevor wir weitersprechen, koche ich uns einen Kaffee. Von Hand aufgebrüht. Da schwärmt auch die Ulrike immer von. Und eine Messerspitze Natron aufs Pulver. Das ist gut fürs Aroma.«

»Sehr lieb von Ihnen. Vielen Dank. Aber vielleicht können wir schon ein wenig reden, während der Kaffee läuft. Ich gieße ihn auch immer von Hand auf. Das schmeckt einfach besser als aus jeder Maschine«, hörte Max sich sagen und entschuldigte sich in Gedanken bei seiner alten Gaggia.

»Ja, dass der Wawa tot ist, hat die Ulrike schwer getroffen. Die hat immer noch gehofft, dass er eines Tages wiederkommt. Wo sie doch schon seit zwanzig Jahren auseinander waren und auch das Kind schon aus dem Haus ist.«

Veronika und Max sahen sich kurz an. Die Spur schien gut zu sein.

Jetzt galt es, Struktur in die Erzählung der alten Frau zu bringen und sie dennoch am Reden zu halten. Dankbar dachte Max an die Seminare über Interviewtechnik, die er während seines Volontariats besucht hatte.

»Wer fragt, führt«, hatte ihnen die Seminarleiterin eingeschärft. »Aber stellen Sie möglichst keine Fragen, die mit Ja oder Nein zu beantworten sind. Das hemmt den Gesprächsfluss. Nur wenn jemand in ganzen Sätzen antwortet, können Sie gleich wieder einhaken und weiterfragen. Und sorgen Sie für eine gute Gesprächsatmosphäre.«

Dazu gehörte auch, die Körperhaltung des anderen einzunehmen, so wie Max es jetzt tat. Ebenso wie die alte Frau ließ er die Schultern hängen, faltete die Hände und drückte die Knie aneinander. Im Geist hörte er die Dozentin sagen: »Das nimmt Angst. Doch passen Sie auf, dass der andere nicht meint, sie würden ihn nachäffen.«

Eine halbe Stunde und drei Tassen Kaffee später konnten sich Max und Veronika ein einigermaßen klares Bild machen.

Walter Wilhelm Wachter war in der Geschwister-Scholl-Straße aufgewachsen und hatte als Einziger seiner Altersgruppe Abitur gemacht. Das war der feste Wille seines Großvaters gewesen, der seine Eltern sogar mit Geld unterstützt hatte, damit sie ihn weiter auf die Schule schickten.

Zunächst hatte Wachter es ihm wenig gedankt. Er war faul, aufsässig und blieb, nachdem er schon in der Grundschule eine Klasse wiederholt hatte, in der Sechsten nochmals sitzen. Doch später drehte sich das Blatt. Er begriff, dass er dem Wohnblock-Mief, wie er das selbst nannte, nur entkommen konnte, wenn er die Schule schaffte.

»Und plötzlich hatten wir einen ganz anderen Wawa. Der hat sich nicht mehr geprügelt, sondern etwas für die Schule getan. Am Schluss war er sogar Klassensprecher. Da war seine Mutter richtig stolz.«

»Leben seine Eltern noch hier?«

»Nein, die sind schon seit ein paar Jahren tot. Ging ganz schnell. Erst der Heinz und wenig später die Martha. Schade. Wir sind hier zusammen alt geworden. Und jetzt werden es immer weniger. Die jungen Leute, die herziehen, kennt man ja gar nicht mehr.«

»Und Ulrike Nocker? Die ist geblieben?«, fragte Max.

»Ach, die Ulrike. Die ist nicht mehr so ganz richtig im Kopf. War nicht immer so. Die war ja früher mit dem Wawa zusammen. Noch als er bei der Bundeswehr war. Sie war zwar ein paar Jahre älter als er, doch das schien ihn nicht zu stören. Bis dann der Junge kam. Ein Kind wollte Wawa überhaupt nicht. Bei der Bundeswehr hat er dann eine andere kennengelernt und die Ulrike einfach mit dem Kleinen sitzenlassen.«

»Und sie glaubte immer daran, dass er zu ihr zurückkäme?«

»Felsenfest. Der Wawa war die Liebe ihres Lebens. Dabei hat er sie nur weggestoßen. Der war ja Bürgermeister ganz hier in der Nähe. Einmal wollte sie ihn in seinem Dienstzimmer besuchen. Und er ließ sie rausschmeißen. Das war nicht nett.«

»Da haben Sie recht. So geht man mit der Mutter seines Kindes nicht um.« Veronika blickte nach unten, so dass ihr Gesicht einen traurigen Ausdruck bekam. »Was ist eigentlich mit dem Sohn?«

»Der ist für ein Jahr als Au-pair in Neuseeland und weiß noch gar nicht, was passiert ist. Irgendjemand muss es ihm ja sagen.«

»Sie haben recht. Aber ich denke, das sollten wir der Polizei überlassen.« Veronika hob die Stimme wieder etwas. »Wie hat Ulrike Nocker auf Wachters Tod reagiert?«

»Sie saß nur noch verstört in ihrer Wohnung und sagte immer wieder: ›Aber er hat doch versprochen, zurückzukommen.‹ Das hat er sicher mal getan. Aber vor mehr als zwanzig Jahren.«

Sie trank einen Schluck Kaffee, bevor sie weitersprach.

»Heute früh kam sie mit der Zeitung zu mir hoch. Gleich um halb sechs. Sie konnte ja nicht mehr richtig schlafen. Und ich bin auch immer um fünf Uhr auf. Früher bin ich um diese Zeit schon zum Arbeiten gegangen. Runter in die Sauerkrautfabrik. Doch die gibt es ja jetzt auch nicht mehr.«

Vorsichtig stellte die Frau ihre Tasse ab und strich über die gehäkelte Tischdecke. Sie schien nachzudenken. Ihre Augen verschwammen hinter der dicken Brille.

»Warum wollen Sie das eigentlich wissen? Und von welcher Zeitung sind Sie eigentlich?«

»Oh, entschuldigen Sie, dass wir uns nicht vorgestellt haben. Ich bin Veronika Waldbusch und arbeite für den Aktuellen Blickpunkt. Den kennen Sie ja sicher. Und das ist mein Kollege Max von Steyn. Ihre Freundin Ulrike – sie ist doch Ihre Freundin, oder? – steckt in ziemlichen Schwierigkeiten. Sie hat heute Vormittag versucht, mit dem Messer auf die Oberbürgermeisterin loszugehen, von der sie glaubt, sie habe Wachter getötet.«

Veronika verschwieg jetzt lieber, dass sie selbst Ulrike Nocker zu Fall gebracht hatte. »Die Polizei hat sie mitgenommen und in ein Krankenhaus gebracht. Sie schien ziemlich verwirrt.«

»Ja, sie war ganz schön durcheinander, nachdem sie das in der Zeitung gelesen hatte. Stimmt das denn, dass die Oberbürgermeisterin ihn umgebracht hat?«

»Man weiß noch nicht, wer es war. Aber es ist sehr unwahrscheinlich, dass Isabel Mertens etwas damit zu tun hat.«

»Aber die schreiben doch hier ...«, die alte Frau klopfte mit dem Zeigefinger mehrmals auf den Artikel, »dass sie zu der gleichen Zeit in Berlin war. Und dass sie Angst hatte, Wawa könne die Wahl gewinnen.«

»In Berlin waren viele tausend Menschen. Ich auch«, sagte Max. »Und mir ist Wachter genau vor die Füße gestürzt. Oder besser gesagt: Er hat mich umgerissen. Hier, sehen Sie die Wunde an meinem Kopf? Deshalb möchte ich auch gerne wissen, was passiert ist.«

»Die Ulrike hat das aber sofort geglaubt. Plötzlich hat sie gar nichts mehr gesagt. Sie ist in ihre Wohnung zurück und wenig später mit einer kleinen Reisetasche rüber zum Bus. Ich habe ihr noch nachgerufen und gefragt, wo sie denn hin will. Doch ich habe keine Antwort mehr bekommen.«

»Da können wir Ihnen jetzt mehr sagen.« Veronika beugte sich zu der Frau. »Sie hat sich ein Zimmer im Hotel genommen, dort ihre Sachen gelassen und ist dann ins Rathaus gegangen, wo die Oberbürgermeisterin gerade eine Pressekonferenz gab.«

»Warum hat sie sich ein Zimmer genommen? So weit weg ist das doch gar nicht. Sie hätte doch jederzeit wieder nach Hause fahren können.«

»Soweit ich weiß, hat sie der Polizei noch nichts von sich erzählt. Aber vielleicht hat sie nicht damit gerechnet, Frau Mertens so schnell zu finden«, sagte Max.

Die alte Frau schien plötzlich gar nicht mehr zuzuhören. Ein Geräusch von der Straße zog ihre Aufmerksamkeit weg von dem Gespräch. Sie stand auf und ging auf den Balkon. »Da kommt die Polizei. Soll ich denen das Gleiche erzählen wie Ihnen?«

»Ja, tun Sie das. Aber erwähnen Sie nicht unbedingt, dass wir hier waren. Und danke für den Kaffee. Der war wirklich ausgezeichnet.« Veronika gab der Frau die Hand. »Danke.«

»Kommen Sie doch mal wieder. Ich habe nur selten Besuch.«

»Darauf können Sie sich verlassen«, sagte Max und stellte, bevor er der Frau zum Abschied zuwinkte, ihre Tassen in die kleine Küche. Die Polizisten sollten nicht sofort sehen, dass vor ihnen schon jemand hier gewesen war.

Um den Beamten, die vor der Haustür standen und sich mit der alten Frau auf dem Balkon unterhielten, nicht direkt in die Arme zu laufen, gingen Max und Veronika in den Keller. Sie hatten Glück: Die rückwärtige Tür zum Wäschetrockenplatz stand offen.

»Und nun?«, fragte Max, als sie am Auto standen.

Veronika hielt ihm die Schlüssel hin. »Nach Hause, Johann.«

»Selbst ist die Frau, Johanna. Ich sollte vielleicht unterwegs ein bisschen mit Isabel telefonieren.«

Die Oberbürgermeisterin saß allerdings in einer Besprechung, so dass Max die Neuigkeiten bei Josef Kober loswerden musste. Der wiederum wusste zu berichten, dass die Polizei das Hotelzimmer von Ulrike Nocker auf den Kopf gestellt hatte, ohne aber mehr als ihre schäbige Reisetasche zu finden.

»Kommissar Auchter leitet wieder einmal die Ermittlungen. Das ist doch ein guter Freund von dir«, sagte Kober. »Ich konnte zufälligerweise ein wenig mithören, als er mit der Schönen von der Rezeption sprach. Die Nocker hatte gesagt, sie wolle ein paar Tage bleiben und gleich gefragt, wo sie die Oberbürgermeisterin finden könne. Den Rest kennst du ja.«

»Wie machen wir jetzt weiter?«

»Isabel hat bis 18 Uhr Termine. Danach sollten wir uns zusammensetzen.«

»Kommt doch zu mir in die Maxau. Da sind wir ungestört.« Mit einem Blick zu Veronika fügte er hinzu: »Bei mir gibt es auch einen guten Kaffee.«

Von dem konnten sie eine ganze Menge gebrauchen. Und dazu ein paar Pizzen, die sie sich von Santo Caliente bringen ließen. Seit der Pizza-Service über einen Lieferwagen mit eingebautem Backofen verfügte, kamen die Tomatenkuchen, wie Max sie seit seiner Kindheit nannte, nicht mehr als schlabbrige Masse, sondern heiß und knusprig in der Maxau an.

»Den Rotwein trinken wir aber erst, wenn wir mit der Arbeit fertig sind«, entschied Isabel Mertens. »Wir brauchen einen klaren Kopf. Schließlich bleibt wenig Zeit bis zur Wahl am Sonntag.«

»Genaugenommen haben wir 24 Stunden«, sagte Max, »wenn wir des Rätsels Lösung in der Samstagszeitung verkünden wollen. Von der PR-Seite her betrachtet, war der Angriff auf dich gar nicht so schlecht. Jetzt kommt keiner mehr drum herum, dich als Opfer zu sehen. Und die ganze Geschichte wird immer mysteriöser.«

»Ist das nicht etwas zu zynisch gedacht?«, fragte Veronika.

»Das fragst du, die große Journalistin, die genau weiß, welche Wirkung welche Darstellungsform hat? Natürlich wünscht sich niemand so etwas. Aber wenn es dann passiert ist, warum sollen wir die positiven Effekte nicht nutzen? Das war doch bei Lafontaine und Schäuble nicht anders. Das Leben ist eben grausam ...«

»... spricht Max, der große Naturphilosoph«, unterbrach ihn seine Freundin. »Aber du hast ja recht. Trotzdem führt uns das nicht zu Wachters Mörder.«

»Was sagt denn unser Starjurist?«, fragte Max und zwinkerte Josef Kober zu.

»Der sieht nur eine Möglichkeit: Wir müssen in Esslingen weiterbohren. Und auch an den Cross-Border-Geschäften dranbleiben. Vielleicht ist er da jemandem auf die Füße getreten. Das Blöde ist nur, auf dieser Schiene werden wir so schnell nichts rauskriegen. Morgen ist Feiertag, und dann kommt das Wochenende. Ich kann natürlich eine Wirtschaftsdetektei dransetzen. Doch am Wochenende?« Er zuckte mit den Schultern. »Außerdem: Woher hätten solche Leute von seinem Marathon wissen sollen?«

»Dann konzentrieren wir uns auf Esslingen. So haben wir wenigstens noch eine Chance, vor der Wahl am Sonntag etwas zu erreichen. Selbst wenn wir nur weitere Indizien finden, die von Isabel wegweisen. Ab Montag haben wir dann ohnehin viel Zeit. Entweder Isabel ist wiedergewählt oder wir haben einige Wochen bis zur nächsten Runde.«

Veronika blätterte derweil den Stapel mit den Kopien der Zeitungsausschnitte über Wachter durch. »Soll ich vielleicht noch mal bei uns im Archiv anfragen? Auch wenn über den Anschlag heute noch nichts in den Zeitungen stehen kann, gibt es sicher Agenturmeldungen und Online-Berichte. Dazu natürlich das, was Radio und Fernsehen gebracht haben.«

Isabel Mertens sah auf die Uhr. »Jetzt ist es fast acht. Geht das um die Zeit noch?«

»Wir sind ja zum Glück nicht beim Oberländer Anzeiger. Unser Archiv ist rund um die Uhr besetzt. Da kannst du mitten in der Nacht nachfragen. Schließlich haben wir Korrespondenten in der ganzen Welt. Und wenn der Kollege in Japan eine dringende Frage hat, will er ja nicht bis zum Feierabend warten. Ich ruf gleich mal an.«

Max ging hinüber in die Küche und kam mit einer Flasche Rotwein und vier Gläsern zurück. »Richtig viel können wir heute doch nicht mehr tun, oder Chefin? Ich dekantiere ihn schon mal. Das ist ein guter Barolo, Jahrgang 2006.«

»Den kenn ich«, sagte Josef Kober. »Gab's letzte Woche beim Discounter. Ist aber nicht schlecht.«

»Du kaufst Billig-Wein im Supermarkt?«, fragte Isabel.

»Manchmal nehm ich eine Flasche mit. Und so billig war der gar nicht. Ist ja nicht immer schlecht, was es da gibt. Der Preis ist für mich, obwohl ich Schwabe bin, nicht der wichtigste Grund, dort einzukaufen. Ich finde mich da viel besser zurecht als in diesen Riesenläden, wo ich zwischen dreißig Joghurts wählen muss, wenn ich doch nur einen will.« Mit einem Lächeln in den Augen blickte er Isabel an. »Aber keine Angst, meine Liebe, die Barbarie-Entenbrust lasse ich mir immer direkt vom Rungis-Markt in Paris bringen.«

»Dann bitte ich den Gourmet um Verzeihung für den Fauxpas mit der Pizza«, sagte Max und schob sich das letzte Stück in den Mund.

»Diesmal will ich noch großzügig sein. Aber im Ernst: Die Pizza war klasse. Da ist nur meine selbstgemachte besser.«

»Wenn das eine Einladung nach Stuttgart war, nehmen wir die gerne an, sobald wir Zeit haben«, sagte Veronika. »Aber jetzt will ich erst mal in meinen E-Mails schauen, ob das Archiv schon was geschickt hat.« Sie ging zu ihrem Laptop, der auf Max' Schreibtisch stand. »Zum Glück hat der Einbrecher den Drucker dagelassen.«

»Ohne Abwrackprämie klaut das alte Ding keiner«, meinte Josef Kober mit einem Blick auf das Gerät. »Aber sag mal: Gibt es eigentlich etwas Neues über den Einbruch?«

»Nee, ich glaube, die Polizei findet das nicht mehr so wichtig, nachdem es spannendere Fälle gibt. Ich kann mir nur keinen Reim darauf machen, warum jemand die alten Unterlagen klaut. Darauf hatten sie es ja wohl abgesehen. Der Laptop ist eher ein Kollateralschaden. Oder sie vermuteten weitere Infos drauf.«

»Ist denn die Geschichte des arisierten Kaufhauses so ungewöhnlich?«, fragte Isabel. »Ich bin jetzt seit acht Jahren hier und hatte noch nie davon gehört.«

»So etwas gab es in jeder Stadt mit jüdischen Geschäftsleuten. Von daher ist die Geschichte nicht ungewöhnlich, sondern eher exemplarisch. Es wäre sicher kein Fehler, sie öffentlich zu machen. Ich bin mir sicher, Siegfried Scharfenberg hätte dem irgendwann zugestimmt. Aber sein Sohn Jochen – der hat da ganz komisch reagiert.«

»Welche Rolle spielt denn die jüdische Vergangenheit in eurer Stadt?«, fragte Josef Kober. »Ich habe erst kürzlich gelesen, dass irgendwo in der Nähe ein eigenes Museum gegründet wurde, das sich mit dem Thema befasst.«

»Das ist richtig. Aber dort gab es auch eine richtig große jüdische Gemeinde. Bei uns lebten höchstens eine Handvoll Juden«, antwortete Isabel Mertens. »Doch allzu viel weiß ich leider nicht darüber.«

»Da kann ich mittlerweile helfen«, sagte Max. »Obwohl ich zugeben muss, dass ich in meinen ersten fünfzehn Jahren hier in der Stadt kaum mit dem Thema zu tun hatte. Erst jetzt, durch die Unterlagen von Siegfried Scharfenberg, ist mir vieles klar geworden. Der Grund dafür, dass es bei uns wenig Juden gab, liegt einzig und allein darin, dass die Stadt schon immer sehr reich war.«

»Wie meinst du das? Die Juden waren doch nicht so arm«, fragte Veronika.

»Nein, das nicht, aber sie durften sich nur dort niederlassen, wo sie dafür bezahlten. Das waren die sogenannten Schutzjuden. Und Schutz war noch nie wirklich billig. Weder heute bei der Mafia noch damals beim verarmten Adel, der seine Finanzen dadurch aufpolierte, dass er Juden in die Stadt ließ. Und eine stolze freie Reichsstadt wie die unsrige hatte das einfach nicht nötig. Erst im 19. Jahrhundert durften sich die Juden niederlassen, wo sie wollten. Aber, wie wir wissen, dauerte die Gleichstellung nicht sehr lange. Deshalb wurde das Kaufhaus Finkenbeiner auch keine fünfzig Jahre alt.«

»Unser Freund Wachter leider auch nicht«, warf Veronika vom Schreibtisch her ein. »Der Kollege in München braucht noch ein bisschen. Aber ich bekomme die Unterlagen.«

»Wenn ich ehrlich bin, finde ich die Geschichte des Kaufhauses Scharfenberg auch sehr interessant«, sagte Kober und schenkte den Barolo in die Gläser. »Auch wenn uns das bei unseren aktuellen Problemen nicht sehr hilft.«

»Erzähl trotzdem weiter, während wir auf die Unterlagen aus Veronikas Archiv warten«, bat Isabel. »Wenn ich hier in der Stadt weitermachen kann, nehme ich mich dieses Themas an. Versprochen!«

»Wenn man die Unterlagen liest, sieht das auf den ersten Blick ganz normal aus. Ein Unternehmer will verkaufen, beauftragt einen Makler, der findet einen Kunden, man verhandelt eine Weile und kommt zum Abschluss.«

»Und auf den zweiten Blick?«, fragte Isabel.

»Wenn du weißt, dass die Leute nicht verkaufen wollten, sondern mussten, sieht es schon anders aus. Der Laden der Finkenbeiners lief vor 1933 richtig gut. Die hatten ganz klein angefangen, fuhren anfangs noch mit einem klapprigen Wagen übers Land, um Töpfe, Teller und Besteck zu verkaufen. Doch dann kamen die Leute immer häufiger in die Stadt, und schon nach wenigen Jahren bauten die Finkenbeiners das Haus, in dem das Geschäft noch heute untergebracht ist. In der Verkaufsanzeige hieß es damals, dass das Unternehmen 1932 noch einen Umsatz von 350 000 Mark machte, 1937 waren es nur noch 220 000 Mark, was aber angesichts der Judenhetze immer noch viel war. Der Umsatz ging allerdings trotz des arischen Eigentümers dann noch weiter zurück. Da spürte ich beim Lesen schon ein wenig Schadenfreude.«

»Und was haben die neuen Eigentümer bezahlt?«

»Die lösten zunächst nur das Warenlager ab. Den Laden in dem Haus, in dem die Finkenbeiners wohnen blieben, pachteten sie anfangs. Für das Geschäft als solches, also den guten Namen, den sich die Finkenbeiners aufgebaut hatten, gab es keine müde Mark. Denn ein jüdischer Name galt ja nichts mehr. Der wurde so schnell wie möglich geändert. In der ersten Zeitungsanzeige hieß es dann auch: ›Neueröffnung. Kaufhaus Finkenbeiner jetzt arisch. Mit dem Verkauf beginnt

Georg Scharfenberg‹. Und danach tauchte der alte Name nie wieder auf. Ausgelöscht.«

»Und der Sohn wollte das ändern?«

»Er wollte es jedenfalls wissen. Wie gesagt, bin ich mir ziemlich sicher, dass er sich einer Veröffentlichung nicht verschlossen hätte. Zumal sein Vater, der das Geschäft damals übernommen hatte, schon lange gestorben war. Übrigens ohne jemals mit seinem Sohn über das Thema gesprochen zu haben. Das nagte an dem.«

»Was für ein Mensch war der Vater? Der muss doch sicher ein strammer Nazi gewesen sein, um so ein Geschäft übernehmen zu können?«

Das Gespräch lief nur zwischen Max und Isabel. Die beiden anderen hörten zu.

»Na ja, ich weiß ja auch nur, was in den Papieren steht. Und da hatte ich nicht den Eindruck. Der war nicht mal in der Partei, weshalb er auch immer wieder Schwierigkeiten bekam. Der Bürgermeister wollte das Geschäft schon jemand anderem zuschieben. Aber offenbar hatten die alten Eigentümer in diesem Punkt noch etwas zu sagen. Einmal schrieb der alte Aaron Finkenbeiner, Scharfenberg sei ein seriöser Nachfolger, was den aber nicht daran hinderte, ein paar Jahre später zu versuchen, sich das Haus günstig unter den Nagel zu reißen. Da wurde es für die Finkenbeiners so eng, dass sie in die Schweiz gingen, obwohl sie immer gehofft hatten, dass die Zeiten sich wieder ändern würden. Doch letztlich war es wohl egal, wie viel Scharfenberg für das Haus zahlte. Die Eigentümer durften ohnehin nichts mitnehmen. Das meiste ging für die Reichsfluchtsteuer und für die Judenvermögensabgabe drauf. Das was auf dem Konto übrigblieb, zog der Staat später einfach ein.«

»Haben die Finkenbeiners überlebt? Gibt es vielleicht heute noch Nachfahren, mit denen wir in Kontakt treten könnten?«

»Viel weiß ich darüber leider nicht. Zumindest die Auswanderung in die Schweiz hat geklappt, wo Aaron Finkenbeiner, er war inzwischen schon weit über siebzig, mit seinen Söhnen wieder ein Geschäft eröffnete. Obwohl er das streng genommen gar nicht durfte.«

»Warum? War das in der Schweiz auch ein Problem?«

»Wenn, dann aus anderen Gründen. Aber in dem Verkaufsvertrag stand eine Konkurrenzklausel, die ihm verbot, im Umkreis von 200 Kilometern ein ähnliches Geschäft zu betreiben – ganz so, als stünde es ihm frei, überall hinzugehen. Und sein neuer Wohnort in der Schweiz lag gerade mal 100 Kilometer Luftlinie von hier entfernt. Es geht eben nichts über die deutsche Bürokratie.«

Max trank einen Schluck Rotwein. »Wirklich nicht schlecht«, sagte er und sah Kober an, der zufrieden nickte und sagte: »Das ist doch schon komisch. Wir sitzen hier, mitten in einem Mordfall und nach einem versuchten Anschlag auf Isabel, reden über Naziverbrechen und trinken gemütlich Rotwein.«

»Um nochmals mit dem Naturphilosophen Max zu sprechen: Wenn wir weinen und Wasser trinken, wird es auch nicht besser«, rief Veronika vom Schreibtisch her. »Die Welt ist eben schlecht. Aber nicht so schlecht, dass jemand wie WWW keine Freunde gehabt hätte.«

»Wie meinst du das?«

»Gerade sind die Unterlagen gekommen. Und da ist auch eine Todesanzeige dabei, die heute in Esslingen erschienen ist. Wir hätten uns eigentlich dort die Lokalzeitung kaufen müssen, Max. Früher hast du das doch überall ganz automatisch gemacht.«

»Klar, aber diese Droge brauche ich nicht mehr so dringend. Was ist denn sonst noch in den Unterlagen?«

»Detaillierte Beschreibungen des Vorfalls heute früh. Dicki hat sogar ein Video reingestellt, auf dem zu sehen ist, wie Ulrike Nocker abgeführt wird. Die Szene mit dem Messer hat aber niemand drauf. Das Fernsehen wollte ja erst im Anschluss drehen.«

»Und wie wird Isabel dargestellt?«, wollte Kober wissen.

»Soweit ich es sehe, positiv. Nachdem die Polizei nichts gegen sie in der Hand hat und sie ja angegriffen wurde, haben sich die Wogen geglättet. Selbst die Freunde vom Boulevard schreiben nur noch, dass sie anfangs verdächtigt wurde, etwas mit dem Tod Wachters zu tun zu haben.«

»Fast schade. Das ist nicht gegendarstellungsfähig. Ich hätte denen doch gerne eine halbe Seite reingedrückt.«

»Lieber Kollege, jetzt übertreib mal nicht. Mir ist es lieber so, als wenn die mich wieder verklausuliert als Mörderin hingestellt hätten.«

»Du hast ja recht, Isabel. War ja auch nur ein Scherz.«

»Ha, ha, da lache ich vielleicht nach der Wahl drüber. Hat über dich schon mal jemand so etwas geschrieben?«

»Nicht ganz. Aber wenn ich böse Buben verteidige, werde ich schon mal in die Nähe des Mittäters gerückt. Gell, Veronika?«

Die blickte ihn kurz an, öffnete leicht den Mund, sagte dann aber nur: »Ich druck mal die Todesanzeige aus.«

Jeder bekam ein Exemplar. Max las laut vor: »Wir sterben viele Tode, solange wir leben, der letzte ist nicht der bitterste.« Er zuckte mit den Schultern und ergänzte: »Hat doch auch was Naturphilosophisches.«

Unterschrieben war die Anzeige von fünf Männern, die sich als Wachters Weggefährten vieler Jahre bezeichneten.

»Was meinen die damit, dass wir viele Tode sterben?«, fragte Veronika. »Führte Wachter ein so gefährliches Leben?«

»Außer, dass er vor der Mutter seines Kindes flüchtete, wissen wir wenig. Vielleicht war Ulrike Nocker ja früher schon gefährlich«, vermutete Max. »Oder die spielen auf die Finanzgeschäfte an. Mit denen ist er ja kräftig auf die Nase gefallen. Da wir den Weg ohnehin schon kennen, schlage ich vor, wir fahren morgen früh nochmal nach Esslingen und versuchen, Wachters Freunde zu finden. Vielleicht können die uns ja weiterhelfen.«

»Gute Idee. Ansonsten wäre mir am Feiertag ja ohnehin nur langweilig«, antwortete Veronika. »Wenn ich ehrlich bin, habe ich zu dem Tag der Deutschen Einheit keinen wirklichen Bezug.«

»Wer hat den schon außer den Ossis?«, fragte Josef Kober. »Bei uns hier hat sich ja ohnehin nichts geändert. Oder habt ihr das mit dem Mauerfall seinerzeit wirklich miterlebt?«

»Ich war damals Ende zwanzig, hatte gerade mein Referendariat hinter mir und starb vor Liebeskummer«, erzählte Isabel Mertens. »Berlin war weit weg für uns Landeier. Aber trotzdem muss ich morgen zum Empfang ins Landratsamt. Die haben ja seit ewigen Zeiten so eine Art Patenschaft für einen Kreis an der Ostsee.«

»Dann machen wir es wie üblich: Veronika und ich machen die Arbeit, Isabel regiert und Josef ... Was machst du eigentlich? Du könntest doch mitfahren nach Esslingen. Dann teilen wir uns die Befragungen auf. Fast wie im Fernsehen: Guten Tag, mein Name ist Josef Kober, ich bin Anwalt – und alle erstarren vor Ehrfurcht und plaudern aus dem Nähkästchen.«

»Und wenn ihr sagt, ihr seid von der Presse, dann glauben alle, sie werden berühmt, wenn sie mit euch reden«, gab Kober zurück. »Aber kein Problem. Ich bin dabei. Ich fahre allerdings jetzt gleich nach Stuttgart, ich sollte noch was Privates erledigen. Wir können uns ja morgen früh um zehn in Esslingen treffen. Auf der Inneren Brücke gibt es ein nettes Café. Und am Feiertag kann man da sogar in der Nähe parken.«

»Verausgabe dich nicht so sehr im Privaten«, sagte Max, »es geht schließlich um die berufliche Existenz deiner alten Liebe Isabel.«

»Woher weißt du ...?« Isabel Mertens war ein wenig rot angelaufen.

»Alter Trick«, sagte Max. »Funktioniert aber fast immer. Ihr braucht euch doch nicht zu schämen. Zwei erfolgreiche junge Menschen, die irgendwann merken, dass Paragrafen keine Gefühle haben, und einen Ausgleich suchen. Ist doch besser, als im Examen im eigenen Testosteron zu ertrinken, gell Seppi?«

»Du hast eine blühende Phantasie. Ich verweigere jede weitere Aussage.«

»Dann ist der Zeuge Kober entlassen. Wir sehen uns morgen«, sagte Max und verabschiedete sich mit einem Schulterklopfen von dem Anwalt. Isabel Mertens drückte er einen sanften Kuss auf die Wange. »Halt dich von dem fern, der ist gefährlich.«

»Nicht so gefährlich wie du«, sagte sie leise. »Nicht mehr.«

Veronika füllte nochmal zwei Rotweingläser und trat hinter Max, der sich an ihren Laptop gesetzt hatte und im Internet nach Informationen über die Unterzeichner der Todesanzeige suchte.

»Wie sieht es bei dir mit dem Testosteron aus?«, fragte sie und streichelte sanft über seinen Nacken.

»Kurz vor dem Überlaufen. Aber als echter Mann kann ich mich ja zusammenreißen und erledige erst meine Arbeit. Erinnerst du dich daran, wie du mich weggeschickt hast, als du an deinem Artikel über den Fall Berger gesessen bist und ich meinen Hormonhaushalt in Ordnung bringen wollte?«

»Da bist du dann zum Joggen gegangen und hinterher in deiner Hängematte eingeschlafen. Wie ein echter Hengst.«

»Gib mir noch ein paar Minuten, bitte.«

Veronika knöpfte langsam sein Hemd auf und ließ ihre Hände über seine Brust gleiten, während sie ihn küsste. »30 Sekunden. Und keine mehr. Dann stehst du eben morgen etwas früher auf. Oder recherchierst während der Autofahrt.«

Max löste die Rückenlehne seines Schreibtischstuhls, so dass er bequem nach hinten sinken konnte. »Gewonnen. Umgekehrt wäre es gefährlicher.«

Um Viertel vor acht riss der Wecker die beiden aus dem kurzen Schlaf. Wie immer, wenn sie länger getrennt waren, hatten sie einiges nachzuholen gehabt. Und dafür hatte die erste Nacht nicht annähernd gereicht.

Veronika versuchte offenbar, auf der vierspurigen Bundesstraße einen neuen Geschwindigkeitsübertretungs-Rekord aufzustellen, während Max, den Laptop auf den Knien, im Internet nach Informationen suchte. »Glaubst du, die fahren sonntags keine Streife?«, fragte er mit einem Blick auf den Tacho. »Mehr als zweihundert. Das kostet kräftig.«

»Ein guter oberschwäbischer Polizist sitzt um diese Zeit in der Kirche. Und ein schlechter fängt mich nicht«, sagte sie. »Erzähl mir lieber, was du herausgefunden hast.«

»Ich glaube, Sebastian Kalkofen, den Ersten auf der Namensliste, habe ich schon gefunden. Das ist zum Glück ein seltener Name. Der hat ein Versicherungsbüro in der Innenstadt von Esslingen und wohnt etwas außerhalb. Dem Foto auf seiner Homepage nach könnte er in Wachters Alter sein. Für dringende Schadensfälle hat der sogar seine Handynummer angegeben. Aber ich glaube, für einen Anruf ist es noch zu früh. Das machen wir um zehn.«

Max vertiefte sich wieder in den Bildschirm. »Bei Michael Hofmann wird es schon schwieriger. Da gibt es mehrere. Die notiere ich mir mal alle.«

Bis sie die Autobahn bei Wendlingen verließen, hatte Max eine ganze Reihe von Adressen und Telefonnummern aufgeschrieben. »Wenn wir mal einen haben, dann wird es einfach.«

»Sofern der mit uns spricht.«

»Bei deinem Charme? Wer sollte da widerstehen?«

»Du zumindest nicht, wenn ich an letzte Nacht denke. Glücklicherweise.« Max freute sich über den Glanz in Veronikas Augen. Dennoch musste er kurz an seine Begegnung mit Angela Reiner denken, die er noch immer nicht angerufen hatte. In Veronikas Anwesenheit fiel es ihm schwer, sich bei ihr zu melden. Vielleicht sollte er ihr einfach eine SMS schicken. Die Handynummer hatte er ja noch aus Berlin.

Und noch ein Anruf stand aus. Der bei Jochen Scharfenberg. Doch der musste warten. Die Vergangenheit blieb auch in ein paar Tagen, wie sie war.

»Was für ein schöner Tag«, sagte Veronika, als sie auf das Café zugingen, das noch fast menschenleer war. Der Anwalt saß an dem einzigen Tisch, den die Herbstsonne um diese Zeit erreichte, und ließ seinen Blick über die Grünanlage unterhalb der Brücke streifen, so dass er die beiden zunächst gar nicht bemerkte.

»Alles Private erledigt?«, fragte Max statt einer Begrüßung und bestellte bei der Kellnerin zwei Cappuccino.

»Ihr hoffentlich ebenso«, antwortete der Anwalt und drehte sich um. »Und wenn ihr dabei gesündigt habt, zahlt einfach ein paar Taler für den Ablass. Genau so haben sie nämlich im 13. Jahrhundert den Bau dieser schönen Brücke finanziert. Der Papst hat damals jedem edlen Spender 40 Tage Fegefeuer erlassen.«

»Danke für die Geschichtsstunde. Erstens fürchte ich als eifriger Saunagänger kein Fegefeuer, zweitens ist das, was wir jetzt wirklich brauchen, ein Schlachtplan. Ich habe versucht, im Internet etwas über Wachters Freunde rauszukriegen, die die Todesanzeige aufgegeben haben. Zwei der fünf habe ich ziemlich sicher identifiziert. Sebastian Kalkofen, einen Versicherungsvertreter, und Frank Hinterbach, der betreibt ein Fitnessstudio. Die beiden passen altersmäßig zu Wachter.«

»Habt ihr ein Laptop mit mobilem Internet dabei?«, fragte der Anwalt.

Max stand auf und holte das Gerät aus dem Auto. »Was willst du damit?«

»Abwarten. Wir Juristen sind ja auch nicht ganz blöd.«

Konzentriert starrte Kober auf den Bildschirm, klickte immer wieder mit der Maus und gab etwas über die Tastatur ein. Außer einem gelegentlichen »ah« und einem freudigen »hab ich es mir doch gedacht« sagte er zunächst nichts.

Max widerstand dem Wunsch, sich hinter Kober zu stellen und ihm über die Schulter zu schauen. Wenn der Anwalt tatsächlich eine gute Idee hatte, sollte er sie ruhig auskosten.

»Du hattest recht, Max. Kalkofen und Hinterbach waren mit Wachter in einer Klasse. Zumindest bis zur zehnten.

Dann ging Hinterbach vom Gymnasium ab. Na ja, für eine Muckibude brauchst du ja nicht zwingend Abitur.«

»Was machst du? Woher hast du die Infos?« Veronika schüttelte den Kopf. »Ich glaube, dass ich in der Internet-Recherche schon einigermaßen fit bin. Aber im Moment hab ich keine Idee.«

»Es gibt doch diese Seiten, wo du alte Schulfreunde finden kannst. Und da habe ich nach den beiden gesucht. Hier ...«, Kober drehte den Bildschirm so, dass Max und Veronika draufschauen konnten. Kober zeigte auf eine Liste von Namen. Neben einigen standen Jugendbilder, neben anderen nur Platzhalter. »Das ist der Abschlussjahrgang 1991. Hier seht ihr Kalkofen. Und hier Wachter, statt seines Vornamens steht nur Wawa da. Wie heißen die anderen aus der Todesanzeige?«

»Werner Semmelbach, Michael Hofmann und Rainer Studer.«

»Treffer, sind alle drin. Die haben wohl mal ein Klassentreffen über diese Webseite organisiert.«

»Und wie bist du auf Hinterbach gestoßen? Der war doch gar nicht mehr im Abschlussjahrgang?«

»Da kann man zurückblättern. Und sieht auch alte Klassenfotos, wenn die jemand reingestellt hat. Hier, schaut. Das ist der Jahrgang beim Übertritt aufs Gymnasium. War eine große Klasse damals. 32 Kinder. Aber Wachter war nicht dabei.«

»Die alte Frau hat doch erzählt, er sei in der sechsten durchgefallen«, erinnerte sich Veronika.

»Stimmt. Ab der sechsten Klasse steht er auf der Liste«, sagte Kober und klickte das Klassenfoto an. »Jetzt ratet mal, welcher dieser Jünglinge euer Wawa ist.«

»Lieber Josef, ich glaube, wir haben jetzt keine Zeit für Ratespiele. Es ist Viertel nach zehn und wir sollten bis heute Abend wissen, wer Wawa auf dem Gewissen hat«, sagte Max. »Wen rufen wir zuerst an?«

»Niemanden. Lasst uns direkt zu den Leuten hingehen. Auch wenn das mehr Zeit kostet. Am Telefon wimmeln die uns viel zu schnell ab. Außerdem wisst ihr ja: Der erste Eindruck entscheidet. Da haben die keine Zeit, lange zu überlegen, was sie uns sagen. Das kenne ich aus vielen Vernehmungen. Überrumpeln hilft meistens. So wie du gestern Abend Isabel mit deiner Bemerkung von der alten Liebe ins Schleudern gebracht hast. Wir waren übrigens tatsächlich mal ein Paar. Hat aber nicht funktioniert. Ein gemeinsamer Freund hat das dann auf den Nenner gebracht, da hätten sich ein Alpha- und ein Doppel-Alphatier getroffen. Und so eine Konstellation könne nur schiefgehen.«

»Und wer von euch beiden ist das Doppel-Alphatier?«, wollte Veronika wissen.

»Das wollte er uns nicht verraten. Mach dir selbst ein Bild.«

»Ich sehe schon, jetzt muss ich hier mal die Führung übernehmen«, mischte sich Max ein. »Ich schlage vor, Josef geht zu dem Versicherungsmenschen. Anzug zu Anzug. Und wir nehmen uns den Herrn der Muskeln vor. Und dann würde ich gerne noch einmal zu der alten Frau in die Geschwister-Scholl-Straße fahren. Da mussten wir ja gestern recht überstürzt aufbrechen, als die Polizei anrückte.«

»Also, wer zuerst etwas weiß, ruft an.« Kober stand auf. »Den Kaffee übernehme ich.«

Das »Fithouse« von Frank Hinterbach lag unten am Neckar zwischen ein paar alten Fabrikgebäuden, von denen die meisten leerstanden. Es schien eines der ganz frühen Exemplare seiner Gattung zu sein, eines, das den Wandel zum Wellnesstempel noch nicht mitgemacht hatte. Direkt im Eingang hing ein riesiger Boxsack mit der Aufschrift »Schlag mich«. Hinter einer Glaswand öffnete sich eine Halle mit den üblichen Kraftmaschinen, an denen allerdings niemand trainierte.

»Oh, wie ich diesen Duft liebe«, sagte Max zu Veronika, als sie eintraten. »Ich kann gar nicht verstehen, dass es Menschen gibt, die lieber in den Wald gehen, als diesen betörenden, menschengemachten Geruch aufzusaugen, der jedes Sauerstoffatom zu absorbieren scheint.«

Hinter der Theke stand ein etwa 40-jähriger Mann, dessen Muskelshirt zeigte, womit er seine Tage verbrachte. Hinter seinem Rücken hätte sich Max problemlos verstecken können, und gegen seinen Brustkorb kam nicht einmal Veronikas Oberweite an.

»Ihr kommt nicht zum Trainieren. Was kann ich für euch tun?«, sagte er und schüttete nebenher weißes Pulver aus einer großen Dose in einen Krug.

»Energy-Drink?«, fragte Max.

»Sollte man nach dem Training zu sich nehmen. Vitamine, Mineralstoffe und natürlich Energie. Wollt ihr mal probieren?«

Max dachte an die vergangene Nacht und nickte.

»Nicht schlecht, richtig zitronig«, sagte er und leckte sich die Lippen. »Sind Sie Frank Hinterbach?«

»Wer will das wissen?«

»Ich.«

»Und wer bist du?«

»Sie kannten Wawa.«

»Wie kommst du da drauf?«

Max holte den Ausdruck der Todesanzeige hervor. »Lesen bildet.«

»Und das hier auch.« Frank Hinterbach hatte sich über die Theke gelehnt und hielt seine Faust direkt unter Max' Kinn. »Kennst du diese Lektion?«

»Nur die Ruhe, Sportsfreund. Wir haben ja nur ein paar Fragen.«

»Ich beantworte keine Fragen.« Er trat wieder einen Schritt zurück, kniff die Augen zusammen und sagte: »Außer, natürlich ihr seid ...«

»... von der Polizei?«, schaltete sich Veronika ein. »Was würden Sie uns dann sagen?«

»Gar nichts. Zumindest nicht ohne meinen Anwalt.«

»Klingt ja so, als hätte er was zu verbergen«, sagte Veronika zu Max. »Was machen wir da?«

»Wissen Sie was?« Jetzt beugte sich Max über die Theke.

»Das war ein Scheiß-Einstieg. Wir fangen einfach nochmal an. Gehen Sie zurück auf ›Los‹.«

Sein Gegenüber schüttelte erst den Kopf, dann nickte er.

»Entwarnung. Wir sind nicht von der Polizei. Sonst hätten Sie jetzt schon die erste Anzeige wegen Bedrohung. Wir suchen Informationen über Walter Wilhelm Wachter.«

»Wozu? Wawa ist tot.«

»Genau das ist das Problem. Er ist mir in Berlin direkt vor die Füße gefallen. Mausetot. Dabei hat er mich umgerissen und mir den ersten Marathon meines Lebens versaut. Und jetzt möchte ich wissen warum.«

»Das macht ihn auch nicht mehr lebendig.«

»Gut beobachtet. Aber es gibt noch ein weiteres Problem.«

»Ich höre.«

Max zeigte auf einen Stapel alter Zeitungen am Ende der Theke. »Sie lesen offenbar auch ab und an. Dann wissen Sie, dass Ihr Freund Wawa allem Anschein nach ermordet wurde. Und nun versucht irgendjemand, diesen Mord einer Freundin von mir in die Schuhe zu schieben.«

Dass Veronikas Augenbrauen zuckten, als Max das Wort Freundin aussprach, konnte er nicht sehen.

»Das ist hässlich«, stellte der Mann hinter der Theke fest.

»Hässlich und geschäftsschädigend. Schließlich will die Frau am Sonntag wieder Oberbürgermeisterin werden, und Wachter war ihr Gegenkandidat.«

»Und du versuchst, sie reinzuwaschen.«

»Ich versuche, die Wahrheit herauszufinden.«

»Und was habe ich damit zu tun?«

»Nichts, hoffe ich für Sie. Aber Sie können uns ein paar Dinge aus Wachters Leben erzählen, die uns weiterhelfen. Als Freund sollten Sie ein Interesse daran haben, dass sein Tod aufgeklärt wird. Ich glaube, der Schlüssel dazu liegt in seiner Vergangenheit.«

»Und wenn ich nicht mit euch rede?«

»Dann hole ich meinen großen Bruder.«

Hinterbach streckte seinen Brustkorb nach vorne. »Scherzkeks. Also, was willst du wissen? Aber wenn du noch einmal Sie zu mir sagst, fliegst du raus. So etwas gibt es bei uns nicht. Wir sind Sportler.«

»Alles klar. Ich bin Max.« Er streckte Hinterbach seine Hand entgegen. »Und das ist Veronika, meine Freundin.«

»Ich dachte, diese Bürgermeisterin wäre deine Freundin.«

»Sie ist eine Freundin.«

»Ihr Studierten seid schon ein komisches Volk. Eine Freundin, meine Freundin. Was macht das für einen Unterschied? Hauptsache, es geht was.«

In diesem Moment klingelte Max' Handy. Er sah kurz aufs Display und sagte zu Veronika: »Das ist Josef.«

»Soll ich das übernehmen?«, fragte sie, »dann musst du dein Gespräch unter Männern nicht unterbrechen.«

Max drückte ihr den Apparat in die Hand und Veronika ging vor die Tür.

»Also Kollege, hast du was mit deiner Oberbürgermeisterin? Oder warum willst du sie reinwaschen?«

»Sie ist sehr attraktiv. Aber wir arbeiten nur zusammen. Jetzt zu dir. Woher kanntest du Wawa?«

»Aus der Schule. Bis zur Zehnten waren wir zusammen auf dem Gymnasium. Dann bin ich geflogen. Latein und Mathe waren nicht so mein Ding.«

»Und mit Wawa hattest du weiter Kontakt?«

»Er war ein guter Kumpel. Wir haben eine Weile gemeinsam die Stadt aufgemischt. Doch nach der Zehnten wurde er ziemlich ruhig. Wollte nur noch lernen und aus dem Mief der Siedlung da oben rauskommen. Hat er ja auch geschafft. Doch für seinen alten Kumpel Frank hatte er immer ein Ohr. Vor vier Wochen war er noch hier und hat mir erzählt, dass er jetzt Oberbürgermeister wird.«

»Die Chance dazu hatte er sicherlich. Hatte Wachter Feinde?«

»Du fragst ja wie der im Krimi gestern Abend.«

»Tut mir leid, aber das hier ist echt. Von wirklichen Freunden wird keiner umgebracht. Deshalb nochmal: Hatte er Feinde?«

»Die Ulrike war ziemlich lange sauer auf ihn. Der hat er ein Kind gemacht und sie dann sitzengelassen. Aber das Mädel bringt ihn doch nicht um. Die hat ihn doch geliebt bis zum Schluss.«

»Und sonst?«

»So viel Kontakt hatten wir nicht. Er hatte mal etwas Ärger wegen irgendwelcher beruflichen Geschichten. Da ging es um viel Geld. Genaues weiß ich aber auch nicht.«

»Und von früher?«

»Wie gesagt, er wurde irgendwann ziemlich ruhig. Keine Schlägereien mehr. War eigentlich schade. Wir waren immer ein gutes Team, gemeinsam mit Basti. Der war der Kleinste von uns. Den haben wir vorgeschickt, irgendwelche Spackos zu provozieren. Und wenn die dann auf ihn losgegangen sind, kamen Wawa und ich und haben ihm geholfen. So war das damals. Aber das ist lange her. Deshalb bringt doch keiner zwanzig Jahre später einen um.«

»Irgendjemand hat es aber getan. Er wird sich ja nicht selbst das Gift in die Trinkflasche geschüttet haben. Kurz vor dem Ziel seines ersten Marathons. Und dann wollte er ja auch noch Oberbürgermeister werden.«

»Nein, Selbstmord kann ich mir bei Wawa nicht vorstellen. Der hätte eher alle anderen aus dem Weg geräumt. Der war ein Sieger.«

»Am Ende nicht mehr. Was meint ihr eigentlich mit dem Spruch in der Todesanzeige: ›Wir sterben viele Tode, solange wir leben, der letzte ist nicht der bitterste‹?«

»Kann ich dir auch nicht sagen. Das war die Idee von Rainer.«

»Rainer Studer. Der gehört auch zu eurer Clique.«

»Ja, aber nicht von Anfang an. Der war eher Opfer. Hatte lange ziemlich Probleme mit Wawa. Und mit uns anderen natürlich auch. Der schrieb nur Einser. Das war nicht gut fürs Image. Doch irgendwann merkte Wawa, dass der Rainer ihm die Sachen aus der Schule unheimlich gut erklären konnte. Und plötzlich durften wir ihn nicht mehr schlagen. War aber okay, die wilde Zeit war eh vorbei.«

»Sind Sie, äh, bist du heute noch mit Studer befreundet?«

»Befreundet würde ich nicht sagen. Der kann es ganz gut mit Basti, Sebastian Kalkofen. Das ist ein Schlitzohr. Der verkauft dir auf dem Sterbebett eine Lebensversicherung mit einjähriger Wartezeit. Als die Nachricht von Wawas Tod kam, haben wir uns zusammengesetzt, Basti, Rainer, Werner, Michi und ich. Wir kennen uns ja schon ein Leben lang. Wawa war einer von uns. Da gehört es sich doch, eine Todesanzeige aufzugeben.«

Veronika kam wieder an die Theke. »Hast du vielleicht nochmal so einen Energy-Drink für mich?«

»Ja, ich muss nur schnell frische Gläser aus der Küche holen.«

Während Hinterbach weg war, berichtete Veronika von Kobers Anruf. Er hatte von dem Versicherungsvertreter Ähnliches gehört wie sie hier. »Wir sollen uns melden, wenn wir hier fertig sind. Ich habe aber noch etwas anderes entdeckt.«

»Was? Mach es doch nicht immer so spannend.«

»Das Schild hier am Eingang. Da steht drauf, wem der Laden gehört. Und zwar einer GmbH. Die heißt HiWa. Und drunter stehen die Geschäftsführer.«

»Jetzt sag schon ...«

»Geduld war noch nie deine Stärke, mein Lieber. In keiner Lebenslage. Ich sag es dir ja schon. Frank Hinterbach und ...« Sie machte eine Pause. Erst als der Fitnesstrainer wieder fast bei ihnen stand, fügte sie hinzu: »Und Walter Wilhelm Wachter.«

Veronika trank das Glas in einem Zug leer. Max, der sich inzwischen auf einen Hocker an der Theke gesetzt hatte, stand auf und sagte: »Vielen Dank, Sportsfreund. Wir ziehen dann mal weiter und melden uns, wenn wir mehr wissen. Ich denke mal, dich interessiert auch, wer deinen Kumpel auf dem Gewissen hat. Was sind wir schuldig?«

»Die Brühe schenke ich euch. Aber meldet euch wirklich, wenn ihr mehr wisst.«

»Darauf kannst du dich verlassen«, sagte Veronika – und Max meinte, das klinge ein wenig wie eine Drohung.

»Warum hast du ihn nicht gefragt, mit wem er das Studio betreibt?«, wollte Veronika wissen, als die beiden wieder im Auto saßen. »Vielleicht hatten die beiden Streit. So etwas soll es ja unter Geschäftspartnern geben. Und die Methoden in der Fitnessbranche gelten nicht als die feinsten.«

»Was hätte es uns genützt? Wenn der merkt, dass wir ihn verdächtigen, sagt der doch keinen Piep mehr. Ich ruf jetzt noch mal schnell Josef an. Wir sollten gleich zu diesem Rainer Studer fahren, er kann sich die beiden anderen vornehmen.«

»Studer könnte tatsächlich sehr interessant sein«, sagte Veronika, nachdem ihr Max von dem Teil des Gesprächs berichtet hatte, den sie nicht mitbekommen hatte, und tippte die Adresse in das Navigationsgerät ein.

Die Lenzhalde lag auf halber Höhe über der Innenstadt in bester Aussichtslage. Die Häuser verrieten gediegenen Wohlstand und zeigten einen Querschnitt durch die Villenarchitektur der vergangenen hundert Jahre. Das, in dem Studer wohnte, stammte aus den 50er Jahren, war aber vor nicht allzu langer Zeit modernisiert worden. Die alten Dachfenster hatte man durch großzügige Gauben ersetzt, von denen aus der Blick weit über die Alb reichte.

Veronika parkte gegenüber. In dem Moment, in dem sie aus dem Auto steigen wollten, ging die Haustür auf. Ein Mann in Joggingkleidung, dem Alter nach konnte es Rainer Studer sein, trat heraus, drehte sich nochmal um und drückte der Frau, die hinter ihm stand, einen Kuss auf den Mund. In der Hand hielt er einen Autoschlüssel.

»Noch ein Sportsfreund. Aber einer, der eher auf meiner Linie liegt«, sagte Max. »Schade, dass ich keine passenden Klamotten dabeihabe, sonst würde ich gleich mit ihm mitlaufen.«

»Denk an deinen Kopf. Den brauchst du noch.«

»Ich denke lieber an deinen Kopf. Der ist hübscher. Aber meiner sagt mir, dass wir uns jetzt aufteilen sollten. Ich fahre

Studer nach und versuche mit ihm zu plaudern. Das geht alleine besser. Kannst du in die Geschwister-Scholl-Straße gehen und nochmal mit der alten Frau reden? Das ist nicht weit von hier, immer geradeaus. Ich hole dich später dort ab. Und vergiss nicht, den Kaffee zu loben.«

Veronika stieg aus und Max rutschte auf den Fahrersitz.

Studer öffnete das Garagentor, in dem ein Kombi stand. Er fuhr rückwärts aus der Einfahrt heraus und zog an Max vorbei, ohne ihn zu bemerken. Die Fahrt dauerte keine zehn Minuten. An einem Wanderparkplatz am Waldrand oberhalb von Esslingen hielt Studer an. Max fuhr direkt neben ihn. Er konnte es nicht riskieren, dass der Mann ihm davonlief.

Doch Studer schien keine Eile zu haben. Gemütlich begann er mit einigen Dehnübungen.

Max ging auf ihn zu. »Entschuldigung, sind Sie Rainer Studer?«

»Bin ich, ja. Und wer sind Sie?«

»Max von Steyn. Guten Tag. Wir haben, oder hatten, einen gemeinsamen Bekannten, Walter Wilhelm Wachter.«

Sein Gegenüber zuckte kurz zusammen. »Ja, und?«

»Außerdem haben wir ein gemeinsames Hobby. Das Laufen.«

»Sie sehen aber nicht so aus, als wollten Sie mit mir laufen. Außerdem laufe ich immer allein. Ich brauche das zum Abschalten.«

»Noch eine Gemeinsamkeit. Klasse. Ich liebe es auch, ganz ungestört durch den Wald zu laufen. Da kommen mir die besten Ideen für meinen Job.«

»Geht mir auch so. Was machen Sie denn beruflich?«

»Ich bin Journalist und schreibe Biografien. Von Menschen und Firmen. Und Sie?«

»Ganz ähnliche Branche. PR-Berater. Ich helfe wichtigen Menschen, noch wichtiger zu werden.«

»Lässt sich das übersetzen?«

»Klar, ich unterstütze vor allem Leute, die eine politische Karriere anstreben. Bürgermeisterkandidaten zum Beispiel.«

Jetzt klingelte es bei Max. Er hatte schon viel über die Bürgermeister-Macher gehört, die den Kandidaten in teuren Seminaren und Beratungsgesprächen Tipps und Tricks verraten, wie sie ihr großes Ziel erreichen können. Seine Versuche, über das Thema mal eine Reportage zu schreiben, waren immer gescheitert. Niemand wollte darüber reden. Die Kandidaten nicht, weil sie Angst hatten, als schwach zu gelten, wenn sie Hilfe in Anspruch nehmen, und die Berater auch nicht, weil sie wussten, wie lichtscheu ihre Kundschaft in dieser Beziehung ist.

»Dann haben Sie auch Wawa beraten?«

»Über Kunden spreche ich nicht. Vor allem nicht mit Unbekannten.«

Und sicher noch weniger mit Konkurrenten, dachte Max, der sich bisher allerdings bei seiner Arbeit für Isabel Mertens nie als Bürgermeister-Macher gesehen hatte.

Laut sagte er: »Das spricht für Sie. Aber vielleicht können wir uns trotzdem ein bisschen über Wachter unterhalten.«

»Welche Beziehung hatten Sie zu Wawa? Wie heißen Sie? Max von Steyn. Er hat Ihren Namen nie erwähnt. Ich weiß noch immer nicht, was Sie wollen.«

Also hast du doch für ihn gearbeitet, dachte Max. Aber die Kampagne war nicht schlecht.

»Ich bin derjenige, mit dem Wachter in Berlin zusammengeprallt ist, als ihn das Gift von den Füßen holte. Und ich möchte doch gerne wissen, wem ich das verdanke.«

»Glauben Sie etwa, Sie verdanken das mir?«

»In keiner Weise. Aber ich bin mir ziemlich sicher, dass der Grund für den Mord in Wachters Vergangenheit liegt. Und als PR-Berater wissen Sie ja genauso gut wie ich, dass eine saubere Recherche die Grundlage jeder guten Arbeit ist. Außerdem verstehen Sie sicher, dass ich den ersten Marathon meines Lebens lieber im Ziel als im Krankenhaus beendet hätte. Auch wenn die Ärztin dort sehr nett war.«

Studer hüpfte auf der Stelle. »Ich sollte eigentlich ein bisschen laufen. Auch wenn mein Marathon-Debüt erst fürs nächste Jahr geplant ist. Aber in zwei Wochen möchte ich den ersten halben laufen.«

»Ich würde Sie ja zu gerne begleiten, aber ich darf leider nicht. Mit einer Gehirnerschütterung soll man nicht spaßen.«

»Dann lassen Sie uns wenigstens ein bisschen gehen. Das sollte Ihr Kopf aushalten.«

»Gerne.« Mit so viel Entgegenkommen hatte Max nach dem Gespräch mit Frank Hinterbach nicht gerechnet.

»Haben Sie Zeit?«, fragte Studer. »Zwei Kilometer von hier gibt es eine nette Wirtschaft. Sie müssen aber zahlen. Ich habe kein Geld dabei.«

»Das ist das geringste Problem«, sagte Max. Die Spesen gingen ohnehin auf Isabel.

»Wie kamen Sie überhaupt auf mich?«, wollte Studer wissen.

»Sie haben die Todesanzeige unterschrieben.«

»Das Ganze war Bastis Idee. Der meinte, wir wären das Wawa schuldig.«

»Aber der Spruch in der Anzeige war Ihre Idee. Was soll der bedeuten?«

»Sie wissen ja einiges. Ich glaube, ich darf Sie nicht unterschätzen. Mit wem haben Sie denn schon alles gesprochen?«

»Das kann ich Ihnen ganz offen sagen. Mit Frank Hinterbach. Aber der hat den Spruch selbst nicht verstanden.«

»Den Spruch dürfen Sie nicht überbewerten. Das sollte eine Anspielung auf unsere wilden Zeiten sein. Es wundert mich aber nicht, dass Frank das nicht verstanden hat. Bei den Mengen an Anabolika, die der in sich hineinfrisst, wachsen vielleicht die Muskeln, aber nicht das Gehirn. Und das war bei ihm noch nie so gut entwickelt.«

»Sie mögen Frank Hinterbach nicht?«

»Was heißt mögen? Die Jahre schweißen einen zusammen. Wie in einer Ehe. Fragen Sie sich jeden Tag, ob Sie Ihre Frau mögen?«

»Ich bin nicht verheiratet. Zum Glück.«

»Würde ich auch gerne sagen. Aber das ist ein anderes Thema.«

»Frank hat Sie früher oft verprügelt. Stimmt's?«

»Wie kommen Sie da drauf?«

»Er hat mir erzählt, dass Sie in den ersten Jahren auf dem Gymnasium eher das Opfer waren. Und die Freundschaft erst später kam.«

»Das ist sehr pointiert ausgedrückt.«

»Ah, jetzt spricht der PR-Berater in Ihnen. Wie haben Sie es empfunden?«

»Wawa kam in der Sechsten zu uns. Er war sitzengeblieben. Schon zum zweiten Mal. Deshalb war er auch der Älteste. Da ist es nicht schwer, auch der Stärkste zu sein. War er aber nicht. Frank war schon immer ein kräftiger Kerl. Das gab einen Machtkampf, den Wawa aber gewann. Er war zwar nicht ganz so stark wie Frank, aber schlauer.«

»Und sie waren der Kleinste in der Klasse?«

»Einer der Kleinsten. Nicht ganz so klein wie Basti. Doch der schlupfte sofort bei Wawa unter die Decke. Bildlich gesprochen. Und wurde dessen Lockvogel.«

»So hat es auch Frank erzählt. Was hat er Ihnen getan?«

»Das Übliche. Heute heißt das Mobbing und jeder tut so, als wäre das neu. Das gab es schon immer. Auch wenn es früher keinen so schönen Namen hatte.«

»Was war denn bei Wachter üblich?« Das niedlich klingende Wawa mochte Max nicht mehr gebrauchen.

»Die haben mich zum Beispiel in der Pause in die Toilette verfolgt. Basti mache mich blöd an, ich habe mich gewehrt, und dann kamen die anderen, um ihrem Freund zu helfen. Da gab es Schläge, die haben mir mein Geld und alles abgenommen.«

»Haben Sie das nie Ihren Eltern oder den Lehrern erzählt?«

»Nein, es war ja schon so schlimm genug. Wenn ich dann noch als Petze dagestanden wäre, ich weiß nicht, ob ich das überlebt hätte.«

»Aber wenn ich Sie richtig verstehe, waren Sie später mit Wachter befreundet. Und sind es heute in gewisser Weise mit Sebastian Kalkofen und Frank Hinterbach. Wie kam das?«

»Ich war in der Schule immer sehr gut. Das gefiel den anderen nicht. Vor allem Frank, der immer so knapp vor dem Durchfallen war, zwang mich, seine Hausaufgaben zu machen. Und bei den Klassenarbeiten musste ich neben Wawa sitzen, damit er abschreiben konnte. Ich hielt das nicht mehr aus. Einmal habe ich mich absichtlich so dumm angestellt, dass der Lehrer uns die Blätter wegnahm. Das war die einzige Sechs meiner Schulzeit. Und dann habe ich Wawa einen Deal vorgeschlagen: Er lässt mich künftig in Ruhe und ich erkläre ihm dafür die Sachen. Das klappte. Er hat zum ersten Mal in seinem Leben aus eigener Kraft eine Zwei geschrieben. Und das in Mathe. Er kam dann oft zu uns nach Hause. Meine Mutter freute sich, dass ich so einen großen Freund hatte. Und irgendwann war die Vergangenheit auch vergessen.«

»Ist sie das wirklich?«

»Worauf wollen Sie hinaus?«

»Auf gar nichts, es wundert mich nur, wie man solche Erfahrungen wegstecken und mit seinen Peinigern Freundschaft schließen kann.«

»Ach wissen Sie, ich habe gelernt, mit der Vergangenheit Frieden zu schließen. Das heißt nicht, dass sie nicht mehr da ist. Sie tut nur nicht mehr weh. Oder nicht mehr so weh. Sonst kann man ja nicht weiterleben. Aber um das zu erreichen, musste ich mir sehr deutlich bewusst machen, was damals passiert ist. Ich habe das alles aufgeschrieben und die Zettel hinterher im Wald verbrannt.«

»Und das funktioniert?«

»Bisher schon. Probieren Sie es aus. Jeder schleppt doch etwas aus seiner Vergangenheit mit sich herum, mit dem er gerne abschließen würde.«

»Wie oft sahen Sie Wachter?«

»In letzter Zeit eher häufig. Wegen des Wahlkampfs. Aber sonst passierte es, dass wir einige Monate lang nichts voneinander hörten. Aber das war bei uns so wie bei vielen alten Freunden. Da genügen zwei Minuten und die Basis ist wieder da.«

Sie erreichten das Wirtshaus, das mitten im Wald auf einer Lichtung stand. »Das hier draußen ist Idylle pur«, sagte Studer. »Autos dürfen nur mit Sondergenehmigung hierher fahren. In ein oder zwei Stunden ist hier alles voll mit Spaziergängern und Radfahrern. Und im Winter spuren sie eine Loipe. Joggen können Sie da gar nicht mehr. Da geht es zu wie beim Berlin-Marathon.«

»Wussten Sie eigentlich von Wachters Lauf?«, fragte Max, als sie vor einer Tasse Kaffee saßen.

»Klar, war ja meine Idee. Der Mann mit dem langen Atem. Aber ich muss zugeben, die Idee seiner Konkurrentin, ihn da zu schlagen, war mindestens genauso gut. Soweit ich weiß, hätte sie es auch geschafft. Wäre blöd gewesen für Wawa.«

»Haben Sie eine Idee, wer ihn umgebracht haben könnte?«

»Nicht die geringste. Glauben Sie mir, ich denke da schon seit Tagen intensiv drüber nach. Dass es Ihre Oberbürgermeisterin gewesen sein soll, wie es in der Zeitung stand, glaube ich nicht. Wie hätte sie das denn machen sollen?«

»Es heißt, Wachter sei in seinem bisherigen Job in einen Finanzskandal verwickelt gewesen.«

»Was heißt Skandal? Die Stadt hat eben ihr Geld falsch angelegt. Gut, er hat denen dazu geraten. Aber Dutzende andere Kommunen haben das Gleiche getan.«

»Und dass er illegal Provisionen kassiert hat?«

»Davon weiß ich nichts. Wenn dem so wäre, wäre das sicher ein Hinweis, dem die Polizei nachgehen sollte. Apropos Polizei. Warum machen Sie eigentlich deren Arbeit?«

»Nennen Sie es journalistischen Erkenntnisdrang. Können Sie stillsitzen, wenn Sie etwas wissen wollen?« Er musste ja nicht unbedingt erwähnen, dass er selbst für Isabel Mertens arbeitete.

Studer schüttelte den Kopf. »Ich glaube, ich wäre da wie Sie.«

»Und was würden Sie an meiner Stelle jetzt tun?«

»Schwierige Frage. Detektivspielen war noch nie so meine Sache. Ihr Ansatz, dass das Motiv für den Mord an Wawa in der Vergangenheit liegt, leuchtet mir ein. Die Dinge haben manchmal einen ziemlich langen Lauf.«

»Auf ein paar Ihrer alten Schulkameraden sind wir über diese Internet-Seite gestoßen, über die die letzten Klassentreffen organisiert wurden. Aber da fehlen ja sicher viele, die zwischendurch abgegangen sind. Haben Sie vielleicht zu Hause noch alte Klassenfotos?«

»Klar, die liegen alle in einer Kiste und warten drauf, mal eingeklebt zu werden. Mach ich, wenn ich mal in Rente gehe.«

»So wie wir alle. Dürfte ich da mal einen Blick drauf werfen?«

»Von mir aus. Machen wir Folgendes: Ich jogge jetzt zurück, da bekomme ich wenigstens noch ein bisschen Bewegung, und meine Frau schaut mich nicht so komisch an, wenn ich heimkomme, ohne auch nur im Geringsten verschwitzt zu sein. Klingeln Sie einfach, wenn Sie zurück sind. Sie wissen ja, wo ich wohne.«

Während er den Waldweg zurückging, rief Max zunächst Josef Kober an. Die beiden anderen Unterzeichner der Todesanzeige, Werner Semmelbach und Michael Hofmann, bestätigten im Großen und Ganzen das, was Max aus den Gesprächen mit Hinterbach und Studer wusste.

»Das ist doch zum Verrücktwerden«, rief Max. »Ich spüre ganz genau, dass der Schlüssel zu der ganzen Geschichte hier irgendwo liegt. Vielleicht habe ich ihn schon gesehen. Aber nicht erkannt. Josef, glaub mir, heute Abend wissen wir, wer es war.«

»Als Strafverteidiger muss man grenzenloser Optimist sein«, antwortete Kober. »Ich wünsche uns, und vor allem Isabel, dass du recht hast. Was willst du jetzt tun?«

»Ich rufe kurz Veronika an und fahre dann nochmal zu Studer. Vielleicht bringt das ja was. Kannst du Veronika dann abholen? Ich sag ihr einfach, sie soll dich anrufen.«

»Kein Thema. Wir treffen uns am besten später wieder in dem Café auf der alten Brücke. Ich glaub, die haben auch sehr leckeren Kuchen.«

Ans Essen mochte Max jetzt gar nicht denken. Er spürte, wie sich eine gewisse Aufregung in ihm breit machte. Das Finale konnte beginnen.

Mindestens dreißig Mal wählte er auf dem Weg zum Parkplatz Veronikas Nummer. Doch sie meldete sich nicht. Das Telefon war eingeschaltet, aber sie ging einfach nicht dran.

»So intensiv kann doch das Gespräch mit der alten Frau nicht sein, dass sie nicht ans Telefon geht«, sagte er wenig später zu Josef Kober, der sich, wie gewohnt, sofort gemeldet hatte.

»Vielleicht hat sie das Handy im Auto gelassen?«

»Möglich. Ich bin gleich wieder am Auto und schaue nach.«

Doch von Veronikas Handy war nichts zu sehen und zu hören, sooft Max auch die Nummer wählte.

»Soll ich mal in die Geschwister-Scholl-Straße fahren, während du dir von Rainer Studer die Bilder zeigen lässt?«, fragte Kober. »Wie heißt denn die Frau, zu der Veronika wollte?«

»Das weiß ich dummerweise nicht. Die wohnt in der Hausnummer 35 im zweiten Stock links. Fahr doch mal hin und ruf mich bitte gleich an, wenn du was weißt.«

Studers Frau öffnete ihm die Tür. »Hallo, Sie müssen Herr von Steyn sein. Rainer ist im Bad gleich fertig. Kommen Sie doch bitte rein.«

Auf dem Esstisch stand bereits ein alter Schuhkarton. »Der stammt von meinen ersten Fußballschuhen. Die habe ich mir mit dreizehn gekauft, von dem Geld, das ich beim Zeitungaustragen verdient hatte. Die Schuhe waren nach der ersten Saison kaputt und auch zu klein. Der Karton hält bis heute«, sagte Rainer Studer, der jetzt ein weißes Leinenhemd mit offenem Kragen trug. Um seinen Hals baumelte eine goldene Kette.

Max fixierte den Anhänger. Eine Sonne.

»Was ist?«, fragte Studer. »Warum schauen Sie mich so an?«

»Nichts, ich war gerade in Gedanken.«

»Ja, dann zeige ich Ihnen mal unsere Klassenfotos. Möchten Sie etwas trinken?«

»Gerne ein Wasser. Aber machen Sie sich keine Umstände.«

»Da gibt es Gäste mit höheren Ansprüchen.«

Seine Frau, die bei ihnen stehen geblieben war, holte einen Tonkrug und drei Gläser.

»Haben Sie den Krug selbst getöpfert?«, fragte Max.

»Sieht man ihm das an? Hausfrauentöpfern an der Volkshochschule?«

»Oh, keineswegs, der ist wundervoll. Ich wäre froh, wenn ich so etwas auch nur ansatzweise hinbekäme.«

»Der stammt tatsächlich aus einem Kurs der Volkshochschule. Allerdings bin ich da die Dozentin«, sagte die Frau.

»Hier, schauen Sie, das waren wir in der sechsten Klasse. Da war Wawa gerade neu bei uns. Er überragt alle. Neben ihm steht Frank. Und hier ganz links bin ich. Ich war schon ziemlich schmächtig.«

Er legte das nächste Foto daneben. »Das war zwei Jahre später. Da waren diese Ketten hier in Mode.« Er hielt den Sonnenanhänger in die Höhe. »Wir verstanden uns als Sonnenanbeter. Die Mädchen hatten ihren Mond, da gehörte uns eben die Sonne. Wir waren zu fünft. Deshalb hatte unser Sonnenanhänger auch fünf Strahlen.«

Rainer Studer hielt das Bild näher an seine Augen. »Hier sehen Sie. Max Wolter trägt so eine Kette, Fritz Adam, Karl Augustin, Jochen Sänger und ich.«

»Wie heißt der hier?« Max zeigte auf einen schmalen, blassen Jungen.

»Jochen Sänger. Der zog aber irgendwann weg. Sein Vater starb und die Mutter heiratete nach auswärts. Und von da ab hatten wir keinen Kontakt mehr. Schade eigentlich. Wir haben uns gut verstanden.«

»Wissen Sie, wohin Jochen Sänger zog?«

»Irgendwo ins Oberland. Aber das war für uns damals ewig weit weg. Warum fragen Sie?«

Bevor Max antworten konnte, klingelte sein Handy. »Entschuldigung, da muss ich kurz ran.«

»Josef, was gibt es?«, rief er.

»Das ist ganz komisch. Ich war bei der Frau. Sie heißt übrigens Winterberg und hat sich genau an euch erinnert. Aber Veronika war nicht bei ihr.«

»Was kann das bedeuten?«

»Keine Ahnung, wo hast du sie denn abgesetzt?«

»Hier, wo ich gerade bin. Bei Rainer Studer. Sie wollte zu Fuß rüberlaufen. Das sind ja höchsten zehn Minuten. Kannst du herkommen?«

»Natürlich, bin schon unterwegs.«

»Nein, halt. Fahr nicht mit dem Auto. Geh zu Fuß und schau, ob dir etwas auffällt. Du musst nur die Geschwister-Scholl-Straße geradeaus weiterlaufen und dann über den Fußweg zur Hauptstraße. Die überquerst du und nimmst die erste links. Das ist die Lenzhalde. Veronika ist von dir aus gesehen auf der linken Seite gelaufen. Ich komme dir entgegen.«

Sein Gastgeber sah ihn irritiert an. »Ist etwas passiert?«

»Meine Freundin ist verschwunden. Als ich Ihnen nachgefahren bin, wollte sie zu Fuß in die Geschwister-Scholl-Straße gehen und dort mit einer Frau Winterberg sprechen, die Wachter von früher her kennt. Wir waren gestern schon bei ihr. Doch da ist sie nicht angekommen.«

»Und was vermuten Sie?«

»Vermuten? Ich befürchte etwas! Tut mir leid, ich muss sofort los. Darf ich wiederkommen, wenn ich weiß, wo meine Freundin ist?«

»Selbstverständlich. Sollen wir Ihnen suchen helfen?«

»Danke, ich glaube, das ist nicht nötig. Sagen Sie mir nur, ob es von hier aus zur Geschwister-Scholl-Straße eine Abkürzung gibt.«

»Der Weg, den Sie eben beschrieben haben, ist der kürzeste. Mit dem Auto fährt man außen herum. Melden Sie sich, wenn Sie Hilfe brauchen.« Studer streckte Max seine Visitenkarte entgegen. »Hier ist meine Handynummer.«

»Und hier ist meine, falls Sie etwas sehen.« Max kritzelte die Zahlen auf den Rand der Tageszeitung, die auf dem Tisch lag. »Und vielen Dank.«

Er hatte Veronikas Auto genau dort abgestellt, wo sie keine zwei Stunden zuvor ausgestiegen war. Mit schnellen Schritten ging er los. Sein Blick kreiste umher. Auf den Bürgersteig, die Straße, in jede Einfahrt und jeden Garten schaute er. Doch keine Spur von Veronika. Immer wieder wählte er ihre Handynummer. Keine Antwort.

Auf halber Strecke traf er Josef Kober. Auch bei ihm Fehlanzeige.

»Lass uns mal logisch nachdenken«, sagte der Anwalt. »Zwischen Studers Haus und der Geschwister-Scholl-Straße liegt etwa ein Kilometer. Alles bebaut bis auf das kleine Stück Fußweg. Wenn hier ein Mensch stürzt, kann das nicht unbemerkt bleiben. Also lass uns erst mal bei der Polizei anrufen und fragen, ob es einen Unfall gab.«

»Bitte noch keine Polizei. Wenn wir denen erklären müssen, was wir hier tun, dann dauert das lange. Rufen wir lieber im Krankenhaus an.«

»Wenn die dir etwas sagen. Ihr seid ja nicht mal verwandt.«

»Seelenverwandt«, sagte Max und ließ sich von der Auskunft dic Nummer des Esslinger Krankenhauses geben.

»Waldbusch hier, guten Tag. Meine Frau ist von einem Spaziergang nicht zurückgekommen und jetzt befürchte ich, dass ihr etwas zugestoßen ist. Sie ist schwanger und hat immer wieder Kreislaufprobleme.«

Er machte eine kurze Pause, bevor er sagte: »Veronika. Veronika Waldbusch. Geboren am 25. August 1971. Sie hat sicher Papiere in ihrer Handtasche. Und ein Handy.«

Wieder eine Pause.

»Sind Sie da ganz sicher? Gibt es ein anderes Krankenhaus, in das sie gebracht worden sein könnte?« – »Oh, bitte tun Sie das, ich warte.«

Zu Josef Kober sagte er: »Die fragt mal bei der Leitstelle nach.«

Eine Minute später legte Max auf. Keine Spur von Veronika.

»Hast du ein Foto von ihr auf deinem Handy«, fragte Josef.

»Klar, das erscheint jedes Mal auf dem Display, wenn sie anruft. Moderne Technik.« Max versuchte ein Lächeln.

»Dann klingeln wir jetzt hier bei allen Leuten, zeigen ihnen das Bild und fragen, ob sie Veronika gesehen haben. Schick es mir auf mein Telefon rüber. Dann können wir gleichzeitig fragen. Ich gehe zurück zur Geschwister-Scholl-Straße, du nimmst die andere Richtung.«

Die Antworten, die Max hörte, wiederholten sich: »Nein, wir sind gerade erst aufgestanden.« – »Leider nein, diese Frau habe ich noch nie gesehen« – »Oh, an Feiertagen gehen wir nie früh raus.«

Wenigstens haben die Leute hier einen Hund. Die müssen ja mit dem mal raus, dachte Max, als er an einem Haus kurz vor der Einmündung in die Flandernstraße klingelte, an dessen Gartentor ein Schild vor dem »bisschen Hund« warnte.

Die Frau, die öffnete, war sicher schon weit über achtzig. Sie blickte Max entschlossen an, während sich hinter ihr eine Dogge aufbaute. »Was wollen Sie, junger Mann?«

Max sagte seinen Spruch auf und hielt der alten Dame das Handy entgegen.

»Was meinst du, Rolfi?«, fragte sie und blickte die Dogge an. »Ist das die Frau von vorhin? Zeigen Sie das Bild mal Rolfi. Der ist schlauer, als Sie denken.«

Max hielt Rolfi das Gerät hin, als wäre es ein Leckerbissen. »Und Rolfi, was meinst du?«, wiederholte die Frau. Die Dogge nickte fast unmerklich und stieß dann ein krächzendes Bellen aus.

»Ja, wenn Rolfi das auch meint, dann ist es so. Sie ist hier langgegangen. Dann hat ein Auto neben ihr gehalten, und sie ist eingestiegen. Sah ganz normal aus. Ist denn etwas passiert? Vielleicht eine Entführung. Das wäre ja spannend.«

»Spannend schon. Aber auch gefährlich. Was war denn das für ein Auto?« Max staunte selbst, wie ruhig er in dieser Situation fragen konnte.

»Junger Mann. Autos haben mich noch nie interessiert. Das war immer Sache meines Mannes. Doch Herrchen ...« – sie sah ihren Hund an – »... ist schon lange nicht mehr bei uns. Das Herz, wissen Sie.«

»Die Farbe? Die Form? War es ein großes Auto? Haben Sie das Kennzeichen gesehen? Wer saß drin? Fiel Ihnen irgendetwas auf an dem Auto?«

»Sie stellen ja viele Fragen auf einmal. Aber Sie haben Glück. Ich bin zwar alt, aber noch nicht verkalkt. Rot war das Auto, ganz sicher. Und die Form? Eckig, ein Lieferwagen eben. Kennzeichen? Vielleicht wäre es mir aufgefallen, wenn es nicht von hier gewesen wäre. Wer drin saß, keine Ahnung. Ich habe das Auto ja erst bemerkt, als es an mir vorbei war. Da hielt es bei der jungen Frau an. Und was mir aufgefallen ist? Ganz klar, die Bemalung. Da war ein riesiger Boxsack drauf. So einen hatte mein Sohn früher.«

»Ein Boxsack? Warum haben Sie das nicht gleich gesagt? Das ist wichtig!«

»Ich habe die Fragen genau in der Reihenfolge beantwortet, in der Sie sie gestellt haben, junger Mann. Und jetzt entschuldigen Sie mich. Rolfi hat Hunger.«

»Ich weiß, wer Veronika entführt hat«, brüllte Max in sein Handy. »Frank Hinterbach. Der ist hier mit seinem Lieferwagen lang gekommen. Was machen wir jetzt? Zu ihm hinfahren?«

»Nein, mein lieber Max. So blöd ist der sicher nicht, dass er Veronika in sein Fitnessstudio bringt.«

»Warum nicht? Erstens ist er in der Tat ein bisschen blöd, zweitens geht er sicher davon aus, dass wir nicht wissen, dass er Veronika hat.«

»Wenn dem tatsächlich so ist, dann ist Hinterbach extrem gefährlich. Der hat möglicherweise auch Wachter auf dem

Gewissen. Und jetzt hat er Angst, dass ihr ihm auf die Schliche gekommen seid. Hast du ihn denn verdächtigt?«

»Nicht direkt. Komisch war nur, was Veronika herausgefunden hat. Sein Studio gehört einer Firma, bei der er und Wachter Geschäftsführer sind.«

»Oh du dickes Ei. Das wird ja immer komplizierter. Wer weiß, ob die beiden Streit über die Finanzen hatten. So wie du das Studio beschrieben hast, sieht es ja nicht gerade aus wie eine Goldgrube.«

»Lass uns noch mal hinfahren, bevor wir die Polizei anrufen. Vielleicht können wir Veronika ja selbst herausholen.«

»Selbst wenn wir Hinterbach in seinem Studio treffen, was nützt uns das? Wie willst du ihn zwingen, uns zu sagen, wo Veronika steckt? Körperlich können wir gegen den doch selbst zu zweit nichts ausrichten.«

»Ich hole dich jetzt ab, und dann fahren wir zur Polizei Wenn du unbedingt willst, fahren wir am Studio vorbei. Aber nur zum Schauen.« Kobers Stimme klang nicht so, als sei Widerspruch möglich.

»Sind wir hier im Hochsicherheitstrakt?«, fragte Max den Anwalt, als sie das Polizeigebäude in der Innenstadt betraten. »Die sitzen ja tatsächlich noch hinter Panzerglas. Ich dachte, diese Zeiten wären längst vorbei?«

»Das sind die letzten Relikte des deutschen Herbsts. Da ging denen der Arsch auf Grundeis. Die dachten, die RAF würde jeden Polizeiposten knacken. Gibt es aber nur noch selten. Mittlerweile bauen die das wieder zurück. Warte ab, irgendwann macht die Polizei es dem Arbeitsamt nach und nennt die Leute, die zu ihr kommen müssen, Kunden.«

Bevor Max etwas antworten konnte, trat ein Beamter in einem beigen Rollkragenpullover auf die andere Seite der Scheibe und schaltete die Sprechanlage an. »Was kann ich für Sie tun?«

Josef Kober legte seine Visitenkarte in das Fach, das Max stark an den Kassenschalter seiner Bankfiliale erinnerte. »Wir haben eine Entführung zu melden.«

»Wie bitte, eine Entführung?«

Der Anwalt brauchte keine zwei Minuten, um den Polizisten von der Ernsthaftigkeit ihres Besuchs zu überzeugen. »Wir wissen auch mit ziemlicher Sicherheit, wo der Entführer Frau Waldbusch versteckt.«

»Woher wollen Sie das wissen?«

»Auf der Fahrt hierher haben wir den Lieferwagen, in dem sie entführt wurde, vor Frank Hinterbachs Fitnessstudio unten am Neckar stehen sehen. Und ich bin mir sicher, dass Hinterbach der Täter ist.«

»Was sagen Sie da – Frank Hinterbach?«

Max und Josef nickten gleichzeitig.

»Da brauch ich den Polizeiführer vom Dienst«, sagte der Beamte und griff zum Telefon. »Und Sie kommen am besten mal rein.«

Die schwere Tür, die das Foyer von den Diensträumen trennte, schwang automatisch auf.

»Sie kennen Hinterbach?«, fragte Josef Kober, als sie an einem Tisch in der Wache saßen.

»Leider. Oder in diesem Fall: zum Glück. Der könnte bewaffnet sein. Deshalb holen wir das SEK. Die brauchen von Göppingen aus nur ein paar Minuten hierher.«

»Sagen Sie denen, die sollen Gas geben. Möglicherweise ist Hinterbach in einen Mord verwickelt. Und dann hat er nicht mehr viel zu verlieren.«

Während der Beamte die Informationen über Funk weitergab, fragte Max den Anwalt: »Und was machen wir?«

»Sie bleiben am besten hier und überlassen uns den Rest«, antwortete der Polizist an dessen Stelle.

»Klingt vernünftig, aber nicht gut«, sagte Max. »Ich will sehen, was da passiert. Schließlich bin ich nicht nur Veronikas Freund, sondern auch Journalist.«

»Ich verstehe dich ja, Max. Aber der Beamte hat recht. Emotional Beteiligte sind nie gut am Ort des Geschehens.«

»Josef, bitte. Ich kann doch Veronika da nicht allein lassen.«

»Das tust du doch auch gar nicht. Deshalb sind wir ja hier.«

»Dann warten wir im Auto auf der Straße, die zum Studio führt. Hier kann ich nicht bleiben.«

»Ich passe auf ihn auf«, sagte Kober zu dem Polizisten. »Sie können sich darauf verlassen.«

»Aber trinken Sie wenigstens noch einen Kaffee bei uns. Die Kollegen brauchen sicher noch ein paar Minuten. Ich sag Ihnen Bescheid, wenn es losgeht.«

Lustlos rührte Max in der braunen Brühe, die ihm der Beamte in einem Pappbecher hingestellt hatte – mit den Worten: »Was anderes haben wir leider nicht.«

Er rief sich nochmals die Szene bei Rainer Studer in Erinnerung. Der hatte ihm seine Halskette gezeigt und von den fünf Jungs berichtet, die genau den gleichen Anhänger mit den fünf Sonnenstrahlen hatten.

»Jetzt weiß ich, woher ich den Anhänger kenne«, rief Max laut und ignorierte den fragenden Blick des Anwalts. »So einen habe ich nach dem Einbruch in meinem Haus gefunden.«

»Wovon sprichst du, Max?«

»Ich ...« Das Klingeln des Handys unterbrach die Antwort. »Das ist Veronika. Schnell, hol den Beamten.«

Max ließ es noch ein paar Mal klingeln, dann drückte er auf den Annahmeknopf und schaltete gleichzeitig den Lautsprecher an.

»Veronika, wo bist du?«

»Lass die Finger von der Geschichte!« Das war nicht Veronikas Stimme. »Lass die Finger von der Geschichte, sonst siehst du sie nie wieder.«

»Hinterbach. Was machen Sie mit meiner Freundin?«

Ein Knacken, das Gespräch war weg.

»Sind Sie sicher, dass das Frank Hinterbach war?«, fragte der Polizist, der gerade noch rechtzeitig gekommen war, um das Gespräch mitzuhören.

»Hundertprozentig. Ich habe ja erst heute früh mit ihm gesprochen.«

»Gut, wenn das Handy eingeschaltet ist, können wir es orten. Geben Sie mir die Nummer.«

»Darauf hätte er aber schon früher kommen können«, sagte Kober, als der Beamte wieder weg war.

»Wir aber auch.«

»Stimmt. Aber es ist sein Job und nicht unsrer. Aber erzähl jetzt weiter. Was hat es mit diesem Anhänger auf sich?«

Max erzählte die Geschichte in dürren Worten. »Weißt du noch, was Hinterbach eben gesagt hat?«

»Ja, lass die Finger von der Geschichte. Welche Geschichte meint er?«

»Das wüsste ich auch gerne. Das klingt doch ganz ähnlich, wie der Satz, den der Einbrecher bei mir an die Wand geschrieben hat.«

»Meinst du, das war Hinterbach? Kannte der dich denn?«

»Ich glaube nicht. Aber wart mal kurz.«

Max zog sein Telefon wieder aus der Hosentasche, dazu die Visitenkarten von Rainer Studer.

»Sie haben mir doch vorher die Namen Ihrer vier Freunde gesagt, die ebenfalls diesen Anhänger hatten. Wie sieht es mit Frank Hinterbach aus? Hatte der auch einen?

»Frank? Der doch nicht. An dessen Brust durfte doch nur ein Kreuz baumeln. Obwohl der garantiert nie in die Kirche ging. Aber das kannte er aus irgendwelchen Macho-Filmen. Der hat uns noch ausgelacht wegen der Sonnen-Anhänger.«

»Danke.« Max beendete das Gespräch.

»Siegfried Wolter, Fritz Adam, Karl Augustin, Jochen Sänger und Rainer Studer. Sie alle hatten so einen Anhänger.« Max schlug sich so heftig mit der Hand auf die Stirn, dass Kober sichtlich erschrak.

»Ich bin doch blöd. Jochen Sänger zog Mitte der 80er Jahre weg von hier, nachdem sein Vater tot war und die Mutter wieder heiratete. Und zwar nach Oberschwaben.«

»Tut mir leid, ich versteh nur Bahnhof.«

»Warte einen Augenblick.«

Max telefonierte wieder.

»Frau Scharfenberg, hier ist Max von Steyn.« – »Nein, ich will nicht mit Ihrem Sohn sprechen. Beantworten Sie mir bitte nur eine Frage, aber sagen Sie Jochen nichts davon. Wie hießen Sie vor Ihrer Hochzeit mit Siegfried Scharfenberg? – Danke.«

»Da hätte ich doch früher draufkommen können. Jochen Scharfenberg stammt hier aus Esslingen. Er hieß, bevor Siegfried Scharfenberg ihn adoptierte, Jochen Sänger. Und ging mit Wachter und den anderen in eine Klasse. Er hatte so einen Sonnen-Anhänger. Und er ist es, der ihn bei mir verloren hat. Da bin ich mir ganz sicher.«

»Aber warum sollte er bei dir einbrechen?«

»Das weiß ich auch nicht so genau. Noch nicht.«

Max ging auf dem Flur des Polizeireviers unruhig auf und ab. Am Fenster blieb er kurz stehen, beobachtete sein Spiegelbild in der Scheibe, drehte sich um und ging zurück zur Tür. Immer wieder.

»Du kriegst ja noch einen Koller hier. Sollen wir rausgehen?«

In diesem Moment kam der Beamte wieder rein. »Das SEK ist vor Ort. Sie können hinfahren, wenn Sie möchten. Aber bitte halten Sie Abstand.«

»Ich weiß gar nicht, was ich zuerst tun soll«, sagte Max, als sie im Auto saßen. »Ich sollte dringend nochmal zu Rainer Studer, will aber auch dabei sein, wenn die Veronika rausholen.«

»Kannst du mit Studer nicht telefonieren, während wir warten?«

»Zur Not, aber ich möchte seine Augen sehen, wenn wir miteinander reden. Obwohl ich ihm eigentlich schon vertraue. Der war sehr offen zu mir.«

»Dann versuch's«, sagte Kober und drückte aufs Gas. Sein Wagen schien noch ein paar PS mehr unter der Haube zu haben als Veronikas Flitzer.

»Herr Studer, ich bin's nochmal, Max von Steyn. – Nein, wir wissen noch nichts Neues. Die Polizei ist dran. – Ja, danke, ich habe aber noch ein paar Fragen an Sie. Können wir das am Telefon machen? – Es dreht sich um Jochen Sänger. Was hatte der für ein Verhältnis zu Wachter? Auf dem Foto sah er noch eingeschüchterter aus als Sie.«

»Finden Sie, ich sah eingeschüchtert aus?«

»Allerdings. Und da ich ja weiß warum, wundert mich das auch nicht im Geringsten. Was war mit Jochen?«

»Jochen ging es noch schlechter als mir. Wachter und die anderen hackten nur auf ihm rum. Ich glaube, ich war damals sein einziger richtiger Freund. Als Wachter dann aber von mir abließ, reagierte er sich umso schlimmer an Jochen ab. Ich konnte ihm nicht helfen. Was auch immer er tat, Wachter und die anderen fühlten sich provoziert.«

»Wann war das, dass Wachter von Ihnen abließ und sich auf Jochen als Opfer konzentrierte?«

»Anfang der Neunten. Da hatte er kapiert, dass ich ihm anders hilfreicher war. So war er immer. Er benutzte die Leute, wie es ihm passte. Und fast alle ließen es sich gefallen. Jochen hatte keine Chance gegen ihn.«

»Wie lange ging das?«

»Bis Jochen wegzog.«

»Und dann?«

»Das fiel in die Zeit, in der Wawa sich ziemlich änderte. Er wurde, wie gesagt, ein richtig guter Kumpel, auf den man sich verlassen konnte.«

»Nur nutzte das Jochen nichts mehr. – Herr Studer, vielen Dank, ich muss Schluss machen, hier passiert irgendetwas. Ich melde mich wieder. Nochmal danke!«

Kober sah ihn an. »Ich hab ja nur die Hälfte mitbekommen, aber das klingt ja richtig geheimnisvoll. Kennst du inzwischen die ganze Geschichte?«

»Nein, da fehlt noch was. Aber jetzt möchte ich erst sehen, was da unten los ist.«

Max sprang aus dem Wagen, Kober hinterher.

»Bleib hier Max, du kannst da nichts ausrichten.«

»Keine Angst, ich drehe nicht durch. Ich will nur sehen, was passiert.«

Er ging außen an dem Zaun entlang, der das Grundstück des Fitnessstudios abgrenzte. Vor dem Eingang parkten mehrere dunkle Limousinen, deren Türen offen standen. Daneben standen drei Polizisten mit schusssicheren Westen, die Maschinenpistolen im Anschlag. Ein Stück weiter hinten sah er Hinterbachs roten Lieferwagen. Auch dessen Türen standen offen. Was in dem Gebäude vor sich ging, war von seinem Standort aus nicht zu erkennen.

Plötzlich ging an einem Schuppen, der etwa dreißig Meter vom Hauptgebäude entfernt stand, eine kleine Tür auf, ohne dass die Polizisten das bemerkten. Frank Hinterbach streckte seinen Kopf heraus und blickte sich um. Um ihn herum schien alles ruhig zu sein. Nirgendwo war ein Polizist zu sehen.

»Wo sind die Idioten nur?«, rief Max. »Der haut doch ab.«

Josef Kober griff nach dem Telefon und wählte den Notruf. »Vielleicht hilft das ja was.«

Doch bevor er eine Antwort bekam, begann Frank Hinterbach zu rennen, genau in die Richtung von Max und Josef. Trotz seiner vielen Muskeln lief er sehr geschmeidig. Alle paar Meter drehte er den Kopf, doch niemand folgte ihm.

Max hörte, wie der Anwalt ihre Position durchgab und am Schluss sagte: »Ja, wir unternehmen nichts.«

»Schau, da ist ein Loch im Zaun. Das kennt der Hinterbach doch sicher. Was machen wir, wenn er auf uns zukommt?«

»Wir verhalten uns ruhig und lassen ihn laufen. Die Polizei wird ihn schon wieder fangen.«

»Wovon träumst du nachts?«, raunte Max und griff nach einem großen Stein, der direkt neben seinem rechten Fuß lag. Hinterbach war höchstens zwanzig Meter von ihnen entfernt. Am Zaun musste er kurz anhalten, um durch das Loch zu kriechen. In diesem Moment stürmten ein paar Uniformierte aus der Tür, durch die kurz zuvor Frank Hinterbach gekommen war.

Max wollte laut »hierher« schreien, doch da stand der Muskelmann schon vor ihm. Ohne eine Sekunde nachzudenken, schleuderte Max ihm den Stein entgegen. Hinterbach versuchte noch, sich zu ducken, doch der Stein traf ihn genau an der Schläfe. Mit einem gurgelnden Geräusch sackte er zusammen.

Jetzt brach der Schrei aus Max heraus. »Hierher, hier liegt er, schnell, sonst kommt er wieder zu sich.« Er merkte gar nicht, wie sich seine Stimme überschlug.

Während vier Beamte in seine Richtung stürmten, sah er den Rest der Einsatztruppe aus dem Haupteingang kommen. In ihrer Mitte leuchtete ein roter Lockenkopf.

»Veronika!«, schrie Max und begann zu laufen.

Als er seine Freundin im Arm hielt, wusste er nicht, wer von ihnen beiden stärker zitterte. »Was hat er dir getan?«

»Zum Glück noch nichts. Er hat mir so manches angedroht für den Fall, dass du weiter hinter ihm her schnüffelst.«

»Vor was hatte er Angst? Mit Wachters Tod hat der nichts zu tun. Da bin ich mir inzwischen ziemlich sicher.«

»Der hat wohl mitgekriegt, wie ich das mit dem Firmenschild zu dir gesagt habe. Irgendwas lief da schief mit Wachter. Er hat nur so Andeutungen gemacht. Wachter wollte wohl Geld von ihm, das er nicht hatte. Aber das wird er sicher der Polizei erzählen. Hinterbach hat keine guten Nerven, und wir haben ja jetzt gesehen, wie durchgeknallt er ist. Aber warum bist du dir sicher, dass er nichts mit Wachters Tod zu tun hat?«

»Ach, das hast du ja alles gar nicht mitbekommen. Ich glaube, Jochen Scharfenberg ist unser Mann. Ich weiß nur noch nicht so genau, wie und warum.«

»Was heißt das?«

»Jochen stammt von hier. Scharfenberg hat ihn adoptiert. Er ist mit der ganzen Blase hier aufgewachsen. Früher hieß er Sänger.«

»Versteh' ich nicht so ganz. Aber du wirst es mir erklären. Da hinten kommt Josef. Habt ihr das hier gemeinsam organisiert?«

»Ja, wobei ich ihm schon ein Kompliment machen muss. Er war richtig cool. Im Gegensatz zu mir.«

»Weißt du was, da bin ich sogar froh drüber, dass du in der Situation nicht cool geblieben bist.« Sie gab Max einen langen Kuss, der aber vom Klingeln seines Telefons unterbrochen wurde.

»Frau Scharfenberg? Was …? – Nein, das darf doch nicht wahr sein. – Wir kommen, so schnell es geht. Ich rufe Sie gleich wieder an.«

»Das war Jochens Mutter«, sagte er zu Veronika und Josef. »Jochen hat mitbekommen, dass ich nach seinem früheren Namen gefragt habe, und sich wohl einiges zusammengereimt. Er ist von zu Hause abgehauen und hat irgendwelche Medikamente mitgenommen.«

»Hat sie schon die Polizei angerufen?«

»Ich glaube nicht. Das mach ich jetzt. Ist ja wieder ein Heimspiel.«

Sein Mitstreiter – oder Gegner? – bei diesem Heimspiel war mal wieder Kommissar Auchter, der noch immer darüber nachzudenken schien, wie er die Oberbürgermeisterin zur Strecke bringen könnte.

»Sie glauben, Jochen Scharfenberg ist unser Mann? Wie kommen Sie darauf?«

»Das erkläre ich Ihnen gerne später. Oder ich schreibe ein Buch darüber. Jetzt ist es nur wichtig, ihn zu finden. Seine Mutter hat Angst, dass er sich etwas antut.«

»Hat sie eine Ahnung, wo er sein könnte?«

»Ich glaube nicht, aber fragen Sie sie am besten selber. Ich bin noch in Esslingen und brauche eine gute Stunde, bis ich zurück bin.«

»Was machen Sie in Esslingen?«

»Ach, das steht dann auch in meinem Buch. Bis später. Ich hoffe, Sie finden ihn rechtzeitig. Wir kommen auch, so schnell es geht.«

Fünf Minuten später saßen die drei in Josef Kobers Auto. Veronikas Wagen zu holen, hätte zu lange gedauert. Obwohl er die längsten Beine hatte, hatte sich Max bereitwillig auf die enge Rückbank des Sportwagens gequetscht. Seine Freundin hatte genug mitgemacht.

Vorhin bei der Fahrt zur Polizei und zum Fitnessstudio hatte Max überhaupt nicht realisiert, in was für einem Auto er saß. Jetzt stieß er einen Pfiff aus: »Nicht schlecht die Karre, Herr Anwalt.«

»Das Wort Karre habe ich überhört. Sonst müsste ich dir eine Beleidigungsklage anhängen. Das ist ein 54-er Aston Martin DB 2/4 mit Drei-Liter-Maschine. Der ist fast so alt wie der erste James-Bond-Roman und sogar schon bei der Mille Miglia mitgefahren.« Kober drehte sich zu Veronika und ergänzte: »Das ist die bedeutendste Rallye für historische Autos. Die nehmen nicht jeden.«

»La corsa piú bella del mondo«, antwortete Veronika. »Und weißt du, wer da letztes Jahr im Auto des Siegers mitfuhr und eine Reportage drüber geschrieben hat?«

»Oh, Verzeihung.« Kober drückte aufs Gaspedal und überspielte seine Verlegenheit, indem er jede einzelne Pferdestärke seines Flitzers ausnutzte. »Du bist die erste Frau, die bei dem Namen Mille Miglia keine Fragezeichen in den Augen hat.«

Max drückte sich in die Lehne der Rückbank. Während er versuchte, eine Haltung für seine Beine zu finden, die nicht sofort Krämpfe auslöste, sagte er: »Hier hinten würde ich aber keine tausend Meilen mitfahren. So schön kann keine Strecke der Welt sein. Doch lasst uns an unserem Fall weiterarbeiten. Ich rufe jetzt erst mal Georg an. Der muss uns helfen.«

»Ah, der Verschollene. Von dir höre ich ja gar nichts mehr«, tönte es aus dem Telefon, nachdem Max sich gemeldet hatte. »Ich wette zehn Weizen gegen ein Glas sauren Sprudel, dass du etwas von mir brauchst.«

»Die Wette könntest du verlieren, lieber Georg. Nicht ich brauche was von dir. Aber vielleicht Jochen Scharfenberg.«

»Jochen? Was hast du denn mit dem zu tun außer deiner Firmenbiografie?«

Max klärte ihn in kurzen Worten auf und kam dann zu seiner Bitte: »Könntest du mit ein paar anderen vom Lauftreff die üblichen Strecken im Zirbelwald ablaufen und nach Jochen suchen? Die Polizei ist auch schon unterwegs, doch die kennen sich da nicht halb so gut aus wie du.«

»Ist es eigentlich Zufall, dass ich gerade meine Laufschuhe angezogen habe und los wollte?«

»Es gibt keine Zufälle. Und danke. Deine zehn Weizen bekommst du auf jeden Fall, von mir aus auch einen ganzen Kasten.«

»Und du ein Glas Wasser. Versprochen. Ich ruf dich an, wenn sich was tut.«

Max drückte die rote Taste und begann gleich wieder zu wählen. Diesmal die Nummer von Rainer Studer.

»Ein Teil unseres Krimis ist vorbei«, sagte er. »Frank Hinterbach wurde verhaftet. Aber er ist nicht Wachters Mörder.«

»Wer dann?«

»Ich tippe auf Jochen Scharfenberg. Oder Jochen Sänger, wie er zu Ihrer Zeit hieß. Für die Details brauche ich noch ein bisschen. Aber Sie können mir helfen.«

»Wie?«

»Indem Sie mir noch eine Frage beantworten: Der Sonnenanhänger an Ihrer Halskette lässt sich öffnen. Was gehört da rein?«

»Oh, ich habe da ein Bild meiner Frau drin. Aber ursprünglich war das mal für Zyankali gedacht. Damit wir uns für unsere erste große Liebe umbringen können. Der junge Werther lässt grüßen. Aber wir sind da zum Glück nie rangekommen.«

»Kann es sein, dass Jochen doch irgendwie an Zyankali gekommen ist?«

»Bei uns damals sicher nicht. Das hätte ich mitbekommen.«

»Nochmals vielen Dank. Ich halte Sie auf dem Laufenden.«

Sie waren schon kurz vor Ulm, als Max das Gespräch beendete.

»Erfahren wir jetzt auch mal, was da genau los ist?«, fragte Veronika und drehte ihren Kopf nach hinten.

»Wenn ich das so genau wüsste. Mir fehlen noch ein paar Puzzleteilchen. Ich bin mir sicher, dass Jochen Scharfenberg unseren Freund Wachter vergiftet hat. Und dass er bei mir eingebrochen ist. Aber ich weiß noch nicht genau, wie das zusammenhängt und wie er ihn umgebracht hat. Ich hoffe, er wird es mir selbst erzählen.«

»Wenn er lebend gefunden wird. Seine Mutter hat doch gesagt, dass er Medikamente mitgenommen hat.« Veronika hatte also zumindest einen Teil der Telefongespräche mitbekommen.

»Deshalb suchen sie ihn ja jetzt alle. Ich laufe auch los, sobald wir zurück sind.«

»Und was ist mit deinem Kopf?«

»Der hat auch die Erschütterungen der vergangenen Nacht gut verkraftet. Dann wird ihm ein bisschen Laufen auch nicht schaden.«

Josef Kober grinste, sagte aber nichts.

Eine halbe Stunde später setzte er seine Mitfahrer in der Maxau ab. Nur ein paar Minuten später stand Max in Laufkleidung an der Tür. »Halt du hier die Stellung. Ich habe das Handy dabei.«

»Wohin läufst du?«

»Erstmals einfach in den Wald. Je mehr Leute unterwegs sind, umso wahrscheinlicher wird es, dass wir Jochen finden.«

»Und wenn er gar nicht gefunden werden will?«

»Dann wird er sich so gut verstecken, dass wir ihn auch nicht finden. Du weißt doch, die meisten Selbstmordversuche sind in Wirklichkeit Hilferufe. Und diesen Ruf will ich nicht überhören. Jochen ist kein schlechter Kerl. Vor allem, seitdem ich annähernd weiß, was er in seiner Jugend mitgemacht hat, wird er mir immer sympathischer.«

»Was ich nicht verstehe ist, dass der in Wachters Wählerinitiative mitgemacht hat.«

»Ich auch nicht, aber jetzt ist keine Zeit zum Diskutieren. Ich lauf los. Ruf doch bitte mal Dicki an und warn ihn vor, dass er wahrscheinlich einen neuen Aufmacher bekommt. Aber verrat bitte noch nicht zu viel.«

Ein Schwindel erfasste Max, als er in einen leichten Trab verfiel. Fünf Tage war es her, dass er in Berlin den ersten Marathon seines Lebens laufen wollte. Und auf dem Asphalt endete.

Seit fünf Tagen war er nicht mehr gelaufen. Eine so lange Pause hatte er seit Monaten nicht mehr eingelegt. Von Schritt zu Schritt wurde er schneller, und obwohl er in den von der späten Nachmittagssonne hell erleuchteten Wald lief, sah er die Bilder aus Berlin vor sich. Neben sich Angela, die jetzt möglicherweise ganz in seiner Nähe war, um Jochen zu suchen. Jeder der Bäume um ihn herum schien ein Mensch zu sein, so wie er Teil dieser riesigen Welle, die sich durch Berlin bewegte, anfangs langsam und gewaltig, dann zerfließend in viele einzelne Strömungen, die ihren Weg ins Ziel suchten. Doch er war an einen Wellenbrecher geraten. Kein Strand in Sicht.

Max dachte nicht darüber nach, wohin er lief. Ganz gefühlsmäßig wählte er an jeder Abzweigung die Richtung. Weit über sich hörte er das Geräusch eines Hubschraubers. Doch in diesem Teil des Waldes begegnete ihm noch niemand. Einmal glaubte er, ganz in der Nähe ein Auto zu hören, das aber gleich wieder verschwand. Seine Kopfverletzung meldete sich mit einem leichten Pochen, das er aber ignorierte.

Georg und die anderen waren sicherlich an dem Parkplatz losgelaufen, an dem zweimal in der Woche der Lauftreff startete. Meistens mit Jochen Scharfenberg.

Je nachdem, welche Routen die anderen bei ihrer Suche abliefen, könnte er schon bald auf seine Laufkameraden treffen. Doch noch war niemand zu sehen oder zu hören. Lediglich das gleichmäßige Brummen des Hubschraubers verteilte sich über den gesamten Wald.

Vor Max tauchte eine Waldarbeiterhütte auf, die ihm sehr vertraut erschien. »Komisch«, dachte er, »dass ich immer wieder hier lande.« Es war die Hütte, in der er sich bei seinen Nachforschungen im Fall Berger mit dem alten Professor getroffen hatte, für den es eines der letzten Gespräche seines Lebens wurde.

Er musste in die Hütte hineinschauen, so wie in alle anderen, an denen er noch vorbeikommen würde.

Sie maß vielleicht fünf mal fünf Meter und stand am Rand einer Lichtung, in deren Mitte ein kleiner Tümpel zu sehen war. Dass die Tür, die von der Veranda ins Innere führte, offen stand, wunderte Max nicht. Die Waldarbeiter hatten es nach so vielen Einbrüchen aufgegeben, ihre Pausenquartiere abzuschließen, da die Schäden an den aufgebrochenen Türen viel höher waren als die mögliche Beute, die aus ein paar Tellern und Tassen bestand. Eine ähnliche Strategie hatte Max früher bei seinem Auto angewendet, nachdem am Baggersee einmal die Scheibe eingeschlagen worden war. Die Mühe, das alte Autoradio auszubauen, hatte sich der Täter am Ende erspart.

Er verlangsamte seine Schritte und versuchte, jedes Geräusch zu vermeiden. Vorsichtig näherte er sich der Tür und hob sofort seinen Fuß in die Höhe, als die Holzdiele unter ihm zu knarren begann. Er hielt sein Ohr an den Türspalt. Das Einzige, was er hörte, war sein eigener Atem und sein Herz, das heftig pochte. Die Hütte schien leer zu sein. Vorsichtig drückte Max die Tür auf und wartete einen Moment. Nichts passierte. Er machte einen Schritt ins Innere und wartete kurz, bis sich seine Augen an die Dunkelheit gewöhnt hatten. Den Impuls, eine Taschenlampe mitzunehmen, hatte er in der Maxau unterdrückt. Es würde ja schließlich erst in zwei Stunden richtig dunkel sein.

Er lauschte wieder. Und hörte plötzlich ein leises Stöhnen. »Jochen«, rief er erschrocken, »Jochen, bist du hier? Ich bin's, Max.«

Keine Antwort. Nur das Stöhnen wurde deutlicher. Max drückte die Tür ganz auf und bemerkte unterhalb des von einem dunklen Laden verschlossenen Fensters einen Schatten.

»Jochen, bist du das?«

Wieder keine Antwort.

Er zog sein Handy hervor und wäre nun zum ersten Mal in seinem Leben froh über so ein modernes Gerät gewesen, wie es Georg besaß. Seins hatte keine eingebaute Taschenlampe, so musste er sich mit der schwachen Beleuchtung des Displays begnügen. Doch die reichte aus, um Jochen Scharfenberg zu erkennen, dessen schmerzgekrümmter Körper unter dem Fenster lag.

Max kniete neben ihm nieder. »Jochen, was ist los? Hörst du mich?«

Die Antwort bestand aus einem leisen Gurgeln.

»Ich bring dich hier raus.« Er fasste den Körper unter den Achseln und zog ihn vorsichtig zur Tür. Dort legte er ihn ab und drehte ihn auf die Seite, so dass er einen stabilen Eindruck machte. Max bezweifelte zwar, dass dies die formvollendete stabile Seitenlage war, die er Jahrzehnte zuvor mal im Erste-Hilfe-Kurs gelernt hatte. Trotzdem sah es ganz gut aus.

Als er die Notrufnummer in sein Handy tippen wollte, sah er gerade noch, wie das Betreiberlogo langsam vom Bildschirm verschwand. Der Akku hatte nach den vielen Telefongesprächen dieses Tages seinen Geist aufgegeben.

Max schlug Jochen Scharfenberg mit der flachen Hand auf die Wangen. »Hörst du mich? Weißt du, dass das hier ziemlich beschissen ist? Ich habe keinen Saft im Handy und kann keine Hilfe holen. Wach doch endlich auf.« Er schüttelte den leblosen Körper.

Der bäumte sich plötzlich auf und begann zu zittern. Max hielt ihn an den Schultern fest und sah, dass Jochen Scharfenberg sogar ein wenig die Augen öffnete.

»Jochen, hörst du mich?«, fragte er wieder und bekam dieses Mal sogar ein leises Lallen zur Antwort.

»Du musst das Zeug auskotzen. Steck deinen Finger in den Hals.« Scharfenberg reagierte nicht.

Max schlug ihm erneut ins Gesicht. Sein Blick wanderte von der Veranda über die Lichtung.

Der Tümpel. Vielleicht half ja kaltes Wasser?

Er packte den noch immer halb Bewusstlosen und zog ihn auf die Lichtung. Der Körper erschien ihm überraschend leicht. »Was für ein Glück, dass Jochen beim Marathontraining mindestens zehn Kilo abgespeckt hat«, dachte Max und legte Scharfenberg am Rande des Tümpels ab. Mit einer Hand hielt er ihn in der Seitenlage, mit der anderen schaufelte er Wasser über sein Gesicht, das ganz allmählich wieder an Farbe gewann.

»Ich muss dich allein lassen, um Hilfe zu holen«, sagte Max und zog Jochen Scharfenberg wieder weg vom Wasser. Nicht auszudenken, wenn er da reinrollen würde, während Max weg war.

Als er den Körper wieder sinken ließ, spürte er etwas Hartes in seiner Hand. Er griff in die Jackentasche und entdeckte ein Handy. Warum war er nicht früher darauf gekommen nachzuschauen? Aber wer konnte schon ahnen, dass jemand sein Handy mitnimmt, wenn er sich umbringen möchte.

Allerdings war das Gerät ausgeschaltet. Offenbar wollte Jochen Scharfenberg doch verhindern, dass er geortet würde. Max schaltete es an und blieb bei der Abfrage der Geheimnummer hängen.

»Jochen, welche PIN hast du?«

Keine Antwort.

Doch dann tauchte der Hinweis auf: »Nur Notrufe möglich«. Nichts anderes brauchte Max. Keine Minute später war der Rettungsdienst alarmiert. Jetzt bemerkte er, dass in der Brusttasche von Jochen Scharfenbergs Jacke ein Zettel steckte. Neugierig zog er ihn heraus. In krakeliger Handschrift stand dort: »Ich habe Wawa das Gift gegeben. Er hat es verdient. Ich jetzt aber auch.«

Es war eine ansehnliche Runde, die sich eine gute Stunde später in der Maxau versammelt hatte. Neben Max, Veronika, Josef und Isabel waren Georg, Angela und noch ein halbes Dutzend weitere Läufer gekommen. Der Geruch, den sie nach fast zwei Stunden Suchlauf im Wald verströmten, erinnerte Max ein wenig an das Esslinger Fitnessstudio, in dem er keine zehn Stunden zuvor Frank Hinterbach befragt hatte. Etwas später kam noch Eberhard Walter dazu, der Pressesprecher der Polizei, den unvermeidlichen Kommissar Auchter im Schlepptau. Und natürlich Dicki, der Stoff für seinen Aufmacher brauchte.

Die Gaggia in der Küche verkraftete den Hochbetrieb problemlos.

»Herr von Steyn, auch wenn das nicht der Rahmen für eine formelle Vernehmung ist, verraten Sie uns doch bitte mal, was passiert ist«, bat Auchter, und Dicki zückte seinen Block.

»Wirklich wissen werden wir das erst, wenn Jochen Scharfenberg ausgesagt hat. Ich hoffe, Sie erlauben mir, ihn zu besuchen, sobald Sie ihn vernommen haben. Aber eins ist klar: Isabel Mertens hat mit dem Mord an Wachter nicht das Geringste zu tun. Das Geständnis von Jochen Scharfenberg ist eindeutig. Meinst du ...« – er wandte sich an Eberhard Walter – »... du kannst das noch in einer offiziellen Pressemitteilung verkünden? Das Leck bei euch ganz oben hat Isabel Mertens ziemlich geschadet. Da wäre doch eine kleine Wiedergutmachung angesagt, selbst wenn heute Feiertag ist.«

»Ich spreche kurz mit meinem Chef, aber das läuft sicher. Wir waren ja selbst nicht glücklich darüber, wie das gelaufen ist. Aber vorher sollte ich noch ein paar Details wissen.«

Max erstattete den Anwesenden Bericht über die Recherchen der vergangenen Tage, immer wieder ergänzt durch Veronika und Josef.

»Kompliment«, sagte Auchter, bevor er mit Eberhard Walter zusammen die Maxau verließ. »Fast schade, dass Sie nicht zu unserem Verein gehören.«

»Was ist denn in Auchter gefahren?«, wunderte sich Veronika. »Das war doch schon fast eine Liebeserklärung.«

»Kein Grund zur Eifersucht, meine Liebe. Ich glaube, der ist froh, dass wir ihn vor noch größeren Fehlern bewahrt haben.«

So gut besucht wie an diesem Montagabend war der Lauftreff im Zirbelwald selten. Auch Isabel Mertens, die am Tag zuvor mit fast siebzig Prozent der Stimmen wieder zur Oberbürgermeisterin gewählt worden war, stand auf dem Wanderparkplatz oberhalb der Stadt, umringt von alten und neuen Freunden.

»Einfach toll, Ihre Idee, Wachter im Marathon zu schlagen. Sie hätten das auch geschafft. Obwohl ich Sie auch so gewählt hätte«, sagte ein etwa 60-jähriger Mann. Von links kam eine Stimme: »Wir brauchen jemanden wie Sie. Kommen Sie doch öfter zum Lauftreff.«

»Wenn es meine Termine erlauben, gerne«, gab Isabel zurück.

Max blickte sie an und flüsterte zu Angela, die neben ihm stand: »Schau mal, wie sie jetzt alle sülzen. Das sind doch die Gleichen, die sich noch vor ein paar Wochen an Wachter rangeschmissen haben.«

»Dr Mensch is a Sau – hat der alte Qualtinger gesagt.« Angela schaffte es tatsächlich, den Akzent des Österreichers zu imitieren.

»Liebe Läuferinnen und Läufer ...« Mit den immer gleichen Worten versuchte Georg, die Aufmerksamkeit auf sich zu ziehen. Meistens war das schwierig, denn die obligatorische Frage, wer neu sei und nicht wisse, mit welcher Gruppe er laufen solle, kannten die meisten schon seit vielen Jahren.

Doch an diesem Tag wurde es schlagartig ruhig. Selbst Evelyn, die normalerweise auch ein dreistündiger Trainingslauf nicht zum Schweigen bringen konnte, verstummte.

Georg wiederholte seine Anrede: »Liebe Läuferinnen und Läufer, ihr alle wisst, dass seit unserem Marathon vor acht Tagen einiges geschehen ist. Walter Wilhelm Wachter ist umgebracht worden. Nach allem, was wir wissen, kennen wir auch den Täter, Jochen Scharfenberg. Wir verdanken es unserem Lauffreund Max von Steyn, dass das Ganze so schnell herausgekommen ist und dass unsere Oberbürgermeisterin, der ich ganz herzlich zur Wiederwahl gratuliere, von dem bösen Verdacht reingewaschen wurde, etwas mit der Tat zu tun zu haben. Max hat ja schon ein wenig Erfahrung als Detektiv, wie wir alle wissen, aber wir hoffen jetzt doch, dass er hier bei uns nicht mehr so schnell aktiv werden muss.«

Die Umstehenden applaudierten.

»Ich sehe zwar, dass manche von euch schon mit den Laufschuhen scharren, aber trotzdem möchte ich Max bitten, uns allen zu berichten, was genau passiert ist. Schließlich betrifft uns das nicht nur als Bürger unserer Stadt, sondern auch als Läufer.«

Max stellte sich neben seinen Freund Georg. In seinem Gesicht lag noch immer eine deutlich erkennbare Blässe. Auch am Wochenende hatte er nicht allzu viel Schlaf abbekommen, was aber nicht nur an Veronika lag, die am Sonntag schon wieder nach München gefahren war.

Denn auch, nachdem er den bewusstlosen Jochen Scharfenberg entdeckt hatte, blieben viele Fragen offen, die er unbedingt beantwortet haben wollte. Da Jochen auf der Intensivstation lag und Max dort sicher nicht ohne weiteres hineinspazieren konnte, hatte er sich entschlossen, gleich am Samstagvormittag dessen Mutter zu besuchen.

Frau Scharfenberg hatte Tränen in den Augen, als sie Max die Tür öffnete. »Vielen Dank, Herr von Steyn. Ohne Ihre Hilfe wäre mein Jochen jetzt tot. Und dann hätte ich niemanden mehr.«

Max brachte es nicht übers Herz, ihr zu sagen, dass sie wohl auch so für längere Zeit auf ihren Sohn verzichten müsse. Schließlich hatte er einen Menschen getötet.

Für Max war es ein seltsames Gefühl, in diese Wohnung zu kommen, in der einst die Familie Finkenbeiner gewohnt hatte. Das Parkett schien noch original zu sein, ebenso die Stuckverzierungen an den hohen Decken.

»Nehmen Sie Platz, Herr von Steyn. Darf ich Ihnen einen Kaffee anbieten?«

Max nickte: »Gerne. Ein guter Kaffee kann nie schaden. Die letzten Tage hatten es in sich.« Zudem wusste er aus Erfahrung, dass die Menschen beim Kaffeetrinken schnell gesprächig wurden.

So war es auch bei Marianne Scharfenberg. Sie begann sofort über die Zeit in Esslingen zu erzählen. »Anfangs ging es mit Jochen auf dem Gymnasium wirklich gut. Doch schon in der sechsten Klasse verlor er die Lust. Er lernte wenig, brachte schlechte Noten nach Hause. Doch ich hatte keine Ahnung, warum. Und Schulpsychologen oder so etwas gab es ja damals nicht.«

»Kannten Sie eigentlich Walter Wilhelm Wachter?«

»Nicht näher. Ich wusste, dass er mit Jochen in die Klasse ging und dass er ein gutes Stück älter war.«

»Wussten Sie denn nicht, dass er seine Mitschüler – und vermutlich auch Ihren Sohn – misshandelte?«

»Nein, davon habe ich jetzt zum ersten Mal gehört. Jochen war schon immer eher verschlossen. Später schob ich das darauf, dass sein Vater sehr krank wurde und dann ja auch starb.«

»Und als Sie hierherkamen? Wurde es da besser?«

»Jochen blieb immer etwas Außenseiter. Aber ich hatte trotzdem den Eindruck, als sei eine Last von ihm gefallen. In der Schule wurde er auch wieder besser. Das lag aber sicher auch daran, dass Gerhard – Sie kannten meinen zweiten Mann ja – sich viel um ihn gekümmert und mit ihm gelernt hat.«

»Haben Sie keine Ahnung, was damals in der Schule passierte? Sein früherer Freund Rainer Studer hat mir da einiges erzählt.«

»Nein, ich bin sicher, auch die anderen Eltern wussten nichts. Da hätte doch sonst jemand reagiert.«

»Haben Sie heute schon etwas von Jochen gehört?«

»Kurz bevor Sie kamen, habe ich im Krankenhaus angerufen. Er wacht gerade auf. In einer Stunde kann ich zu ihm.«

Max trank ein paar Schlucke aus seiner Tasse. »Hervorragend, Ihr Kaffee. Sie haben sicher eine sehr gute Maschine.«

»Der kommt nicht aus der Maschine. Ich brühe ihn immer von Hand auf. Und tue eine Messerspitze Natron aufs Pulver.«

»Frau Scharfenberg. Ich würde auch gerne mit Jochen sprechen. Meinen Sie, das geht?«

»Die Polizei hat gesagt, dass nur ich zu ihm darf. Die bewachen ihn ja sogar, ganz so, als könnte er aufstehen und weglaufen.«

»Ich glaube, die müssen das. Dürfte ich vielleicht mit Ihnen mitkommen?«

»Und wenn die fragen, wer Sie sind?«

»Dann sagen Sie einfach, ich sei Jochens großer Bruder. Das funktioniert natürlich nur, wenn der Polizist, der da Wache schiebt, mich nicht kennt.«

Es klappte in der Tat. Da von Jochen Scharfenberg keine Gefahr mehr ausging, hatte man einen jungen Polizeischüler vor die Tür gesetzt, der seinem Auftrag aber mit großer Wichtigkeit nachkam.

»Haben Sie einen Ausweis?«, fragte er, als die beiden vor dem Krankenzimmer standen. Marianne Scharfenberg zückte ihre Brieftasche. »Glauben Sie mir nicht, dass ich die Mutter bin?«

Statt ihr zu antworten, fragte der Polizeischüler Max: »Und wer sind Sie?«

»Der Bruder. Max Sänger.«

»Sänger? Warum Sänger und nicht Scharfenberg?«

»So hieß ich in erster Ehe. Mein zweiter Mann adoptierte Jochen. Max war damals schon größer und blieb in Esslingen«, sagte Marianne Scharfenberg und blickte den Polizisten an.

»Ausweis?«, fragte der.

Max klopfte auf seine leere Hosentasche. »Oh, ich habe meinen Geldbeutel wohl bei meiner Mutter zu Hause gelassen.«

»Na ja, ich glaube, der Ausweis Ihrer Mutter genügt.« Der junge Mann wies mit einer Kopfbewegung auf die Tür des Krankenzimmers. »Da ist gerade eine Schwester drin. Vielleicht sollten Sie warten.«

»Oh, ich glaube, das stört meinen Sohn nicht, wenn wir kommen.« Marianne Scharfenberg griff nach der Klinke. In diesem Moment wurde die Tür von innen geöffnet.

»Guten Tag, ich bin die Mutter«, sagte sie zu der Schwester, deren Blick allerdings bei Max hängen blieb.

»Und das?«, fragte sie.

»Jochens Bruder Max.«

Jetzt erkannte Max die Frau. Es war Schwester Gerlinde, die die Station leitete. An ihr wäre er schon ein Jahr zuvor beinahe gescheitert, als Sonja Berger nach einem Schwächeanfall hier im Krankenhaus gelegen hatte. Max war sicher, dass sie ihn sofort wiedererkannt hatte. Er warf ihr einen bittenden Blick zu und sagte: »Max Sänger. Freut mich, Sie kennenzulernen, Schwester ...« Er tat so, als versuche er das Namensschild am Kittel der Frau zu entziffern. »... Schwester Gerlinde. Wie geht es Jochen denn?«

»Er ist bei Bewusstsein, aber sehr schwach. Bleiben Sie bitte nicht so lange. In einer halben Stunde kommt der Chefarzt zur Visite.«

Der hatte Max sicherlich nicht in so guter Erinnerung, nachdem er damals dafür gesorgt hatte, dass Sonja, immerhin eine gut zahlende Privatpatientin, das Krankenhaus sehr schnell wieder verließ. Bis der Arzt käme, müsste Max wieder weg sein. Sonst würde seine Tarnung auffliegen.

Er atmete tief durch, als die Schwester ihm im Gehen noch ein Lächeln zuwarf und sagte: »Ich hätte wetten können, dass ich Sie schon einmal gesehen habe.«

Während Marianne Scharfenberg ihren Sohn weinend in die Arme nahm, hielt sich Max dezent im Hintergrund.

Jochen Scharfenberg schien den Medikamentencocktail gut überstanden zu haben. Er blickte Max an und fragte: »Was machst du denn hier?«

»Herr von Steyn hat dich in der Waldhütte gefunden. Er ist dein Retter«, sagte seine Mutter. »Und er hat ein paar Fragen an dich.«

»Das kann ich mir denken.« Max war sich nicht ganz sicher, ob er aus der Bemerkung einen ablehnenden Unterton wahrnahm oder ob Jochens Stimmbänder noch von dem Schlauch angegriffen waren, mit dem man ihm den Magen ausgepumpt hatte.

Doch dann sagte der Mann im Krankenbett: »Danke, Max. Ich habe großen Mist gebaut, und du hast mich davor bewahrt, noch größeren zu bauen. Ich kann doch meine Mutter nicht alleine lassen. Bin ich froh, dass ich die Kapsel mit dem Gift nicht mehr hatte. Hätte ich das genommen und nicht die Schlaftabletten, wäre es mit mir aus gewesen.«

»Jochen, ich habe nicht viel Zeit. Wenn die Polizei mitbekommt, dass ich hier bin, schmeißen die mich hochkant raus. Schließlich bist du ja zumindest vorläufig festgenommen. Also: Was ist passiert?«

»Das ging alles ganz schnell. In Berlin, in dem Hotel. Wachter wusste ja gar nicht, wer ich bin. Er hatte mich nicht erkannt, schon wegen des anderen Namens. Und ich hatte es ihm nie gesagt. Das wollte ich nach dem Marathon tun. Er hat bei mir so viel kaputt gemacht.«

»Mein Kind ...« Seine Mutter legte die Hand auf seine Stirn.

»Mama, lass mich erzählen. Das muss einfach raus.«

Die alte Frau zog ihre Hand zurück und holte ein Taschentuch aus ihrem Mantel.

»Morgens war ich mit Wachter alleine im Waschraum. Ich zog mein T-Shirt aus, da sah er meine Tätowierung, oder das, was trotz aller Versuche, sie wegzumachen, davon übrig geblieben ist.«

Jochen Scharfenberg drehte sich auf die Seite und schob das Nachthemd über die rechte Schulter herunter, auf der deutlich zwei ineinander geschlungene Ws zu erkennen waren.

»Siehst du das? WW. Walter Wachter. Der Wilhelm war ihm damals noch peinlich. Das hat er mir reingeritzt, als ich dreizehn war. Frank Hinterbach und Sebastian Kalkofen haben mich festgehalten. Und er kam mit der Nadel.«

Marianne Scharfenberg schluchzte.

»Das war das Schlimmste, was sie mir antaten. Dagegen war der Rest harmlos. Diese Schläge und Tritte jeden Tag, daran hatte ich mich gewöhnt. Doch irgendwann wollte ich nicht mehr. Da habe ich mich gewehrt. Und Wachter dermaßen in die Eier getreten, dass er drei Tage lang nicht richtig stehen konnte. Doch dafür hat er sich gerächt.«

»Und dann?«, fragte Max. Er musste Jochen Scharfenberg etwas antreiben, wenn er wissen wollte, was in Berlin passiert ist.

»Wawa – nein, so will ich ihn nicht mehr nennen – Wachter hat mich angeschaut, laut gelacht und gesagt: ›Ach, sieh mal an. Unser Jochen. Mensch, ist das alles lange her. Schön, dass wir heute Freunde sind.‹ Dann hat er mir auf die Schulter geklopft, genau dorthin, wo die Zeichen sind, und ist gegangen. Mir liefen die Tränen nur so runter. Diese ganze Wut von damals kam wieder hoch. Ich bin dann schnell unter die Dusche, als jemand kam.« Jochen schwieg.

»Und dann?«, wiederholte Max.

»Ich stand unter der Dusche und hatte plötzlich den Anhänger meiner Kette in der Hand. Den mit der Sonne, den ich damals mit Rainer und den anderen gekauft hatte.«

»Wo ist der eigentlich?«, fragte seine Mutter.

Jochen ignorierte sie. »Da hatte ich das Gift drin, das ich eines Tages nehmen wollte, wenn ich es nicht mehr aushalte. Doch zu diesem Zeitpunkt ging es mir gut. Ich trug die Kette zwar immer, hatte aber schon lange nicht mehr daran gedacht, dass da ja Zyankali drin war. Als ich dann aus der Dusche kam, sah ich die Trinkflasche von Wachter, die er bei der Eigenverpflegung abgeben wollte. Da habe ich das Pulver dann reingeschüttet. Den Rest kennst du ja.«

»War Wachter beim Lauf eigentlich vor dir?«

»Ja, bis Kilometer 25. Ich bin bei euch vorbeigelaufen und nur wegen dir erschrocken. Ich konnte ja nicht ahnen, dass der ausgerechnet dich umreißt. Das tut mir leid. Ich weiß, wie wichtig dir der Marathon war.«

Jochen machte eine kurze Pause, dann fragte er: »Weißt du, was ganz seltsam war?« Und antwortete gleich selber: »Danach bin ich gelaufen wie noch nie. Das war alles ganz leicht. Wie auf Federn.«

Max sah auf seine Uhr. Jeden Moment konnte der Chefarzt kommen.

»Eins muss ich noch wissen: Was sollte der Einbruch bei mir?«

»Ich hatte gehofft, dass das von mir ablenkt. Erst zu spät habe ich bemerkt, dass ich meinen Anhänger bei dir verloren hatte. Nachdem ich den in Berlin abgemacht hatte, war die Öse etwas locker.«

»Und warum hast du bei Wachters Wählerinitiative mitgemacht?«

»Ich muss zugeben, ich konnte Frau Mertens nie richtig leiden. Die war mir zu wirtschaftsfeindlich. Als die Wählerinitiative gegründet wurde, hatte ich ja keine Ahnung, dass Wachter kommen würde. Erst später wurde mir klar, dass Franz Sauter die Fäden bereits gesponnen hatte. Deshalb hießen wir ja auch WWW. Und dann hoffte ich auf den Moment, in dem ich ihm eins auswischen könnte.«

»Das sagst du aber besser nicht bei der Polizei«, riet ihm Max, als die Tür aufging. Schwester Gerlinde streckte den Kopf hinein und sagte: »Herr Sänger, der Chefarzt ist im Anmarsch.«

»Jochen, danke für deine Offenheit. Ich komme wieder. Und auch Ihnen vielen Dank, Frau Scharfenberg. Ich gehe jetzt mal besser. Der Chefarzt kennt mich und weiß, dass ich nicht Jochens Bruder bin.«

»Ich bleibe. Mich bringt niemand weg von meinem Sohn«, sagte Marianne Scharfenberg und nahm Jochen wie ein kleines Kind in den Arm.

Seinen Lauffreunden gab Max eine Kurzfassung von Jochens Schilderung.

»Was wird nun aus ihm?«, wollte Angela wissen.

»Wenn er Glück hat, kommt er einigermaßen glimpflich davon. Wir haben ihm auf jeden Fall einen sehr guten Verteidiger besorgt«, antwortete Max und lächelte Isabel Mertens an, die nun nach vorne trat.

»Ich kann die Anrede ›Liebe Läuferinnen und Läufer‹ zwar nicht so schön schmettern wie Ihr Freund Georg Kramer, aber erlauben Sie mir trotzdem, dass ich ein paar Worte sage.«

Sie zog ihr Laufshirt gerade und blickte in die Menge.

»Glauben Sie mir, dass auch mich die dramatischen Ereignisse der letzten Tage mitgenommen haben. Es ist mir aber ein Bedürfnis, allen zu danken, die mich in dieser schwierigen Zeit unterstützt haben, und auch denen, die lieber jemand anderen auf dem OB-Sessel gesehen hätten, die Zusammenarbeit anzubieten. Doch das soll hier keine verspätete Wahlveranstaltung werden. Ich möchte aber den Rahmen nutzen, um Max von Steyn auch noch einmal zu danken. Denn ohne ihn wüssten wir sicher noch nicht, was in Berlin passiert ist – und warum es passiert ist.«

Isabel Mertens zog Max zu sich heran und fasste ihn am Oberarm.

»Lieber Max, ich weiß, wie wichtig dir der Marathon war. Monatelang hast du trainiert und ich bin sicher, du hättest ihn in weniger als vier Stunden geschafft. Doch das Schicksal – was auch immer das ist – wollte es anders. Das Marathonfieber ist bei dir allerdings noch nicht abgeklungen. Deshalb habe ich zusammen mit den Scharfenbergs eine Überraschung für dich – nein, es sind gleich zwei: Zum einen möchten Jochen und seine Mutter, dass die Geschichte ihres Kaufhauses öffentlich wird, du also ein Buch darüber schreibst. Wenn du das fertig hast, laden wir dich zu einem Marathon ein. Und damit du nicht so frieren musst, haben wir den Honolulu-Marathon ausgesucht. Da regnet es zwar auch im Dezember manchmal, aber dafür ist die Dusche warm.«

Isabel Mertens griff in die Tasche, die ihr Georg Kramer gereicht hatte, und zog ein knallbuntes Laufhemd heraus. »Das ist schon mal das richtige Outfit. Und damit du weißt, wo du hinfliegst, habe ich noch diesen Reiseführer für dich. Aber das Ticket bekommst du erst, wenn die Geschichte des Kaufhauses Scharfenberg bzw. Finkenbeiner geschrieben ist.«

Max spürte eine angenehme Wärme in sich aufsteigen und bemerkte, dass sein rechtes Auge ein wenig feucht wurde.

»Als echter Schwabe müsste ich jetzt sagen, das wäre doch nicht nötig gewesen. Aber ich sage einfach danke. Und jetzt laufen wir endlich los.«

Er zog das neue Laufshirt über und startete in die Richtung, die ihn garantiert nicht zu der Waldhütte bringen würde.